BU

Biblioteca Un

BUR

Biblioteca Universale Rizzoli

Laura Pariani

Quando Dio ballava il tango

BUR

SCRITTORI CONTEMPORANEI

Proprietà letteraria riservata
© 2002 RCS Libri S.p.A., Milano

ISBN 88-17-00180-5

Prima edizione BUR Scrittori Contemporanei: maggio 2004

Per conoscere il mondo BUR visita il sito **www.bur.rcslibri.it** e iscriviti
alla nostra newsletter (per ulteriori informazioni: **infopoint@rcs.it**).

"Che ballino tutti quelli che son venuti a ballare,
che ascoltino quelli che vogliono ascoltare.
Per ognuno c'è un tango ritmato..."

Alberto Castillo, *Pa' que se callen*

Le famiglie

Famiglia Majna

ANTONIO (TOGN) MAJNA (1870-1910), emigrato nel 1898
ADALGISA ROVEDA (1871-1899), prima moglie di Togn
VENTURINA MAJNA (1892-1981), figlia di Togn e Adalgisa
PILAR (1885-1913), seconda moglie di Togn
JUAN EVANGELISTA MAJNA (1898-1935), figlio di Togn e Pilar
PROVISORIA PAZ MAJNA (1931-1964), figlia di Juan Evangelista
REGALADA MAJNA (1948-   ), figlia di Provisoria Paz; padre
Filippo Bellati
ENCARNADA MAJNA (1901-1974), figlia di Togn e Pilar
JOAO MAJNA (1922-1967), figlio di Encarnada; padre sconosciuto
JACINTA ROSAS (1944-1962), moglie di Joao
ICARIO MAJNA (1962-1979), figlio di Joao e Jacinta

Famiglia Bellati

MODESTO BELLATI (1890-1961), marito di Venturina Majna
COSTANTE BELLATI (1914-1980), figlio di Modesto e Venturina,
emigrato nel 1948
ELOISA RAMONA HUENCHUR (1918-1980), convivente di
Costante Bellati
FILIPPO BELLATI (1919-1982), figlio di Modesto e Venturina, emi-
grato nel 1946, marito di Dulce Colombo
CORAZÓN BELLATI (1952-   ), figlia di Filippo e Dulce

Famiglia Roveda

LUIGI (LUIS) ROVEDA (1852-1904), cognato di Antonio Majna;
emigrato nel 1882
DEMETRIA CERUTTI (1858-1887), prima moglie di Luigi Roveda
MARIA ROVEDA (1882-1967), figlia di Luigi e Demetria

TERESIO ROVEDA (1883-1903), figlio di Luigi e Demetria
GIOVANNI ROVEDA (1884-1919), figlio di Luigi e Demetria
ALFONSO ROVEDA (1885-1939), figlio di Luigi e Demetria, amante di Martinita Colombo
FELICE ROVEDA (1886-1979), figlio di Luigi e Demetria
MARTA INFANZÓN (1907-1976), moglie di Felice
TERESA ROVEDA (1930-   ), figlia di Felice e Marta
EMILIO CASTELLI (1928-1978), compagno di Teresa
EDOARDO ROVEDA (1887-1887), figlio di Luigi e Demetria
CATTERINA CERUTTI (1872-1963), sorella di Demetria e seconda moglie di Luigi Roveda
MATILDE ROVEDA (1888-1888), figlia di Luigi e Catterina

Famiglia Cerutti

DIONISIO CERUTTI (1870-1914), fratello di Catterina Cerutti
CLEMENTINA FORNARA (1880-1948), moglie di Dionisio
AGABIO CERUTTI (1901-1955), figlio di Dionisio e Clementina, emigrato nel 1947
PASQUALINA CARDINI (1910-1952), moglie di Agabio
MAFALDA CERUTTI (1932-1954), figlia di Agabio e Pasqualina
JUAN CERUTTI (1952-1953), figlio di Mafalda; padre sconosciuto
PAOLO CERUTTI (1937-1977), figlio di Agabio e Pasqualina
CLARA CERUTTI (1943-   ), figlia di Agabio e Pasqualina
ANTONIETTA (NELIDA) CERUTTI, poi FORNARA (1946-1999) figlia di Agabio e Pasqualina; poi adottata da cugini
GABRIEL MARTÍNEZ (1940-   ), marito di Nelida
HERNÁN MARTÍNEZ (1970-   ), figlio di Nelida e Gabriel
GRACIELA MARTÍNEZ (1972-   ), figlia di Nelida e Gabriel

Famiglia Colombo

PIETRO (PIDRÖ) COLOMBO (1885-1953), emigrato nel 1901, marito di Maria Roveda
AMBROGIO COLOMBO (1903-1924), figlio di Pietro e Maria
RAQUEL POTOK (1901-1964), fidanzata di Ambrogio
ROSA POTOK (1924-1964), figlia di Ambrogio e Raquel

ÁNGEL COLOMBO (1906-1982), figlio di Pietro e Maria
AMABILINA BARONTI (1909-   ), moglie di Ángel
ROGELIO COLOMBO (1911-1935), figlio di Pietro e Maria
MARTINITA COLOMBO (1919-1965), figlia di Pietro e Maria, amante di Alfonso Roveda
DULCE COLOMBO (1923-1984), figlia di Pietro e Maria, moglie di Filippo Bellati

Famiglia Caretta

EUSEBIO CARETTA (1903-1991), emigrato nel 1925
MATILDE PILOTTI (1904-1947), prima moglie di Eusebio
ERNESTINO CARETTA (1926-1963), figlio di Eusebio e Matilde
RENATA TUMIELLI (1932-1970), moglie di Ernestino Caretta
SILVIA CARETTA (1951-1976), figlia di Ernestino e Renata
SOCORRO LÓPEZ (1927-1994), seconda moglie di Eusebio Caretta
DARWIN CARETTA (1949-1990), figlio di Eusebio e Socorro, compagno di Paolo Cerutti
GIORDANO CARETTA (1951-1976), figlio di Eusebio e Socorro, marito di Corazón Bellati
MALENA CARETTA (1973-   ), figlia di Giordano e Corazón

Venturina Majna (1892-1981)
Il passato che torna
Cascina Malpensata, 1978

> *Ho paura di ritrovarmi*
> *con il passato che torna*
> *a scontrarsi con la mia vita.*
> *Ho paura che le notti,*
> *popolate di ricordi,*
> *incatenino i miei sogni.*

ALFREDO LE PERA, *Volver*

«Quella foto appesa in cornice? È di memàma e mepà, il giorno dello sposalizio» dice la vecchia Venturina, cercando di trarsi d'impaccio nel fare gli onori di casa davanti a questa ragazza straniera e alla sua bambina. «Quand'è che si sono maritati? Doveva essere nel '91, ché io son la prima figlia, nata l'anno dopo... Chiaro che parlo del 1892... Memà di nome faceva Adalgisa Roveda, lui si chiamava Antonio Majna, Togn... È partito per la Mèrica quando io avevo sei anni, ma già era stato via un paio di volte a fare i raccolti stagionali; era tornato nel '97, poi gli è presa non so quale mattana, per cui un brutto dì in quattro e quattr'otto se n'è andato via di nuovo per un posto che si chiamava Misiones. Tutti i cani ménan la coda, tutti i matti dicon la loro, ma nessuno ha saputo mai spiegare il perché.

«Era nel 1898, e qui si faceva la fame.»

Già così tardi. Il giorno è finito, una bindella di rosso si sfrangia lontano sopra la brughiera e va scurandosi. Soltanto due mesi fa Corazón e la sua bambina erano ancora nelle praterie slargate all'altro capo del mondo; adesso invece il loro orizzonte è qui, in questa angusta cucina di cardenzóni tarlati, vigilata da scure fotografie di gente che fu; a respirare l'odore di una casa antica dove un tempo i piccoli crescevano sotto lo sguardo dei morti.

La bambina si è rincantucciata in un angolo del divano, forse affaticata dal lungo viaggio, o magari soltanto stranita dalla novità della situazione o dall'incomprensibilità della lingua della vecchia. Anche Corazón però fatica a seguire il discorso della Venturina; deve andare con la memoria a una distanza remotissima: alla parlata di suo padre, quando gli saltavano i cinque minuti, o alla voce della bisnonna Catte, a certe cantilene o preghiere che ha ascoltato quand'aveva l'età che sua figlia Malena ha adesso. Quasi si svegliasse da un brutto sogno, tenta di prendere coscienza del luogo sconosciuto in cui si trova; il passato è un territorio ancora più inaccessibile... Deve aggrapparsi con tutte le forze alle parole della vecchia che ha di fronte, lasciando che l'immagine di Togn Majna cominci a delinearsi...

Come deve essersi sentito prigioniero in questa cascina buia, al suo ritorno dall'America, dopo aver assaggiato l'ampiezza luminosa degli spazi argentini; spaesato a ascoltare la voce delle figlie quasi sconosciute che chiacchieravano nella stalla. Si sarà affacciato anche lui a questa porta, l'aria umida della sera penetrando sotto il soffitto basso a correggerne l'atmosfera di chiuso, come di roba sporca in una cassa dimenticata; avrà rabbrividito all'idea dell'inverno incombente, con le sue nebbie, il ghiacceto delle lunghe notti... Tutto differente dalla Mèrica, con le sue stagioni alla rinversa; gli saran rimasti per forza nel naso gli odori dolci di banana e di canna da zucchero della terra di Misiones.

«Sì, era un uomo strano. Come se non si sentisse bene qui a câ sua.»

Probabilmente, ogni volta che rientrava dal lavoro la sera, aveva un momento di spaesamento, da chiedersi: che ci faccio qui, cosa son tornato a fare. Ma perfino questa domanda sarà suonata stonata, ché può darsi che certe questioni si pongano soltanto per rendere più esplicita l'assenza di risposte. E, in fin dei salmi, pensa Corazón, chi torna dopo un periodo di emigrazione non è mai chi è partito, anche se continua a chiamarsi con lo stesso nome di prima; ché è solo questo a mantenersi costante, nient'altro...

«Però, quando gli amici del paese venivano a trovarlo, li accoglieva volentieri, quasquàsi con un vero respiro di sollievo.»

Sarà stato come se gli aprissero una breccia, la via di fuga, l'uscita dal labirinto attraverso le chiacchiere di chi piscia in letto e poi dice che ha sudato; senza allegria né compassione, senza riuscire nemmeno con la ciucca a arrivare in fondo a sé.

«Venivano i suoi fratelli, i cugini, il Pidrö che poi partì anche lui; dice il proverbio che gli uomini son come i scirés, le ciliegie: dove ne va uno, ga 'n van dés... e mepà offriva da bere a tutti, sorrideva, stendeva le gambe sotto il tavolo.»

Noi bambine, sedute in un angolo, a sogguardare in silenzio, con un certo disagio, gli uomini che s'inciuccavano.

«*Vedi come mi guardano? Non riescono più a riconoscermi*» *diceva mepà rivolto a chi era in visita. Poi, alzando la voce, girandosi verso noi piscinine:* «*Cosa ci avete da mirarmi a quel modo, bambalüghe?*» *ci sgridava. La più piccola allora si metteva a piangere e si rifugiava tra le socche di nostramà.*

«*Perché l'avete fatta piangere? Cosa ce ne può lei? Mica è colpa sua se non vi ha mai visto e non ci ha confidenza*» *si risentiva la mamma e si metteva a cullare la bambina in lagrime per consolarla:* «*Citto, fa' la brava...*».

Ricordo che qualche volta memà sorrideva malinconica agli ospiti e si scusava: «Eh, ci vuol tempo per abituarsi...».

Brutti ricordi. Ma queste non son cose da dire a una ragazza che si vede per la prima volta, anche se forse, non so, sembra una di quelle persone con cui ci si capisce senza bisogno di parlare. Probabile che la mia faccia di noce secca le dica già certe cose che sarebbe meglio tacere; ché oltretutto in casa – prima sotto mepà, poi senza mepà, poi sotto marito e figli, infine da sola – sono cresciuta senza parole, soltanto con gli sguardi, ne'... E adesso arriva 'sta ragazza, spuntando dal nulla insieme alla sua bambina; con l'aria di una che sa leggere le facce, col silenzio di chi sa di meritare le parole; ché anche lei ha dentro il dolore di un uomo che se n'è andato.

«C'è in frigo un po' di spuma; non è che la piscinina ne vuole un po'?»

Una vecchia che ciabatta in una cucina buia; una ragazza con l'aria stanca sull'orlo di una sedia; una bambina di cinque anni che si stringe in un cantuccio sul divanetto, come se la penombra di quelle volte antiche le facesse paura. «Ha soggezione di me?» ha chiesto la vecchia poco fa, con una smorfia tra la sorpresa e l'imbarazzo, perché trovava buffa l'idea.

Anche la ragazza ha riso, quasi non sapendo che dire. È stato difficile per lei arrivare fin qui, mettersi in cerca prima del paese e poi della vecchia; e adesso che è arrivata, quasi non sa cosa chiedere. Si limita a guardare la Venturina in silenzio, come chi ripercorre con sconcerto un paesaggio d'altri tempi.

Fuma in silenzio, nervosa, sentendo che in questa cucina le risposte si perdono come in uno spazio vuoto. Uguale che far girare lentamente la manopola delle stazioni di una radio, ricevendo frammenti di discorsi in lingue sconosciute, la battuta di una musica, un brandello di notizia. C'è qualcosa di inquietante sotto queste volte annerite dal fumo del camino, forse le ombre dei morti si slungano dalle fotografie incorniciate cercando di parlare.

«Eh, in quella foto-lì mepà fa quasi un sorriso: era il giorno che si sposava.»

Corazón fissa la stampa, virata in seppia. Come dev'essersi sentito forte quest'uomo, quasi cent'anni fa, quando l'altro secolo volgeva alla fine. Così eretto e fiero: deve aver creduto di avere tutta la vita davanti... Morto dal 1910, ma eternamente giovane in questa immagine.

«Il più delle volte, però, mepà ci aveva una guardata proprio buia, da far paura. Rimproverava memà: "Parlate troppo, la mé Dalgìsa", ché a quel tempo-là tra marito e moglie ci si dava del voi... "Voi, la mé spusa, in questi cinque anni avete messo-su una lingua!", di questo l'accusava.»

Cosa poteva saperne mepà della sua donna, di quello che la Dalgìsa aveva dovuto sopportare da sola per anni, a tirar su tre bambine? Gli uomini son solo loro che gli sembra di patire: si servono dal fiasco poggiato sul tavolo, mentre la donna e le figlie se ne vanno in stalla per i soliti lavoréri della sera. Loro liberi di andarsene per il mondo, ché son solamente le montagne che restano al loro posto. Le montagne e noi donne; sempre qui a aspettare, a non chiedere, a non pretendere, a non seccare: o surbì o sciüscià... Succede così con padri e mariti, e poi la cosa si ripete pure coi figli: ché a me è toccato il fiele che i miei due maschi, prima il Pippén e poi il Costante, se ne sono voluti andare, dicevano che là in Mèrica c'era un futuro migliore... Parola che odio, "il futuro": una balla giustificatoria per l'abbandono, la fuga, magari pure il tradimento. Me le ricordo bene io, dopo che se ne erano partiti, le lettere che arrivavano ogni due mesi, a chiedere cosa avevo di bisogno, che mi pensavano sempre, che sarebbero tornati. Belle frasi ma, si sa, nelle

lunghe impromesse ci pisciano i cani... E io allora a rispon-
dere che tutto andava bene, come avrei potuto parlare del-
l'artrosi o delle varici, del fatto che la pensione minima
non bastava, che non avevo i soldi per l'allacciamento col
metano, che qui in cascina le serate d'inverno sono troppo
lunghe, che ho paura di finire alla baggìna... Insomma, let-
tere per non dir niente, per tacere tremando di rabbiosa im-
potenza; perché da che mondo è mondo le donne han sem-
pre fatto così, l'ho imparato da piccola; perché il mio cuore
non ha più parole.

«Eh, difficile immaginarselo come ci trattava.»

Invece Corazón se lo può figurare benissimo il Togn;
per questo sorride alle parole della vecchia Venturina. Si
immagina perfino i discorsi che il Togn poteva tenere con
gli amici. Le medesime storie che ha sentito dall'altra
parte del mare dalla voce degli emigranti di un tempo,
certe sere di sabato della sua infanzia in cui, aspettando
che l'asado fosse pronto, venivano sciorinati grandi racconti fantastici di viaggio, il cui senso reale le sarebbe stato chiaro solo da adulta; come: «Tu non sai che razza di
sete si prova laggiù nella pampa. Nella stagione secca
ogni cosa è coperta di una polvere fina-fina che ti penetra
dentro, negli occhi e nella bocca, ché quando ti soffi il
naso vien fuori sabbia. Certe volte, dopo ore che cammi-
navo in quell'aria di forno, ho dovuto sbuttarmi a terra,
insieme a quelli che viaggiavano con me, intorno a una
pozzetta di acqua torbida, e poi stendere il fazzoletto sul-
l'acqua a mo' di filtro per levarmi un po' di sete... Ah,
che vita a quei tempi...».

Così avrà detto anche il Togn, parola per parola; terminando sicuramente con la frase: «Eh, la nustalgìa è 'na
bestia grama».

E allora gli altri a contestargli: «Ma adesso te ne sei tornato a câ tua e, con licenza parlando, ci hai una sposa che
sembra un'oca col pieno. Cos'è che ti lamenti ancora?».

«Trovava sempre da dire su tutto, niente gli andava bene. Quando memà gli faceva un rimprovero – ché magari aveva fatto fuori un fiasco intero con gli amici, e il vino costava, e solo la buona regola la mantiene il convento – le saltava dietro come un galletto: "Zitta, sacramegna. Som mì che guadagno la plata... Lo sapete cosa si dice in Mèrica? Che i dané son fatti per spenderli: uomo senza dané è 'na pianta morta in pé... E poi il padrone in casa mia sono io, voi vi siete montata la testa a star sola, la mé spusa...".

«Ecco, parlava sempre della plata-di-qui, della plata-di-là...»

La plata es hecha para gastar: è così che avrà detto, pensa Corazón.

«Memàma pensava perfino che fosse ammalato: era sempre di umor nero, ché alla minima contrarietà si metteva a urlare e picchiarci con la cinghia; la domenica restava a letto e neanche voleva alzarsi a mangiare o andare a messa. Così hanno chiamato un medico.»

Era la prima volta che vedevo il dutùr. Quei gesti strani: guardare la lingua e gli occhi; tenergli un fazzoletto sulla schiena e colpire con l'indice destro in più punti; chiedergli di respirare forte... E poi mepà che si metteva a raccontare che soffriva di nostalgia.

«Una volta sono andata con lui a far legna. "Pà, cos'è la nustalgìa, che la nominate sempre?" gli ho chiesto.

«"È un dolore..."

«"Ma un dolore come?"

«"Come si fa a dire, la mé Venturina?... Per esempio, in Mèrica era il dolore di non vedere mai un monte, neanche un puggètt di quelli piccoli, di non poter battere il piede contro una pietra, perché da ogni parte che ti giravi c'era solo palta e sabbia... Allora, appena per caso inciampavi in una pietra vera, ti sentivi dentro intera la memoria dei monti dove eri nato... Ecco cos'è la nustalgìa... Invece adesso è all'incontrario, mi mancano quei posti-là."»

Ma non posso dire a questa ragazza che so che, quand'era con gli amici, da una sacchetta di lana colorata che aveva portato dalla Mèrica tirava fuori un portafoglio con una certa fotografia e cominciava a vantarsi di conoscere bene le ragazze di laggiù. Chi me l'ha raccontato? Non ricordo più; e comunque, roba riportata è mezzo diavolata, epperciò non ci volevo credere.

«Non so se parlo chiaro. Intende? Voglio dire: intendi quello che dico? Ché io parlo un po' dialetto, ne'.»

Forse le sfugge il senso di qualche parola, ma complessivamente Corazón comprende benissimo le parole della vecchia; perché, come tutti coloro che son nati in Argentina, la sa lunga sia sulla nostalgia sia sui sotterfugi a cui questo sentimento costringe; tra l'altro, se è arrivata qui, è proprio perché ha bisogno di tornare indietro, ché il suo viaggio è una fuga nel passato. L'ultimo rifugio per i perseguitati è la lingua materna, le ha scritto una volta sua cugina Teresa, nella dedica di un libro di poesie che le aveva regalato per il suo compleanno. E questa cascina nella valle del Ticino è la terra della memoria.

Perciò a Corazón fa pena il pensiero del Togn: chissà come doveva essere tormentato dai sensi di colpa; lei sì che ha potuto vedere cosa teneva il padre della Venturina nel portafoglio: una fotografia in cui si era fatto ritrarre con una ragazza india. Gliel'hanno mostrata a casa di Encarnada: il Togn, seduto, con un aspetto robusto e soddisfatto, i capelli chiari un po' ricci e i baffoni ritorti; la ragazza in piedi, una jerga che sotto il seno nudo le fascia i fianchi cadendo fino ai piedi, le trecce scure avvolte intorno al capo a mo' di corona, l'aria un po' spaventata dal lampo di magnesio. Sotto l'immagine, una scritta del fotografo, a caratteri svolazzanti: PARA LA ETERNIDAD, ANTONIO MAJNA Y PILAR.

«Urca!... Ma chi è?» avranno domandato al paese gli amici a cui Togn mostrava il ritratto.

«Si chiama Pilar» avrà risposto. «Ci aveva undici anni quando l'ho avuta, ma già una donna fatta e finita» e avrà sospirato senz'altro.

«E cosa la tieni a fare nel tuo portafoglio?»

«Eh, è lunga da contare. Là in Mèrica le donne son mica come qui. Là si vendono al primo che capita, con gran facilità. Puoi comprarne una ancora intatta, anche solo con un fazzoletto di cotone o con un nastro... Questa qui l'ho presa che era grande così, ma sapeva fare di quelle cose, ne', ché là mica si va a letto con le galline» e avrà riso.

«E sei venuto via da un posto così, porcamadò? Ma chi te l'ha fatto fare?»

Il Togn avrà avuto un guizzo negli occhi. Lagrima che non secca e senza nessuna mano che l'asciughi...

Adesso Corazón sente un certo disagio a immaginarsi tutto questo. Le ricorda i garbugli della sua famiglia, le mezze verità di suo padre; e poi la sua attuale condizione di esule, di desterrada.

«Qualche volta, quando arrivava una lettera dello zio Luis dall'Argentina e qui in cucina la si leggeva a voce alta, mepà diceva a memàma: "La Mèrica non è mica così facile come tuo fratello la conta".

«"E allora com'è? Ditelo voi che ci siete stato" ribatteva lei, invitandolo a parlare.

«"Come faccio a spiegarvi? Ti alzi al mattino e il sole nasce rossìgno, come fosse sporco di fuliggine, in mezzo alle erbe, che sembra uscito da una spaccatura della terra; e poi ti compagna tutto il giorno, senza un momento d'umbrìa. Neanche un alberetto per riposarsi. Sempre la stessa luce, la stessa erba, la stessa piana. E vai vai, neppure un cane a pagarlo... Su nel norte, invece, c'è la foresta..."

«"Cosa ci parli a fare del sole e della foresta? Che ce ne importa a noi?" replicava il Pidrö Colombo, che la sera veniva da noi dopo cena a chiacchierare un po'. "Dicci piuttosto: cosa si mangia?"

«"Be', di mangiare in Argentina ce n'è: sanguinacci, le torrejas che son pezzi di carne foderati di cervella e serviti in salsa brusca, le salcicce, la polenta cotta col formaggio dolce e le uve gibibbe..."

«"Ma allora di cosa ti lamenti? Perché non torni là e ci porti pure tutta la tó famiglia? Cosa sei tornato a fare?"

«Allora mepà stava zitto e s'ingrugniva, come se non sapesse cosa rispondere.»

E cosa avrebbe potuto rispondere? Forse non era tornato né per codardia né per paura, che poi è un modo come un altro per dire o per spiegare. Forse non era neppure vero che se n'era andato perché la Pilar aspettava un figlio. Il fatto è che certe volte ci si trova davanti a un rebus, in una croce di strade che, percorse e ripercorse, sbucheranno comunque, già si sa, dove non vorremmo mai; epperciò non vale la pena sceglierne una: quando viene il momento, lasciamo questo compito al caso, che non sceglie, anche questo lo sappiamo già, si limita a spingere, forse lo muovono forze di cui non conosciamo nulla, e anche se sapessimo, che cosa sapremmo.

«Ce n'erano altri come lui, che partivano, facevano là in Mèrica la stagione, e poi tornavano, quando qui da noi era il tempo del raccolto.»

Perché mi viene così facile parlare a questa ragazza mai vista? Non so, ma mi rendo conto che è a me che tocca a questo punto contare storie, rivelare i segreti ingannatori, le chiavi di quel mondo dove, con la partenza di mepà, tutto ebbe inizio. E, nel contempo, capisco che dopo morirò, che il mio compito sulla terra sarà esaurito, ma è un sapere che mi dà sollievo; ché da un'epoca veramente senza fondo mi ha sostenuto nella vita soltanto l'attesa che qualcuno – questa ragazza spuntata dal nulla? – tornasse da laggiù, dall'altra

parte del mondo, a chiedermi conto di come tutto sia comin-
ciato. A me, l'abbandonata.

«Tre mesi di veliero si erano abituati a fare, ne', coi pericoli del mare e gli strapazzi del viaggio... Innanz-indré.
Poi, alla fine, qualcuno non tornava più.»

"Golondrinas" si chiamano in castellano i lavoratori
stagionali come il Togn. "Rondini". Che nome poetico
per una vita d'inferno, pensa la ragazza. Anzi, per una
doppia vita d'inferno: doppia terra con cui fare i conti –
Argentina e Italia – e doppia lingua; il più delle volte anche doppia famiglia. Come se si vivesse contemporanea-
mente in due mondi paralleli. In uno ti sposi con la
Dalgìsa che si ritrae sempre con paura ogni volta che ti
accosti, metti al mondo tre figlie e ti danni la vita a mantenere 'ste femmine che ti sono estranee; nello stesso
mondo sei un colono che conta un soldo bucato, senza
proprietà, senza dané, senza reputazione. Nella seconda
vita è tutto diverso; o meglio, anche lì ti spacchi la schiena a lavorare, ma c'è la prospettiva che la terra alla fine
diventi tua – bisogna abitarla tre anni di fila, ti hanno
spiegato – e poi si tratta di una terra grassa, che basta farci cadere la semenza e il raccolto è lì bell'e pronto, mica
una brughiera volpina di sassi e sabbia; senza contare che
c'è la Pilar, che di giorno sa tacere e la notte ti scalda,
mentre intorno la foresta è come un confine che vi fa sentire più vicini... Due pianeti paralleli, l'Italia e l'Argentina, in cui per un po' si può anche pensare di riuscire a
barcamenarsi: bilanciandosi in quella regione intermedia
che si chiama equivoco, ambigüedad. Ma guai se le orbite
dei due mondi si incrociassero: sarebbe la catastrofe. E
'sta vecchia, seduta in questa cucina scura e cadente,
senz'altro sa tutto questo, o perlomeno lo intuisce, però
non vuole ammetterlo: il viso rigido senza lagrime di sfogo, la voce monotona, gli occhi persi in una lontananza
incomprensibile, il vestito nero di un lutto eterno. Così

come doveva aver capito tutto la vedova del Togn, che morì l'anno dopo che lui se n'andò per sempre; lacerata dal crepacuore, vagando per la casa o seduta davanti a questo stesso camino a fissare il vuoto.

«Mi ricordo una sera. Qui intorno al tavolo mangiavamo in silenzio.

«"Che mortorio c'è?" mepà si mette all'improvvista a gridare. "Vi dà fastidio la mia presenza?"»

Noi mandavamo giù le nostre cucchiaiate di minestra cercando di non far rumore. Avevamo paura che lui per un niente cominciasse a andare in furia: «'Sta cena fa schifo!».

A memà venivano le lagrime agli occhi. Anche le mie sorelle, spaventate, cominciavano a caragnare e a tirar su col naso.

«E adesso perché piangete, piàtole?» *urlava mepà.*

Era meglio quando non c'eravate: nessuna lo diceva, ma lo pensavamo tutte.

Più tardi, a letto sotto le coperte, ero ben sveglia e dal mio saccone drizzavo gli orecchi per scoltare la discussione che continuava tra mepà e memà.

«Allora, si può sapere cosa succede in 'sta casa?» *borbottava lui.*

«Ssstt, ché le bambine poi si svegliano.»

«Voglio 'na spiegazione, cramémball! Ché io che in Mèrica pensavo sempre a voi, alla mé casa, al mé paese, alla mé famiglia e mi toglievo il pane dalla bocca per mandarvi i soldi... E poi torno qui e trovo che nessuno mi vuol bene!»

«Ma non è vero... Parlate mica così, per carità di Dio, che le bambine sentono.»

«E allora cosa?»

«Siamo stati tutti male, mica soltanto voi. Le bambine non vi hanno potuto conoscere, manco fossero orfane. E io... io non son più stata donna, dopo che siete partito... È stata dura...»

«Cosa credete? Che per me non sia stata dura? Nostalgia ci avevo, e tanta.»

«E noi no? Io ci avevo le bambine, ma le figlie mica possono sostituire un marito. Aspettavo, aspettavo. Certe volte avevo voglia di morire...»

«Siete andata a sparlare di me in giro: che star qui non mi interessa, che ci ho la testa da un'altra parte...»

«Ma cosa dite?... forse mi son sfogata qualche volta con le mie sorelle. Tutto qui, giuro!»

«E che bisogno ci avevate di raccontare agli altri le nostre cose? Non vi mandavo forse i soldi ogni sei mesi?»

«Ma sì... Però voi non vi rendete conto cosa vuol dire tirar su tre figlie da sola!»

«Zitta... tutte uguali voi donne, traditòre e pelànde...»

«E voi uomini che ve ne andate via per anni?»

«V'ho detto di tacere, cramegna!»

Allora io mi tiro su a sedere: «La volete smettere voi due? Io ho sonno».

«Se non stai zitta, ti do una sleppa che te la ricordi per sempre. Vergogna: una figlia che parla in questo modo a sopà! Ma cosa vi ha preso in questo paese? Vi siete tutte montate la testa, voi femmine: ché le mogli qua fan quello che gli salta in mente e le figlie osano alzare la voce. Ma io ritorno in Mèrica, io! Giuro che lo faccio... Ormai per me voi siete come morte.»

Quella notte mica son riuscita più a prendere sonno. Mi ossessionava la frase di mepà: Per me voi siete morte... Cosa aveva voluto dire? Quando una persona muore, le scavano una fossa e la mettono sottoterra. Nostropà aveva intenzione di sotterrarci? Tremavo tutta.

«Ogni sera urlava, litigava, il diavolo a quattro.»

Nervosismo, come quando un cavallo s'imbizzarrisce per qualcosa che lo spaventa; un'irritabilità che monta fino all'odio. Situazioni che Corazón può intuire: Togn che vuole chiudere gli occhi – vieni, sonno, vieni – ma il sonno arriva mica; la sua mano si slunga e incontra quella gelata della Dalgìsa, la tira a sé, la donna trema, riesce solo a dire che ha freddo, e l'uomo tace, sta pensando se deve o no farci l'amore, che pensiero triste... La moglie, un'estranea. Le figlie? A quelle poi gli basta di conoscere la strada che va dal piatto alla bocca, che anche un asino la sa trovare... Allora si gira di spalle e pensa all'Argentina, a Pilar che lo ama e aspetta un bambino.

Ci sono situazioni in cui sarebbe meglio morire, rimugina Corazón, pensando all'insensata voglia di vertigine che si prova nei momenti in cui si sta per prendere una decisione fatale; quando la ragione è di scarso aiuto e los hombres se mueven como sonámbulos verso una meta che il più delle volte solo intuiscono oscuramente... Guarda il ritratto del Togn rimasto appeso in questa cucina. Una foto di giovane sposo e le parole della vecchia: sono davvero pochi gli elementi per ricostruire la vita di quest'uomo, ma l'ascolto del racconto della Venturina resta l'unica chiave per non abbandonarsi alla fantasia. Ché Corazón ci prova, mettendo da parte la propria identità per concentrarsi tutta nel semplice atto di ascoltare.

«Una sera l'ho visto più cupo del solito, come se lo rodesse dentro un brutto pensiero.

«"Cosa ci avete con quella faccia da malmostòso? La febbre bartulâscia?" gli ha domandato il Pidrö che era venuto a trovarlo.

«Ma lui, neanche una piega.»

«La sera dopo, ero appena tornata dalla stalla, mi stiravo la schiena stanca. Le mie sorelle stavano intorno al tavolo. Mi spiegano: "La mamma ha detto di non aspettarla per mangiare la cena: stanotte deve rimanere in paese a assistere la Santina che sta per avere un bambino".

«"E il pà non s'è fatto vedere?" domando io. "Non l'ho visto dopo pranzo."

«"È sortito presto."

«Mi è venuta paura, una specie di presentimento... Mi son messa a frugare vicino al letto, nella cassa della biancheria era sparita della roba.

«"Ci abbiamo fame" piagnucolavano le bambine.

«"Va be', mangiate voi, intanto" ho detto, e ho tolto dal forno tiepido la pignatta con la minestra.

«"E se poi lui torna e s'arrabbia?"

«Ho spartito la cena nelle scodelle delle mie sorelle. Poi ho preso il mio scialle e mi sono infilata nuovamente le zoccole. "Vado a cercarlo", e di corsa all'osteria, ma neppure là c'era.

«Uno mi ha detto: "L'abbiamo incrociato stasera, mentre tornavamo in paese. Sulla strada per Büsti Grandu".

«Così sparì. Il pomeriggio del giorno appresso venne il postino con una busta in mano. Io stavo in un angolo del cortile a scarfuiare il granturco, con le mie sorelle. Memàma si rigirò in silenzio quella carta tra le mani, poi chiese all'uomo di leggerle quel che c'era scritto; ché lei non sapeva. Era una lettera di mepà, in cui le diceva che partiva, e di non aspettarlo più.

Memà che esplode a gridare, buttandosi per terra, pestandosi la testa a pugni come una disperata: questa scena non me la scorderò più, finché vivo. E mia sorellina che mi domanda a occhi sbarrati: «Chi è che ha picchiato la mamma?».

«Nessuno l'ha picchiata, sta male di dulùr e basta...»

Chissà come andò. All'alba, alla stazione di Busto, Togn Majna avrà aspettato nervosamente il treno, la bisaccia in spalla, dopo aver scritto due righe per la moglie abbandonata. Un cane spelacchiato a gironzolargli intorno...

Con un sospiro Corazón si accoccola sul divano, tirandosi vicino la piccola Malena che s'è addormentata. A occhi chiusi vede un atrio di stazione: le finestre sporche lasciano trasparire il debole chiarore di una giornata di pioggia, l'aria pesante odora di fumo, di abiti bagnati, della canapa dei sacchi postali depositati in un cantone; sedili di legno, segatura sul pavimento, ombrelli che sgocciolano. Non c'è ombra di allegria in questo posto, ogni stazione è un'anticamera, un limbo di passaggio, cosa ci sarà mai laggiù in fondo ai binari... Una voce annuncia la prossima partenza; un fischio, il treno si ferma sotto la pensilina. Giordano, suo marito le dà un bacio e sale, il convoglio si rimette in moto, lento lento, portandoselo via.

Corazón si riscuote, spaventata. Ultimamente le capita di appisolarsi brevemente, per poi risvegliarsi credendo di essere nella casa di quando era bambina, laggiù a Buenos Aires; e le ci vogliono lunghi spaventosi momenti per ricostruire la realtà.

Siccome la Venturina la sta guardando, si scusa: «Sono tanto stanca». Poi, mentre la vecchia si alza a preparare il caffè, a Corazón vengono le lagrime agli occhi: ché lei il suo Giordano non l'ha mica potuto salutare, né in una stazione né da nessuna altra parte... I sogni son così: desideri di qualcosa che non è potuto succedere.

«C'è un letto nell'altra stanza; se vuoi, dopo, puoi sdraiarci la bambina...»

Stanno in silenzio davanti alla tazzina di caffè, la Venturina e Corazón; ognuna seguendo il filo di due vite diversissime che non si mescolano l'una con l'altra, ma armonizzano nonostante tutto, perché in qualche punto della distanza che le separa compongono una risposta. Dato che sono nonna e nipote.

Encarnada Majna (1901-1974)
Un passo in più
San Ignacio Miní, *1971*

Non faccio un passo in più, anima scema che sei in me,
mi sento a pezzi, moriamo qui!
Perché andare avanti, tormentandosi come un fachiro,
se il mondo continua a essere lo stesso,
se il sole continua a spuntare...

ENRIQUE SANTOS DISCÉPOLO, Tres esperanzas

La vecchia Encarnada si sistema per tempo sull'autobus in modo da avere uno dei posti vicino al finestrino. Ché, lei lo sa bene, qualsiasi viaggio su una delle corriere che percorrono la Ruta 12 vuol dire caldo soffocante, oltre che naturalmente esercizio di santa pazienza, in quanto più che un mezzo di trasporto l'autobus è un modo di vivere: si sta per ore appollaiati su sedili scalcagnati, il corpo irrigidito negli interminabili sobbalzi lungo la strada di terra rossa che con un taglio lungo e dritto salescende le colline di Misiones. Sopra, il cielo azzurro del mattino; intorno, la foresta verdenera; dentro la vettura, una carovana rumorosa di schiamazzi di tacchini chiusi in cesto, di chiacchiere gridate. La cucaracha, la cucaracha ya no pue' navigá.

«Spostatevi più in là, ché mi schiacciate.»

«Non ti scaldare, negra.»

«Ma vai a...»

Porque no tiene, porque le falta sigarillos que fumá.

«Negro, te lo dico io come si fa: in una grotta appena illuminata rinchiudi dei vecchi galli con una gran scodella di pastone. Poi...»

«Quando in un neonato la cicatrice del cordone si infiamma, gli si poggia il piedino sul tronco di un albero, e poi si ritaglia tutt'intorno la corteccia...»

Chacharanchá chacharanchá.

Tutte le corriere della provincia sono carcasse blu col muso allungato sul davanti, vere reliquie dei tempi andati: sobbalzano sui costoni del Paraná, guadano torrentelli di fango rosso, arrancano in salita con un'ànsima infernale nelle giunture smangiate dalla ruggine. Ogni tanto il bus prende una buca, mandando tutti sottosopra con un gran sobbalzo. «Puta...!» ruttano gli uomini rimettendosi il cappello di palma intrecciata rotolato sul pavimento, le donne si aggrappano forte alle cestelle piene di pollaglia, le bestie nelle gabbie rovesciate dai sobbalzi strillano.

È un percorso senza segreti per Encarnada che tre volte all'anno va a un lontano cimitero per portare i fiori sulla tomba di sua nuora Jacinta. Del resto la vecchia è cresciuta lì, nella valle del Yabebirí; e, a dirla intera, è nata addirittura per strada, a quanto da piccola le raccontava sua madre Pilar: a cielo aperto, durante un viaggio a dorso di asino, ai margini della foresta che a quei tempi era ancora più fonda e cupa; c'erano mica strade allora, solo piccoli sentieri a malapena visibili.

Per i lunghi percorsi, invece, nel passato si scendeva il fiume in canoa. Il primo viaggio per acqua, sul Paraná, Encarnada lo fece a otto anni, per accompagnare suo padre Antonio Majna all'ospedale dei bianchi, quando era già malato e la collana di denti di jacaré portata al collo notte e giorno non aveva sortito nessun effetto positivo. Fino a quel momento Encarnada del mondo non conosceva niente oltre l'ansa del fiume su cui era nata; mai vista una città: le strade larghe e lastricate, i ponti di pietra... che paura, che rumore... fumo, carrozze, naso tappato per i cumuli di basura maleodorante. Dopo che suo padre fu visitato all'ospedale, andarono alla chiesa, arrivandoci stanchi morti, il mezzogiorno cuoceva le strade. Pilar accese il cero, Madre della misericordia aiutate noi poverettini; suo padre aveva una faccia pallidissima, i baffi flosci, gli occhi appannati. Certe notti – eppure erano passati più di sessant'anni – a Encarnada capita ancora di sognare l'odore di vomito di cui erano impregnati i vestiti di Antonio Majna.

Come una grande ferita sanguinante, la strada di terra rossa taglia la foresta che, ai lati, forma due interminabili muraglie verdenero. Siede rigida la vecchia, sembrando non fissare niente di particolare, ma di nascosto sbircia alcuni bianchi che viaggiano nelle prime file. Ha visto così tante cose nella vita, che non sente soggezione davanti ai forestieri. Anzi, la diverte il fatto che per loro ogni cosa sia fonte di stupore: un bambino che agita la mano in un segno di saluto all'imboccatura di un sentiero di fango rosso tra un gracchiare di pappagalli; gruppi di zebù scheletrici che brucano l'erba vicino a una pompa di benzina; camion di legname che strombazzando allegramente sorpassano la corriera tartaruga. Perfino i viaggiatori stessi – donne, uomini, bambini, dall'aspetto livellato dalla polvere, bruciati dal sole, sudati, sporchi del fumo di scappamento – sono motivo di curiosità per i bianchi.

Ascolta i loro commenti sulla stranezza dei nomi dei paesi che ogni tanto si affacciano sulla statale: Esperanza, Wanda, Puerto Rico, Eldorado; tutti posti nati quando Dio era voltato dall'altra parte, dove la vita è rimasta ferma a cent'anni fa o, se qualcosa si muove, avanza a passettini di formica, più lentamente di questa stessa corriera.

Quando arrivano a San Ignacio Miní, è già pomeriggio avanzato. Anche i bianchi scendono con la vecchia nello spiazzo sterrato calcinato dal sole. Encarnada li guarda allontanarsi sotto il peso dei grossi zaini. Sicuramente sono venuti a vedere le ruinas dei Padri Gesuiti.

Lei si incammina dalla parte opposta, per fermarsi subito dopo nel vecchio ritrovo di Juan Brown, creato nei giorni della febbre della yerba-mate, quando i capataces che scendevano l'Alto Paraná per andare a Posadas facevano una sosta nel porto di San Ignacio a bagnarsi il becco sotto le pale di un enorme ventilatore di legno rosso. Per un quarto d'ora, seduta dietro la zanzariera del portico a bere una cerveza gelata, scambia due chiacchiere con doña Josefina che sta spidocchiando una servetta tenendola china col capo tra le sue ginocchia; non manca di dare un calcio a un paio di porcellini d'India che vengono a intrufolarlesi tra le gambe: che noia 'ste bestie.

Manca poco al tramonto, quando lentamente Encarnada prende la strada verso il fondovalle. Sono mesi che non si sente così malandata. Quand'era bambina, quante volte l'ha fatta a piedi nudi questa strada, per andare a scuola, dato che suo padre Antonio diceva che la lotta della vita era parecchio dura e bisognava esser preparati anche nel leggere e nello scrivere: parlava piano, papà, quando le faceva queste raccomandazioni, come recitasse una lezione appresa. Comunque era stato solo tempo perso, Encarnada aveva appena imparato a tenere stentatamente la penna in mano, ché il maestro diceva che lei era la bestia più bestia della classe. Più tardi le hanno dato lezioni alla missione dei nordamericani; e qualche piccolo progresso l'ha fatto, tanto che adesso per leggere e scrivere Encarnada non ha bisogno di nessuno: ma si vede comunque che a questo mondo-qui non ci è dato di scegliere, si nasce destinati chi da un lato del campo e chi dall'altro...

Incrocia un asinello che, tutto solo, porta il suo carico lungo un cammino imparato per abitudine; raglia a ogni passo come a raccontare la gioia della giornata di lavoro che sta per concludersi.

Dopo una mezza lega, dietro una curva polverosa di un sentiero che si perde negli yerbales, appare finalmente la sua casita di legno rialzata su una specie di palafitta in mezzo a una radura inselvatichita.

La cucaracha la cucaracha ya no pue' navigá.

Il cane che riposa all'ombra sulla piattaforma scende abbaiando la scaletta di legno venendole incontro festoso.

Encarnada chiama a voce alta: «Icario!». Le risponde un fischio dai rami del mandarino che sorge a poca distanza dalla capanna. Nel chiaroscuro delle brocche il nipotino dà l'aria a uno spiritello dei boschi.

Lo chiama di nuovo, ma il bambino non si muove. La vecchia allora gira dietro la casa, dove la piattaforma sostenuta dalle palafitte si allarga a formare un piccolo portico. Qui si lascia cadere finalmente su un seggiolone.

Una scimmietta, dopo aver fatto capolino da un cesto, le salta in grembo. È un piccolo maschio a pelo lungo, color cannella: sicuramente felice del ritorno della padrona, comincia a sbaciucchiarla sul viso con voluttuosità quasi umana, roteando in segno di amore gli occhi enormi e mobilissimi, ancor più ingigantiti dalla peluria bianca che li corona; quasi magnetici. Solo quando Encarnada risponde con un paio di carezze e gli parla in guaraní, si mette tranquillo sulla sua spalla, circondandole il collo con la lunga coda.

Encarnada è affezionata alla scimmietta: gliela portò tanti anni fa suo figlio Joao da un viaggio nell'Alto Paraná, senza dire come ne era venuto in possesso, solo che si chiamava Coronel.

Il paesaggio di Misiones è aggressivo di giorno, ma al tramonto la sua bellezza ha una maestà unica. La vecchia resta a contemplare in silenzio il sole che, avvolto da vapori di sangue, come una grossa brace, affonda nel nero del palmeto. Un gallo canta, lontano.

Quando il buio cade senza preavviso di crepuscoli, come sempre ai tropici, i rumori della foresta si estinguono tutt'a un tratto. Accesa la pipa, la vecchia si prende allora il piccolo Icario sulle ginocchia, carezzandogli i capelli arruffati: ché nel momento in cui il sole scompare, nella selva si liberano forze oscure, gli spiriti della notte uscendo dalle loro tane.

È l'ora che Encarnada dedica alle storie, e la testa del

bambino diventa leggera leggera, ascoltando come in certe occasioni le liane possano divenire funi magiche con cui salire in cielo; e come, sfregando l'una contro l'altra le suole dei sandali di cuoio, si diventi capaci di intendere il linguaggio delle api.

Ci sono favole che Icario ama sentirsi ripetere infinite volte. «All'origine tutti gli uccelli erano neri, ma un'aquila uccise un uomo che aveva mancato di rispetto alla foresta e invitò tutti gli uccelli al banchetto. Le piume dell'airone, il becco e la punta delle ali del mutum furono spalmati di cervella umane e assunsero una tinta rosa. Il colore del sangue dell'ucciso fu usato per l'ara, la testa del picchio, le zampe del mutum, il becco del tangara-hú; con la sua bile verdazzurra si tinsero piripira, pappagalli e parrocchetti. Ma chi la fece da padrone fu comunque il tucano, spalmandosi di blu i contorni degli occhi e del giallo grasso umano una striscia trasversale del petto, intingendo nel sangue la coda...»

Anche le storie di famiglia hanno un che di magico per Icario. «Abuela, conta la storia della creciente» chiede il bambino.

E la vecchia docile: «Quando io ero piccola, più piccola di te, venne un'onda di piena spaventosa che invase la foresta e gli yerbales. Le acque del Paraná trasportavano intere ammucchiate di tronchi, alberi grandi e grossi con le radici nere all'aria, animali morti, ma soprattutto serpenti, il gran viborón delle piogge... Ogni volta che arrivava la piena, le serpi andavano all'assalto delle ruote dei battelli a vapore che percorrevano il fiume. Salivano fino alle cabine dei passeggeri e li facevano impazzire di paura. A me lo contò mio fratello Juan Evangelista: los pasajeros avevano cominciato a correre per il battello in un delirio di grida e lamentazioni, per colpa di due serpentoni che, arrotolati, eran più grossi di una vacca. Le donne si inginocchiavano invocando l'aiuto della Madonna. Proprio andati fuori di testa. Un tole-tole incredibile».

Icario ridacchia, figurandosi i passeggeri impazziti di paura.

«Non bisogna ridere delle storie di serpenti» lo rimprovera la vecchia. «Ai tempi dei tempi una donna volle traversare il fiume in un luogo dove non esistevano traghetti. Comparve dall'acqua la testa di un viborón che le propose di portarla dall'altra parte. La donna non si fidava, ma il serpente tanto disse: carina mia, perché non ti fidi, io sono la bestia più innocente del mondo, lo giuro su mia madre... che seppe convincerla con modi di miele; aggiunse perfino che, una volta arrivata sull'altra sponda, la donna avrebbe riso di cuore della paura che circondava i serpenti... Ché le bestie che strisciano ne sanno davvero una più del diavolo: vogliono che noi ridiamo di loro per avere una scusa per divorarci. Così infatti avvenne: giunta che fu sulla riva opposta, la donna rise della cattiva fama dei serpenti, e il viborón spalancò la bocca e... ahaam, se la pappò tutta intera.»

Il bambino resta un attimo pensieroso, poi domanda come per rassicurarsi: «Ma in casa tua non entravano i serpentoni delle piogge, verdad?».

«No, non capitò neanche una volta. Ninfee, spesso; ramaglie. Una volta, anche una poltrona col sedile di velluto rosso, portata dall'acqua da chissà dove... Comunque noi eravamo preparati: i letti di legno di cedro erano fatti come barche per scappare in caso di pericolo; quando arrivava la inundación, mio padre e mia madre tiravano sul tetto il loro letto-barca, che era grande e ci si stava sdraiati in due. Io e mio fratello Juan Evangelista, invece, avevamo una piccola canoita ciascuno, de dos remos, e restavamo a dormire in cucina galleggiando sull'acqua che entrava dalla finestra e dalla porta. A mí me gustaba mucho. Al mattino le anatre coi loro piccoli ci svegliavano nuotandoci intorno.»

«Era alto il fiume?»

«Eh, sì: l'acqua gonfiava, gonfiava... arrivava alla cintura e a volte al seno di mia madre, anche se la nostra casa stava su un argine alto sette otto metri... Era pericoloso per i bambini. Ogni volta che c'era una creciente sparivano un mucchio di niños. Dopo li si cercava, ma sovente non c'era niente da fare, il fiume non li restituiva.»

«E allora?»

«Allora si faceva un velorio sul fiume, con le candele accese su una piattaforma galleggiante.» Malo destino non avere sepoltura, pensa Encarnada: ché tutti dovremmo finire al riparo di una tomba, coi pugni stretti intorno a una brancata di terra; invece chi resta insepolto gli tocca girare piangendo nella notte per l'eternità...

«E tu?»

«Io avevo mica paura. Quand'ero stufa di remare nella mia canoita, salivo sulla scaletta che portava sul tetto, dove i miei avevano messo in salvo le galline.»

«Anche Juan Evangelista?»

«Oh, mio fratello aveva ancora meno paura di me. Sempre in giro a trafficare, per acqua e per terra, con la sua sacca di cotone sempre piena di uova di uccelli, porcellini d'India, pezzi di legno di forme strane.»

«Un po' come me, verdad?»

«Già. Una ne faceva e cento ne pensava, Juan Evangelista. Come quella volta che se ne arrivò a casa con un fagottino e lo posò sul tavolo: dentro c'era una bambina piccola piccola, un robino con una peluria rada sulla testolina come un piccioncino nel nido.»

«Mia cugina Provisoria che è morta l'anno passato...»

«Proprio lei... Juan Evangelista era così, faceva tutto di nascondoni. Come quell'altra volta che si mise in mente di distillare alcol dalle arance e la cosa gli riuscì così bene che se ne venne da Posadas con un mucchio di regali: per me un vestito di cotone azzurro disegnato a pesci gialli, una bambola di stoffa per la Provisoria e una palla per il mio

Joao.» Scuote la testa sospirando, ché purtroppo suo fratello in seguito si mise coi contrabbandieri paraguayos e faceva le settimane a non tornare a casa. Dice il proverbio che la troppa fiducia suole perdere gli animosi: così lo trovarono un mattino dietro la porta, con un colpo di machete nella gola. Chi l'avesse portato fin lì, non si seppe mai. Povero Juan Evangelista, ma almeno lui una tomba ce l'ha; Antonio Majna e Joao invece no, per cui la notte gridano ancora, non trovando riposo, come non fossero davvero morti. Ché tra la vita e la morte c'è ancora una infinità di cose.

Restano a lungo così, la vecchia e il bambino, sventagliandosi tra nugoli di farfalle rosa attirate dalla lampada a carburo. Nelle nuvolette di fumo della sua pipa vagano strane forme davanti agli occhi di Encarnada. Cose indefinite, frammenti di visi, voci lontane; tutto il passato in cui ha guardato con orrore le acque del fiume uscite dal loro letto. C'è voluto molto tempo prima che lei cessasse di imputare al Paraná ciò di cui il fiume non era colpevole. Perché, se suo padre sparì da casa, non si dovette alle piene, ma al fatto che la sua malattia era vergognosa e lui non poteva sopportare che moglie e figli patissero la sua vista. Se Joao scomparve, invece, fu colpa della sua sete d'oro. E che dire del bianco che la mise incinta nello yerbal, sotto l'inferno di sole del mezzogiorno, e poi svanì nel nulla? Non si poteva imputare la loro sparizione ai pericoli del fiume o della foresta, ché è nella natura di maschi essere come gli uccelli che passano sopra la radura, alti nella luce del pomeriggio, e si possono guardare e ascoltare, ma non trattenere, neppure con le mani alzate. E allora a che serve avere nostalgie nei confronti di chi è capace d'un tratto di staccarsi da noi come un uccello che vola via senza neanche un addio?...

Ma queste cose Encarnada non può raccontarle a Icario che ancora soffre la sparizione di suo padre Joao.

Quella notte la terra ha sete di diluvio. Prima il vento, poi i tuoni; infine, improvvisa, una pioggia furiosa, compagnata da fulmini rossi.

Abbracciati nel letto, la vecchia e il bambino tendono l'orecchio restando in sospeso: solo risuonano all'esterno gli scrosci sul tetto di legno d'incenso. D'improvviso si sente uno strano grido dal fiume: non sembra certo umano, ma né Encarnada né Icario conoscono un animale che possa lamentarsi a quel modo. Dunque dev'essere qualcos'altro, forse uno spirito che soffre. Il grido vaga nella boscaglia, ora un po' più vicino ora più lontano. Somiglia a un pianto lamentoso e agitato.

Encarnada rabbrividisce, sicura che si tratti della voce dei morti d'acqua che chiedono un fiore e una preghiera.

Il bambino si rannicchia tra le braccia della vecchia: «Chi è che piange, nonna?».

«Sst... Dormi. Non è nulla.»

«È uno spirito?» chiede il bambino, piagnucoloso.

«Forse. Prova a dire piano "batata", ché alle ombre questa parola fa orrore, e subito scompaiono.»

È facile calmare un bambino, basta una sciocchezza. Per una vecchia è differente. Sospira, Encarnada; non sapendo se sia davvero triste, tutta curva sotto il peso dell'essere rimasta sola con questo bambino. Sola e troppo vecchia. Ascolta il temporale che si scioglie, la pioggia battendo battendo sulle foglie dei banani.

Più tardi, coi sogni, vengono i suoi morti, uno a uno, sedendosi al bordo del letto per non disturbarla. Suo padre Antonio, sua madre Pilar, suo fratello Juan Evangelista, il figlio Joao, la nipote Provisoria; ognuno con una preghiera negli occhi vuoti... Per ultima, appare Jacinta, la nuora: robusta non era mai stata, scattosa e magra piuttosto, ma quella notte ha proprio le guance di gesso dei fantasmi: si vede che è preoccupata per il piccolo Icario. "Proverò a scrivere a sua cugina Regalada" promette la vecchia, parlando in gola. Un guizzo negli occhi della donna-fantasma le rivela che ha capito e acconsente.

Verso la fine della notte, sogni e morti se ne vanno finalmente là da dove erano venuti.

Al primo raggio di sole che fora la nebbia lattiginosa del mattino, Encarnada si alza dal suo giaciglio con uno scatto improvviso; senza fiato sta in ascolto che non ci sia più nessuno. Fiuta qualcosa di strano nell'aria, il cuore le batte talmente da riempirle la testa, mentre adagio adagio si squagliano le immagini del sogno, gli spiriti che ogni notte bevono al suo cuore.

Ascolta una bestiola rosicchiare qualcosa sul tetto. Poi, a passi lenti, va alla porta: fuori, la benedicono la santità della luce, la calma del cielo argentato, la tonica frescura della foresta. Ché è una di quelle mattine in cui l'alba risveglia memorie dei tempi in cui Dio ancora percorreva la terra con voce d'uccello. Encarnada può sentirsi la prima donna della terra, o forse l'ultima: ché finché gli altri dormono e si è soli, il tempo non esiste.

La foresta a quest'ora ha una sua riposante nitidezza di verditeneri, verdirosa, verdirossi. Solo il sentiero che scende al fiume, trasformato dalla pioggia notturna in un sonante ruscello, è di uno stridente color sangue. Due arcobaleni gemelli traversano il cielo, per cui la vecchia abbassa in fretta gli occhi: ché se guardasse troppo a lungo l'arcobaleno d'oriente sarebbe un giorno sfortunato, mentre se tenesse gli occhi troppo a lungo su quello opposto non potrebbe più fare neanche un passo senza inciampare o prendere in mano un coltello senza tagliarsi.

Chacharanchá chacharanchá...

Domani è Natale; forse l'ultimo Natale che lei passerà su questa terra, ché ormai sta per venire la sua ora, lo sente.

È ancora presto quando si fa accompagnare da don Pepito alla laguna di Kuritá per portare dei fiori ai suoi morti d'acqua.

La luce del mattino fa meraviglie di riflessi sullo specchio della laguna, traendone migliaia di scintille. Una leggera brezza carezza le enormi ninfee che spampanano i loro petali rossi e carnosi. Getta le offerte di focaccia più lontano che può, restando a osservare i cerchi concentrici che si spandono, i fruscii delle bisce che scivolano nell'acqua con la testa sollevata disgregando al loro passaggio la superficie piattamente oleosa della laguna. Però guardare acqua stagnante per troppo tempo stranisce, fa venir voglia di abbandonare la riva e lasciarsi affondare: Encarnada se ne ritrae con un brivido.

Prima di mezzogiorno è già di ritorno alla sua capanna.

All'ora della siesta, Encarnada che riposa sul seggiolone sotto il portico sente l'abbaiare del cane, ma non si muove. Poco dopo, ai piedi della piattaforma rialzata vede tre ragazzi bianchi: grondano sudore e hanno sulle spalle grossi zaini.

«Se cercate dell'acqua, dentro la mastella sotto la piattaforma ce n'è» dice Encarnada senza scomporsi. Questi gringos che se ne vanno in giro sotto il sole del mezzogiorno, son proprio matti. Gente che si mette a girare per Misiones senza sapere cosa significano quattordici ore di sole calcinante.

Si sventaglia: è un'ora di fuoco, col cielo bianco di quaranta gradi e un sole giallo senza raggi. La foresta, le rocce di basalto, la sabbia rossa, tutto riverbera in modo accecante; l'aria vibrando da tutti i lati, dannando la vita. La terra degli yerbales esala vapori di forno e ogni cosa sotto il sole a piombo pare deformarsi in un tremulo fervore che addormenta gli occhi. Anche i colori impallidiscono, solo le ombre restano nette.

Encarnada guarda i gringos: stanno ancora vicino alla mastella, ogni tanto mettono le mani a conca, raccogliendo acqua tiepida per rinfrescarsi testa collo polsi.

Le lanciano un grazie mentre raccolgono gli zaini e si rimettono in marcia. Locos. Completamente pazzi. Encarnada sputa per terra, scuotendo la testa.

A lungo resta seduta a fumare la pipa col ventaglio di piume di pappagallo posato in grembo. La scimmia esce dalla sua cesta con qualcosa tra le mani e la porta alla padrona.

«Cos'hai trovato?» chiede Encarnada. «Fa' un po' vedere.»

Si tratta di uno specchietto rotondo, con la cornice di legno scheggiata. Presolo tra le mani, la vecchia ci si guarda con occhi imbambolati; fissando i capelli grigi pettinati in una reticella di colore rosa, le rughe profonde sulle guance che portano i segni di un lontano vaiolo, gli occhi incredibilmente azzurri per la sua faccia meticcia.

«Si può sapere dove l'hai rubato?» chiede a Coronel, come se la scimmia potesse risponderle. Ma già l'animale se n'è scappato via con lo specchietto stretto nel pugno.

Ripensa alla volta che venne quel tale dalla capital federal, un italiano. Non uno dei soliti gringos che fotografavano le ruinas e poi si perdevano con una bottiglia di cerveza nella boscaglia; uno serio, che lavorava per una compagnia di legnami pregiati e aveva una squadra di operai che prendevano le misure di lotti di foresta. E come rise quell'uomo quando venne a sapere come faceva di cognome Encarnada: diceva che anche sua madre portava un apellido uguale, e che il mondo era proprio piccolo ché di Majna ce n'erano dovunque sulla faccia della terra.

Poi l'uomo, quel tal Filippo, a un certo punto se ne partì per una zona più a nord, verso le cataratas, portando con sé la Provisoria che aveva quindici anni ma era già donna fatta; perché il gruppo degli operai aveva bisogno di qualcuno che preparasse pranzi e pulisse la biancheria. Ah, la Encarnada ne fu messa tutta sottosopra, ché la figlia di Juan Evangelista l'aveva allevata lei, tal quale una mamma. Ma l'italiano la pagò bene: tre mesi del salario di Provisoria anticipati. E poi la ragazza aveva voglia di andarsene, diceva: «Zia, vedrò il mondo, el señor Bellati è un vero uomo», aveva un po' il sangue bollente di suo padre Juan Evangelista.

Bueno, così andarono le cose; poverettina anche lei, la Provisoria, illusa di farsi sposare. Ma gli uomini finiscon sempre per scappare quando gli passa la fregola: una mattina prendon la porta e scompaiono; per anni, o anche per sempre. È già tanto se di loro ti rimane una fotografia da tenere sulla credenza.

Encarnada chiude le palpebre per rivedere meglio nella memoria il viso di sua nipote Provisoria. Per un po' alla vecchia sembra di essere in un altro spazio, dentro un sogno. Guarda gli orologi appesi sotto la trave centrale: al primo mancano le lancette, mentre l'altro, per caso, è fermo più o meno all'ora esatta: le due e un quarto del pomeriggio.

Sotto la ferocia del sole si ha l'impressione che la piccola tettoia di foglie di palma, che copre il porticato, non serva a nulla: Encarnada sente il suo corpo enorme, come gonfiato dal calore in una specie di capogiro. Che sete, pensa, ma rimane immobile, mentre il tempo scorre lasciando indietro l'orologio fermo alle due e un quarto. Ché forse non è neppure fermo, ma solo vecchio, epperciò va lento lento lento come il suo corpo.

«Vado a preparare l'acqua del mate» dice a voce alta, dopo essersi riscossa dall'imbalordimento che l'ha presa. E sparisce all'interno della capanna.

Quando torna fuori, la vecchia ha un bollitore d'acqua in mano e Coronel appollaiato sulla spalla.

Prepara il mate con cura, con dita rugose ed energiche, come il rituale esige, versando l'acqua adagio adagio per evitare di rovinare la yerba. Mentre con calma sorbisce la bevanda con la bombilla d'argento, avverte l'attenuarsi della secchezza metallica della gola di poco fa.

Intanto è arrivato Icario trascinandosi dietro un lungo lucertolone preso al laccio. Racconta di essere stato a giocare nelle ruinas. Encarnada scuote la testa con disapprovazione: ché tra quei pietroni rosso sangue si nascondono spesso serpenti velenosi. Non le piace quel posto, le fa impressione soprattutto il desolante abbandono dei portali con gli angeli trombettieri, la vastità silenziosa del patio occidentale, il totale sfacelo della chiesa aggredita dalla boscaglia; ché presto verrà il momento che la foresta si mangerà tutto quanto. Solo la colonna a ridosso della quale è cresciuto un grande albero di "palo rosa" inglobandola a poco a poco, si salverà forse dal fiato distruttore del tempo. "Corazón de piedra" così gli indios chiamano quello strano albero dalle viscere di arenaria; ché di miracoli come quello al mondo ne esistono pochi.

Icario si incanta a guardare la peluria bianca che ricopre e nasconde il labbro superiore della abuela, facendolo quasi sparire.

Mi guarda perché sono vecchia, antigua, pensa Encarnada. Cosa sarà di questo bambino quando io mancherò?

Poi a voce secca e ferma dice: «Faremo festa stasera, perché è la vigilia di Natale».

Mentre prepara il sugo per i tamales, Encarnada racconta: di come i suoi genitori si siano spaccati la schiena a lavorare in una fornace; della vita dura che facevano tutti i mensú di Misiones; del fatto che a quei tempi si moriva di sfinimento e disidratazione, o dei maltrattamenti sotto la frusta dei capataces. Le donne di allora lavoravano coi neonati appesi in spalla, dentro una borsa.

Il bambino, pur avendo sentito quelle storie tante volte, ascolta con interesse e ogni tanto fa domande; a chiedere, per esempio, perché gli uomini sopportassero quel lavoro disumano e non se ne andassero da un'altra parte.

Eh, mio piccolo Icario, non potevano scapparsene o

cambiare lavoro: Antonio Majna, suo padre, aveva contratto un debito, era diventato schiavo, epperciò aveva il lobo dell'orecchio tagliato e il mignolo mozzo, cosicché già a prima vista la polizia l'avrebbe individuato come un debitore fuggitivo.

Questo, Icario lo capisce bene, perché chi nasce nella regione di Misiones porta incisi nel cuore, come conoscenza ereditaria, due grandi dogmi: la schiavitù del lavoro e l'intoccabilità dei padroni. Il bambino però chiede se il bisnonno Antonio non abbia mai tentato di fuggire.

Certo che ci aveva provato. Ma chi aveva la sventura di essere ripreso, veniva frustato quasi a morte, spiega la vecchia; per soprassello, per un anno intero suo padre era stato separato dalla moglie e dai bambini, a mo' di punizione. Ché popoli pietosi hanno messo el infierno nell'aldilà, ma i padroni della fornace no, la pietà non la conoscevano.

Non aveva più ritentato?

Eccome? Qualche volta avrebbe potuto anche farlo, ma aveva paura di venire ucciso, e questo terrore gli rimase fino alla fine. L'angoscia ultima e più terribile: la paura degli altri uomini... Encarnada se li ricorda ancora i volti dei capataces più feroci. Li vede tutti uno per uno, con precisione, in quel tipo di memoria vivida che, per i fatti accaduti nell'infanzia, dura toda la vida.

Allora come fecero a venire fuori da quell'inferno?

Fu solo perché Antonio si ammalò, si spezzò. La malattia gli mangiò il naso e le orecchie. A quel punto il padrone gli consentì di andarsene dalla fornace, perché aveva paura che si trattasse di lebbra e infettasse gli altri lavoranti. Pilar, la madre di Encarnada, allora lo portò in città in un ospedale di bianchi, dove i medici dissero che era tutta colpa de un parásito, ma non c'erano cure. Ragion per cui Pilar cominciò a curarlo preparandogli la "sustancia", facendo colare il siero dalla carne fresca della selvaggina che Juan Evangelista cacciava; così infatti le aveva insegnato una medicona della foresta. I primi tempi sembrò

44

funzionare, andarono a abitare lontano sull'argine del fiume. Si viveva tranquilli, tranne quando si verificava la creciente.

Questo racconta Encarnada a Icario che l'ascolta boccaperta. Dice che Antonio Majna morì quando lei aveva nove anni. Tiene per sé il fatto che suo padre si sentiva in colpa, che qualcuno gli aveva messo in mente che la sua malattia fosse un castigo che Dio gli aveva mandato per il fatto di aver lasciato l'Italia, abbandonando una moglie e delle bambine. Suo padre se culpaba per il fatto di non essersi più fatto vivo con loro, neanche con una lettera. Pensava di farlo, un giorno o l'altro, ma non lo fece mai: La vida son debiti che no se pagan, sono lunghe promesse che no se cumplen, pensa Encarnada. Per lei, la morte di suo padre è da imputare ai discorsi del predicatore gringo insediatosi nel paese in quegli anni: un norteamericano tremendo con la voce da rapace e una ruga in mezzo agli occhi. Uno che predicava che la fine del mondo era vicina; che Dio aveva distolto lo sguardo da Antonio Majna perché lui aveva lasciato la legittima moglie in Italia; che Encarnada e Juan Evangelista erano figli del peccato. «Per quel pobrecito di mio padre non c'era rimedio, a volte gridava di dolore per ore intere, col cervello che gli dava giravoltole, come se vedesse l'inferno davanti agli occhi... Una sera che pioveva forte e il fiume era ingrossato, uscì e non tornò più. Mia madre morì di crepacuore poco tempo dopo.»

E che ne era stato del fratello di Encarnada?

Il povero Juan Evangelista morì nel '35. Faceva contrabbando con i paraguayos. Una sera vide la luz mala e da quel momento non fu più lui. Era convinto che la sfortuna l'avesse segnato, e un giudizio di sangue l'attendesse. E fu effettivamente così. «Tuo padre Joao, invece, si era messo in mente che col mercurio poteva scoprire i tesori sepolti nelle ruinas. Ché qui a Misiones è articolo di fede che i Gesuiti, prima della loro fuga, abbiano sepolto monete e altri oggetti di valore. Son pochi quelli che, almeno una volta nella vita, non hanno cercato di dissotterrare un entierro. Joao era ossessionato dalla ricerca dei segni: una montagnola di pietre, un vecchio tronco isolato potevano essere indizio di un tesoro sepolto.» Sospira, pensando che Joao era un bravo ragazzo, ma dopo che sua moglie era morta di parto aveva cominciato a bere troppo.

La vecchia è stanca. «Se mi vai a prendere delle foglie di banano tenere tenere, ti faccio vedere le fotografie» propone al bambino. A Icario si illuminano gli occhi e corre subito fuori nella radura.

Quando torna indietro sventolando un paio di lunghe foglie color verdechiaro, la vecchia sta già rimestando in una pentolina il sugo.

La cucaracha la cucaracha ya no pue' navigá.

Sul tavolo sgombrato da piatti e bottiglie viene subito rovesciato il contenuto di una vecchia scatola di latta rugginosa con la scritta GALETAS: si tratta di un mucchio di fotografie scolorite tra cui Icario prende a rovistare.

«Hai pulito le mani?» chiede Encarnada. «Guardale pure, ma non rovinarle con pieghe, mi raccomando. Intanto io finisco di cucinare...»

Così passa tutto il pomeriggio: il bambino, perdendosi nel romanzo muto di quei volti; la vecchia stendendo la polenta, riempiendola di sugo, avvolgendola poi in un pezzo di foglia di banano che lega con refe bianco. Intanto – a domanda, risposta – la storia della famiglia continua: la narrazione centrale si svolge qui sullo scenario di questa sperduta capanna che fa da filo conduttore; ma il racconto è saturato e costellato di storie parallele, biforcandosi e proliferando all'infinito negli aneddoti della vecchia e negli interventi del bambino. Ché la terra di Misiones, come tutti i posti di frontiera, è ricca di vicende pittoresche – la vita più normale qui racchiude due o tre piccole epopee di lavori insoliti, o addirittura di fatti di sangue. Esta vida ha le sue giravolte, todo puede suceder... ripete più volte Encarnada.

Icario non si lascia sfuggire nessuna foto: piantagioni di caña, lance a motore affondate sotto il peso di una quantità di banane, carovane di mule; qui un pugno d'uomini giocano al truco, lì due bambine siedono su un pontile con un camaleonte tra le mani. E, dato che Icario non si mette in tasca la lingua, le domande fioccano.

«Questo in bombachas, col fucile in mano, è Juan Evangelista» spiega la vecchia. «Quell'altro, invece, è mio padre Antonio Majna; insieme con mia madre, Pilar, a seno nudo come usavano le ragazze di allora. È una foto di molto prima che si sposassero: quando lui la conobbe, la prima volta che venne al norte e la portò a vivere con sé. L'altra, la bambina magra magra, è tua cugina Provisoria, la figlia di mio fratello Juan Evangelista; chi fosse la madre non l'ho mai saputo... Invece quello-lì sulla lanchita è tuo padre Joao. Perché tiene la bottiglia di aguardiente tra le mani? Perché chi va in cerca di oro, deve affrontare il gallo culebrón che fa la guardia ai tesori dei Padri Gesuiti: un basilisco rosso con cresta di gallo, che non bisogna mai guardarlo negli occhi, ma subito gettargli uno scongiuro e farsi tre volte il segno della croce... No, non lo so se tuo padre trovò il tesoro. Forse lo sta ancora cercando...»

«Ma un giorno o l'altro lui tornerà con un gran regalo per noi: vero, nonna?»

Encarnada si asciuga il sudore della fronte col dorso della mano, le fa ressa nella gola un sentimento di pena.

Più tardi, quando i tamales vengono tolti dal fuoco, la vecchia e il bambino tagliano i fili dei saccottini svolgendo le foglie di banano che li racchiudevano: la polenta ha assunto un bel colore verdoso e il profumo è davvero stuzzicante.

«Prima di andare a dormire» si raccomanda la vecchia «raccogli tutte le fotografie e rimettile nella scatola.»

«Perché?»

«Altrimenti vanno perse. La scatola di latta le protegge.»

«Come fa corazón de piedra con la colonna dei Gesuiti?»

«Proprio... Cállate e mangia, che si fredda. Quand'ero piccola mia madre ripeteva sempre a noi chicos di non parlare quando si ha la bocca piena. È così che si cresce e si diventa padroni della lingua.»

Poi Encarnada accende la sua pipa. «Una volta scese sulla terra un angelo del Signore» prende a raccontare «travestito da vecchio zoppo. Chiese la carità a una capanna; la coppia che ci abitava era poverissima, ma gli diede lo stesso una empanada. Allora lui si rivelò in tutto il suo splendore e chiese a quei pobrecitos di esprimere un desiderio.» Sovente nelle storie di Encarnada compaiono personaggi dai travestimenti misteriosi, ché la vecchia ripete che bisogna essere gentili con tutti: non si può mai sapere se dietro un vagabondo ci sia o no un angelo. «Allora quelli» continua Encarnada «dissero all'angelo che desideravano qualcosa che li tirasse su di morale, perché sovente si sentivano soli e tristi, tanto più che qui in terra le cose andavano male, muy mal. E l'angelo per consolarli fece loro il dono del tabacco.» A questo punto Encarnada scoppia in una risata cavernosa. C'è qualcosa di inquietante nel suo ridere. Si capisce che non nasce dal buonumore, ma dalla stanchezza, da un'angustia estrema sperimentata per tutta una vita.

«Che cosa succede, nonna?» chiede Icario avvertendo il suo cambiamento d'umore; e le salta sulle ginocchia.

Nella radura inondata dalla luce lunare, i banani si duplicano in nero per la luce violenta che li inonda di fianco;

neanche un filo di vento, immobili, brillanti di rugiada. È nella prima notte di luna piena che si cava l'argilla dal fiume, dice la vecchia: i recipienti fatti con la creta estratta in qualsiasi altro momento non solo tenderebbero a rompersi, ma farebbero ammalare chi ci mangiasse.

Icario non risponde nulla, tutti i sensi concentrati nel bere la chiarità della grande luna. Pare addirittura di sentire frusciare i raggi di luce attraverso gli alberi. La vecchia tiene stretto a sé il bambino, baciandogli i capelli come le cagne che leccano i cuccioli.

«Tu sei nato in una notte come questa, lo sai? Era, come adesso, la vigilia di Natale e tuo padre Joao stava tornando sulla sua canoita nel posto dove allora abitavamo.»

«Remava veloce?»

«Certo, perché aveva fretta, ché tu stavi per nascere.»

«E teneva il fucile vicino a sé?»

«Come sempre, quando andava a caccia... Però successe una cosa strana: che, quando fu vicino al villaggio e già ne vedeva le luci, scoprì in piedi su uno scoglio in mezzo al fiume un bambino tutto vestito di bianco.»

Sulle pareti del portico la luna riversa una tale chiarezza di latte che si possono vedere fin le minime venature delle travi di sostegno. Icario si preme la mano della nonna sul viso, con un'espressione supplicante, perché continui a raccontare.

«Tuo padre rimase sbalordito, perché quel bambino se ne stava tutto solo sulla roccia mentre intorno l'acqua correva a grandi ondate.»

«Vestito di bianco, hai detto?»

«Sicuro, e coi capelli d'oro.»

«Ma cosa ci faceva tutto solo in mezzo al fiume?»

«Smettila di fare domande. Lasciami contare... Allora, quando vide la canoa di Joao avvicinarsi, il bambino tese la destra con la palma all'insù come per chiedere qualcosa. Joao stette fermo per la paura: guardava il bambino, era impossibile distoglierne lo sguardo perché una grande luce lo circondava. Poi il bambino balzò sulla canoa e sedette sorridendo vicino a lui.» Si interrompe per tirare una boccata dalla sua pipa.

Icario aspetta il seguito con ansia, ma si trattiene dal fare domande.

«Allora Joao riprese a remare verso riva» continua la vecchia. «Quando entrarono ai pontili, tanta era la luce che il villaggio ne fu inondato. Una luce che non era di questa terra. Ché la gente uscì dalle capanne e alle porte si affacciarono gli animali, anche quelli che si erano già addormentati: non avevano occhi che per il bambino che aveva portato Joao. Lo videro tutti, non ci fu nessuno che non lo vide... Il bambino dai capelli d'oro saltò giù dalla canoa. No, non scese, volò, librandosi nell'aria come una farfalla: traversò lo spiazzo e entrò nella nostra capanna dove tua madre stava male...»

Encarnada ripensa a quella notte, alla croce fatta col piede di Joao sul ventre di Jacinta che scalciava come una furia, gridando di dolore; tutte le aveva provate, perfino il rimedio di farle bere un infuso di pezzetti tagliuzzati di monete d'argento.

«Tu sei nato quella notte» conclude.

«E il bambino d'oro?»

«Volò in cielo e si portò via tua madre.»

La luna è ormai alta sopra la capanna, Encarnada è stanca, sentendo sempre più il suo tempo andare all'indietro come quello dell'orologio del porticato. Icario si addormenta col viso poggiato alla spalla della nonna.

Deve scrivere alla figlia della Provisoria, spiegarle che la situazione è grave. Forse lei potrebbe occuparsi di Icario; adesso che è andata a stare nella capital federal, può magari riuscire a trovare un lavoro a questo ragazzino, quién sabe... Encarnada prende un foglio di carta da un vecchio quaderno bisunto che sta sotto la scatola di latta delle fotografie. "Cara Regalada" scrive a matita, dopo averne inumidito la punta tra le labbra.

Guarda i segni bluetti sul foglio, non ha mai avuto grande dimestichezza con la scrittura, ma non importa. Cancella con un tratto di matita e riscrive: "Carissima nipote Regalada vengo a trovarti con questa lettera per farti sapere che la mia salute non va troppo bene e allora ho paura per il nipote Icario, figlio del mio Joao". Resta a lungo pensierosa, dopo aver riletto le righe faticosamente scritte.

Continua sul filo dei pensieri: "Ovunque c'è un parente è casa propria, e magari Icario potrà stare con te, adesso che sei grandina e vivi in città. Ché a te, mi sembra, la vita comincia a sorridere, più che a me e alla tua povera mamma, che tutte e due abbiamo provato le amarezze di un uomo che ci cercava come femmina e non ci voleva come moglie; ma lo sai, la Provisoria te l'avrà detto tante di quelle volte, che noi donne bisogna chiudere gli occhi sui difetti dei maschi e compatirli, perché si impegolano in affari sporchi di bugie e mancano di coraggio. Ché l'unica cosa che conta, al fin y al cabo, è il corazón di noi donne che continua a battere sia in tempi buoni che in quelli cattivi". Forse potrebbe anche aggiungere che perduto è soltanto chi sente il palpito del proprio cuore e non ha nessuno a cui dirlo. Invece conclude: "Anche se adesso la vita ti gira meglio, ricordati delle mie parole. Perché io so' antigua".

Tende l'orecchio a sentire le voci lontane dei suoi morti. La scuote un brivido per cui alza gli occhi verso la luna, come se da lì debba venirle conforto. Ma nulla ne scende, tranne la luce mite, fredda morta, alla quale i banani gettano le ombre lunghe come mani tese a afferrare un'ultima speranza.

Regalada Majna (1948-   )
Nemmeno in fotografia
Buenos Aires, 1962

... e nemmeno in fotografia
poté vedere il suo viso,
ma lo sentiva vicino,
a volte, quando soffriva.

MIGUEL D. ETCHEBARNE, *Juan Nadie*

Di sicuro sarà bello, alto, ben vestito. Se avessi avuto una sua fotografia, l'avrei consumata a furia di baci. Quando ho detto a mamá cosa avevo intenzione di fare, mi ha guardato come se durante la notte mi fosse venuta una faccia a pallini verdi e ha urlato: «Sei una cretina a illuderti, una loca, una pazza: tuo padre non ama nessuno, non è proprio capace. E tu vorresti cambiarlo!? Fammi il favore!». Ma fammi il favore tu, mamá... Ché io non voglio più sentire le brutte cose che lei dice su papà. Lei che non è stata capace di capirlo, lei con i suoi racconti carichi di risentimento.

Ammetto che sia comprensibile che mamá ce l'abbia con lui, visto che papà non l'ha mai sposata e non mi ha neppure dato il suo cognome. Ma io so che lui non è cattivo. Come lo so? Così, lo sento. Non può essere cattivo... Ho trovato una foto in un cassetto. È stata scattata sulla veranda di casa nostra: mamá, molto più giovane di adesso, sta seduta su una seggiola e ha la pancia tonda e gonfia da donna incinta; sicuramente di me. A fianco, in piedi, c'è un uomo: se ne vede il corpo giovane, in pantaloncini, ma la faccia è stata cancellata, graffiata via. Dev'essere stata scattata ai tempi in cui papà si faceva ancora vedere qualche volta, poi non venne più, mandò il señor Rosato a parlare con mamá e a portarle dei soldi... Ma io di tutto questo non mi ricordo, l'ho soltanto sentito raccontare. La fotografia invece l'ho scoperta un mese fa, in una busta gialla ben nascosta dentro un involto di vecchi giornali. Da allora non ho fatto che pensarci, immaginando quel viso che non conosco.

Me lo figuro un po' silenzioso, molto serio. Nella foto sta a braccia conserte... Io però saprò rallegrarlo. Ne sono sicura. Quando aprirà la porta, prima resterà a fissarmi incredulo, poi scoppierà in una risata, dicendo: "Accidenti, guarda chi è venuta... Lo sapevo che un giorno o l'altro ti saresti fatta viva, hija!". Sarà una festa.

Calle Florida... devo stare attenta a non sbagliare: proseguire dritta verso nord fino a Suipacha, poi voltare a sinistra e sorpassare Lavalle. La piantina di Buenos Aires dice così. Magari più tardi chiedo a qualcuno se sono sulla strada giusta.

Cosa stavo dicendo? Ah, sì... che forse sarà invecchiato rispetto alle descrizioni che ho sentito fare di lui. Mi sono sforzata di pensarci per tutto il tragitto dell'autobus, da Posadas fino a Buenos Aires. Avrà qualche capello grigio. Probabile. Delle rughe, come il señor Vicente, il padrone del bar in cui lavoro. O magari no: gli uomini in città invecchiano di meno, rispetto a noi nella selva...

Come sono tutti ben vestiti qui. A Esperanzita la gente va in giro in pantaloncini. Meno male che mi sono messa la gonna verde di quando vado a messa la domenica, vorrei fargli una bella impressione, mamá dice che in ogni occasione è la prima occhiata quella che conta, nello specchio di questa vetrina mi sembra che la gonna mi stia bene. Certo queste vecchie scarpe da ginnastica stonano; ci vorrebbero delle "ballerine" color argento o oro con la suola morbida e flessibile, mi darebbero un passo leggero, elegante... Mamá dice che quando cammino sono goffa; per forza: sono diventata così alta, l'estate scorsa le gambe mi sono cresciute troppo, e pure il seno, per strada m'accorgo che gli uomini mi lanciano certi sorrisini e fanno commenti a mezza voce... Però, quando si balla il sabato sera al bar di don Vicente, mamá non vuole che io torni tardi. Il mese scorso che ci rimasi fino a mezzanotte, venne là come una furia, mi afferrò per i capelli, mi trascinò fuori e mi diede una sberla: «Questo non si fa alla tua età» mi urlò. «Non provarci mai più! Capito?...» Dice che sono ancora troppo piccola. Hacé el favor, mamá: ho quasi quattordici anni. La ammazzerei, quando mi tratta così: io le dico che ho voglia di un po' di svago e lei parla d'altro, come se mi traversasse con gli occhi senza neppure vedermi. Perciò mi tocca tornare prima di mezzanotte, come Cenerentola.

«Il sole ti deve aver fuso il cervello» mi ha detto mamá quando l'altra settimana le ho spiegato che avevo intenzione di venire alla capital federal a cercare papà. Lei non capisce che io ho bisogno di conoscere papà. Quand'ero piccola non ci pensavo, anche se certe volte soffrivo: come quando la suora del catechismo fece il teatrino di Natale e non mi scelse per far parte del coro degli angioletti; la scusa era che non avevo una bella voce, ma allora anche Maruja doveva essere esclusa perché era più stonata di me, e invece la suora le infilò due ali d'argento e la mise in fondo con l'ordine di aprire soltanto la bocca ma non cantare davvero... La verità era invece che mamá non era sposata e io ero figlia di padre ignoto. Ci sono rimasta male, comunque da bambini certi dolori non sono mai tragedie: un attimo dopo si fa spallucce e via... Però adesso, non so neanch'io, sono tutta cambiata. Ci sono pensieri che non mi hanno mai fatto né caldo né freddo, ma ora tutt'a un tratto mi sento strana, mi si chiude la gola per niente. Ma non posso piangere, ché mamá si risentirebbe. Mi pare di sentirla: "Cos'hai ancora da caragnare?...". Certe volte esco sulla veranda al mattino presto e rimango a guardare a lungo il cielo dell'alba sulla selva, con i pappagalli che strillano tutti insieme: è come se la domanda "Chi sei? Di chi sei figlia?" mi venisse su dal cuore senza trovare risposta. Allora vado a cercare la foto nascosta nella busta gialla: è un colore senza fine come il sole di mezzogiorno, come la domanda che ha cominciato a ossessionarmi, che mi fa venire il mal di testa mentre cerco la risposta: "Perché sono al mondo?"; domanda a cui immediatamente vien dietro il pensiero che non esisto... Allo specchio mi chiedo: chissà se somiglio a papà; perché mi spiacerebbe diventare come mamá: con la sua pesantezza di palpebre, gli occhi vuoti, la smorfia sulla bocca, la voce roca che recita le cantilene che sua zia Encarnada le ha insegnato, a mezzanotte, per aprire – dice lei – le porte dei sogni. Stronzate... Se ci penso, provo una strana stretta al cuore; una specie di paura. Come l'altro giorno, quando contavo i soldi che avevo messo da parte per comprare il biglietto della corriera per Buenos Aires; ero seduta sulla mia branda, mia madre dalla veranda ha detto qualcosa e mi sono voltata a guardarla: stava sull'amaca con una sigaretta tra le labbra, canticchiando. E mi sono venute in mente due cose: la prima, che in realtà della vita conosco solo la versione di mamá; la seconda, tutta all'opposto, che non sono più una bambina e per me è venuto il momento di affrontare il mondo. Così, quando ho comprato il biglietto, ho capito che il cercare papà era un modo per fuggire dalla possibilità di diventare come lei o la zia Encarnada. Ecco, mi son detta, è giusto che vada via.

Però adesso che sono qui en una ciudad tan grande come non ne avevo mai vista, non ne sono più così sicura. Tutto è pieno di incertezza in queste avenidas così trafficate. Mi mette a disagio il fatto di non conoscere la gente che ho intorno e che nessuno mi saluti come invece fanno tutti a Esperanzita.

Il fatto è che non sopportavo più Esperanzita. Certe domeniche che il paese sembra morto del tutto, mi vien da gridare: «Vorrei fare a pezzi tutto». E mamá: «Fa' quello che vuoi, ma smettila di ronzarmi qui attorno con quel muso lungo!». Lei mi rimprovera che mi scalmàno inutilmente, che noi donne non possiamo cambiare il corso delle cose, che la vita è un destino. Balle! È da quando sono piccola che mi sento ripetere 'sta solfa. Però i tempi sono cambiati. «Mamá» le dico «le donne moderne sono diverse: guarda cosa dice il giornale...», e le mostro *Verissimo* che mi ha dato la moglie di don Vicente: in copertina c'è una señorita che ha poco più della mia età, con dipinte di rosso non solo le unghie delle mani, sino también las de los pies. Senza contare quello che mostra el televisor che don Vicente accende la sera per i clienti... Io le dico che dovrebbe chiedere al señor Rosato di comprarcene uno, che possedere quell'apparecchio ci farebbe entrare in un livello superiore, che comunque sarebbe una distrazione anche per lei, altro che la radio... «Le gusta a todos» le dico, ma lei non fa che storcere la bocca e chiamarlo «el hipnótico».

Inutile ripeterle che il mondo va avanti: lei insiste che i giornali raccontano solo bugie. Figuriamoci; allora perché ci sta scritto *Verissimo*? E poi anche alla televisione fanno vedere le stesse cose. Ma lei a ribattere: «Ti crescono le patate sugli occhi? Non sai che quello che la televisione mostra è tutto un trucco?...». Mamá non sa far altro che tirar fuori a ogni occasione le sue prediche e il cordial di ginepro che per lei è il toccasana di ogni male.

Come l'altra settimana quando, dopo l'ennesima discussione, non ce l'ho fatta più e mi son messa a gridare: «Guarda che sono stufa, non ne posso proprio più che tu continui a ripetermi che ogni cosa che faccio non ti va bene. Comunque sta' tranquilla che in questa casa non mi dovrai sopportare più per molto: uno di questi giorni ti alzi al mattino e non mi trovi più».

Ma lei ha riso: «Oh che liberazione sarebbe!». Si capiva

lontano un miglio che non mi credeva. M'ha presa in giro: «E dove andresti da sola e senza un soldo?».

Ci sono rimasta male sul momento, perché non mi veniva in mente nessun posto.

Al che, lei ha rincarato la dose: «Lo so io dove finiresti: in manicomio! oppure in prigione!». Sempre dice così; e racconta che finirò in una cella a mangiare per tutta la vita pane e acqua, con una catena pesantissima alle caviglie.

«No. Andrò a Buenos Aires da papà» ho urlato «e, giuraddìo, che in questa casa non ci metterò più piede.»

E infatti eccomi qui.

Calle Maipú l'ho passata, questa è Esmeralda, la prossima è Suipacha. Manca poco alla casa di papà, solo poche cuadras... Accidenti, mi va il sangue alla testa a pensarci.

Una bottega da calzolaio, con le forme di legno per le scarpe. Tutte lustre... Un orologiaio. Un bar con un cartello: OGGI CAZUELA. Al soffitto un ventilatore gira lentamente... Un tabacchino, VASTO ASSORTIMENTO DI PIPE. TUTTO PER L'UOMO... Chissà se papà fuma? Mamá non me l'ha voluto dire. Solo che è un uomo bugiardo e egoista, che di soldi ne manda sempre pochi; eppure, dice mamá, ci ha sempre il portafoglio pieno, ma spende solo per sé. Lo dice almeno una volta al mese, quando arriva il señor Rosato con la busta. E sarà anche vero che i soldi che manda non bastano, ma non riesco a credere del tutto alle lamentele di mamá. Sono sicura che lui è un uomo gentile: basta il suo nome, Filippo Bellati, come potrebbe essere cattivo uno che si chiama così? E in fondo è colpa di mamá se lui non è venuto a vivere con noi. Lo sento... Ma io sarò furba: quando sarò davanti a lui, non gli parlerò di mamá, eviterò perfino di accennare a lei. Magari gli racconterò che è morta.

Dirò a papà che ho deciso di stare con lui per sempre. "Ascolta quello che ho da dirti, papà...", gli dirò; come alla televisione che ho visto oggi pomeriggio nel bar della stazione degli autobus, al Retiro, mentre mangiavo una empanada: davano una película con una ragazzina che parlava a suo padre e gli spiegava che lui doveva smetterla di trattarla come una bambina. Uno schermo grande come non ne avevo mai visti, neanche nei bar di Posadas. Con la gente che qui non versa il caffè nel piattino per farlo raffreddare... Ma questa è Buenos Aires, la capital.

Calle Suipacha, sono arrivata. Ora devo prendere a sinistra fino a Lavalle.

Gli dirò: "Non ce l'ho con te, anche se non sei mai venuto a trovarmi". Perché io lo so che papà lavora moltissimo, è tutto impegnato nel suo lavoro. Fa calcoli, conti, mi ha raccontato mamá. Per una gran ditta norteamericana. Dev'essere un uomo importante.

«È una pazzia» ha detto lei quando le ho spiegato che volevo conoscere papà. «Sei matta, niña. Completamente loca.» Matta sarà lei, che se l'è lasciato scappare e non ha neppure tentato di andare da lui a spiegarsi. Io almeno cerco di farlo: suonerò alla porta e, quando lui verrà a aprire, gli dirò: "Sono venuta per parlarti, papà. E tu adesso dovrai ascoltare". Perché io ho in mente un lungo discorso.

Avenida Córdoba... Non manca molto. Una persona può sopportare di tutto, se sa che è già arrivata a metà di quel che deve fare, dice sempre mamá... La testa mi ronza, il solo traversare questa grande avenida, mentre i negozi stanno chiudendo e le luci cominciano a accendersi, mi dà un'emozione che non riesco a dire. Una specie di estasi. Questa è dunque la capital federal... Come sono alti i palazzi. Con quelle cupole in cima... Chissà com'è la casa di papà. La nostra, a Esperanzita, è di legno: brutta, piccola, soffocante; ma non m'importa, tanto là non ci torno più. Ché da noi, a Misiones, la vita è ferma... come quando si lega una vecchia bestia a girare in tondo per spremere al torchio il succo della canna. Una vita immobile e senza vie d'uscita; una gabbia, di quelle piccole, di vimini, dove si mettono i pappagalli quando li si portano al mercato: questa è Esperanzita. Me lo sono detta l'altro giorno quando mi sono svegliata, e era come se il pensiero di papà per tutta la notte mi avesse dormito in fondo al cuore. Epperciò ho capito che dovevo assolutamente venire a Buenos Aires. Ancora non avevo comprato il biglietto ma già me ne stavo andando.

Solo dopo ho pensato a come sarebbe stato vivere senza mamá e senza la casa dov'ero nata. Era come se la selva, fuori dalla finestra, gridasse la mia partenza con le mille voci degli uccelli dell'alba.

Passo dopo passo sto avvicinandomi a te, papà. È cominciato tutto quando sono sgattaiolata fuori di casa, senza farmi sentire da mamá, per andare alla stazione delle corriere. Un passo dopo l'altro, facendo tintinnare nella tasca i soldi che ero riuscita a mettere insieme. Non ben sicura di quel che volevo fare, ma a un certo punto la mia indecisione se ha convertido en propósito: poi è venuto il viaggio in bus, la pianura che non finiva mai, la strada lunga e dritta che la traversava come una ferita che mi fa male da lungo tempo... Infine l'arrivo a Buenos Aires, 'ste strade sconosciute, questo sentirmi stranita come quando ci si sveglia da un sogno in cui si è pianto per qualcosa che neanche si ricorda più.

Una gran folla, impiegati che escono dai loro uffici, gente venuta in centro per gli acquisti. Strombazzare di auto dietro ai colectivos. Negozi illuminati... Ho chiesto varie volte a mamá quali fossero i gusti di papà. Mi sarebbe piaciuto portargli un regalo. Ma lei ha detto che era passato tanto di quel tempo che i gusti di papà le erano usciti dalla memoria. Balle. È che mamá non vuole ricordare, tutto qui. Le basta che io parli di papà, che soltanto ne accenni, perché lei vomiti fuori una frase rabbiosa dietro l'altra. Come una matta. "Per me tuo padre è morto. Anzi, più che morto"... con lo stesso tono beffardo con cui mi dice che sono tocca nel cervello.

Gli uomini, da noi a Misiones, non hanno gusti particolari. La sera stanno seduti sulla veranda, coi piedi sulla ringhiera, a bere mate o a arrotolarsi una sigaretta. Ma qui? Cosa starà facendo papà quando arriverò alla porta?

Certo, sarà molto occupato, avrà poco tempo... Sull'autobus c'era un tizio ben vestito, con un grande orologio al polso, che controllava l'ora ogni tanto e brontolava che era in ritardo. Forse anche papà è così, magari ha il vizio di tamburellare con le dita sul tavolo, come fa il padrone del bar di Esperanzita. Ma, gli spiegherò, io non voglio fargli perder tempo; solo parlargli. Dieci minuti, un'ora. Poterlo guardare in faccia e dirgli: "Sono qui. Guardami una buona volta. Una volta sola". E dopo che mi avrà ascoltato, lo so, non potrà più mandarmi via.

«Se proprio vuoi sapere che faccia ha tuo padre, chiederò al señor Rosato che ci porti una sua fotografia: sarà più che sufficiente, niña.» Fammi il favore, mamá. Vallo a dire a qualcun altro, ché io papà lo voglio vedere dal vero. Tanto più che ho anche il suo indirizzo: alla stazione degli autobus, c'era una guida telefonica. Filippo Bellati, calle Suipacha numero... non lo so più, ma lo tengo annotato nella borsa. Sto andando da lui, ma com'è lunga 'sta via, accidenti.

Lavalle, era ora. Sono quasi arrivata. Quante luci, tutta questa folla per strada... è incredibile. El Palacio de la Papa Frita. I camerieri con la camicia bianca. Ho quasi fame, forse potrei prendere un gelato prima di andare da papà. Fosse qui mamá, comincerebbe a contare la storia del ragnetto che di notte pizzica le labbra di chi ha chiuso la cena con qualcosa di dolce, lasciandogli vescichette sulla bocca e un attacco di febbre... Ma perché continuo a pensare a tutto quello che mamá farebbe o direbbe? Ché, oltretutto, non è neppure notte.

All'uomo del chiosco ho chiesto se conosceva il señor

Bellati. Ha risposto di no. Gli ho detto che sono sua figlia e sono venuta a stare con lui; ma quello neanche mi stava a sentire. Mi è spiaciuto, perché avrei voglia che tutti lo sapessero, che mi riconoscessero. Perché ci sono momenti che mi sento strana e mi sembra di non sapere più chi sono. Mamá dice che è normale alla mia età, quando una diventa signorina; insomma, che ci si trasforma. Ma certe volte mi viene paura di finire come una di quelle persone che chiamano "fenomeni": ché l'anno scorso è venuto a Esperanzita un circo di svizzeri, e avevano un baraccone con l'insegna: I PIÙ GRANDI FENOMENI VIVENTI. Non costava molto, così ci sono andata una sera. C'era gente mostruosa: una gigantessa con il sedere così smisurato che le traboccava dal costume di pelle di tigre, una coppia di nani vestiti da sposi, la sirena che stava in una vasca d'acqua e aveva una coda argentata a forma di pesce; e, per ultima, la donna barbuta. L'uomo all'ingresso della tenda diceva che le erano cresciuti tutti quei peli sulla faccia a quindici anni, quando già aveva avuto le prime regole. Ché mi viene la pelle d'oca a pensare che anche a me possa capitare la stessa cosa.

Sono stanca. Avrei voglia di dormire. Il portone è questo. Mi tremano un po' le gambe: fino a questo momento mi sembrava di essere in un sogno, inventandomi o fantasticando le strade che traversavo, ma adesso sono arrivata davvero.

Chissà se gli sembrerò carina. Solo qualche minuto e mi vedrà. Eppure, quasi non voglio più: i piedi mi si paralizzano all'idea di salire le scale. Torno indietro nell'androne, indecisa. Però non posso fermarmi proprio ora. È come quando si entra nella fiumana di gente alla fiera di San Ignacio; che, una volta fatto qualche metro, la gente ti trascina e sei costretta a andare avanti.

Mi figuro già di essere alla sua porta, con la voce che non mi esce. Come fossi muta, ubriaca. Gli afferrerò la mano, non gliela lascerò più: so che io e papà ci capiremo al volo, senza bisogno di parlare. Qui al portone, c'è un citofono con stampato: F. BELLATI. Questo nome, che ho sempre pronunciato tra me e me con tenerezza e pianto, è una parola come tante sulla bottoniera, in un elenco di persone che certamente lo incrociano sulle scale ogni giorno, lo salutano, lo conoscono... Tutto questo mi fa male.

Suono o no? Meglio non avvertire: la sorpresa sarà più grande. O forse la mia è paura che qualcuno mi impedisca di salire.

Le scale. Prima rampa. C'è un silenzio da far spavento. Tutto muto, incerto. Porta male, direbbe mamá. Uffa, non devo pensare a lei.

A ogni pianerottolo leggo i nomi sulle porte dipinte di verde scuro. Quarto piano: Filippo Bellati. Il campanello nero: rotondo, con un tappino bianco nel mezzo. Uno squillo basterà?

Una donna sulla porta. Sorride: «Cosa desideri?».

Chi può essere? Sembra gentile; carina, occhi grigi. Sorrido anch'io: «Cerco mio papà».

La donna mi fissa con curiosità: «E allora?».

Odio le persone che la fanno lunga. La gente con gli occhi così ravvicinati e i capelli rossi è gelosa, dice mamá... Vorrei dirle che non ho tempo da perdere: che ho viaggiato tanto, che sono stanca, che il tragitto Posadas-Buenos Aires è mica uno scherzo; senza contare il tempo che ci ho messo a venire a piedi dal Retiro. Un ticchettio d'orologio, chissà da dove; la lucina azzurra di un televisore acceso, da quella porta in fondo al corridoio. Gli odori sconosciuti di questa casa, fatti delle cose quotidiane di papà. Questa donna mi mette a disagio: non capisce, non vuol capire; tal quale mamá. Ripeto: «Cerco mio papà, sono Regalada».

La donna dai capelli rossi mi scruta, sembra preoccupata; forse sospettosa: «Da dove vieni? Ti sei persa?». C'è dell'ansia nella sua voce.

«Cerco mio papà» mi sto stancando di ripeterlo.

«Senti bellina, qui non c'è quello che stai cercando.» Ha una voce perplessa, innaturale. Gli occhi le si sono sbiaditi. Ha alzato la mano, fa segno di no col dito.

Arrivano una vecchia e una bambina. Carina, ben vestita, alta quasi come me; ma ha un'aria da niña, così buffa con gli occhiali e le trecce rossicce. Somiglia a qualcuno, ma non so dire a chi...

La donna dai capelli rossi dice alla vecchia: «Abuela, porta di là la Cora, per favore». E poi, rivolta verso me, con tono duro: «Qui non c'è la persona che cerchi. Puedes entenderlo de una vez, niña?». Ha una voce rauca, da malata; non so perché, detestabile. Non è cattiva, ma la cosa è anche più strana che se lo fosse davvero...

Comunque, se quella-lì crede che sia venuta da Esperanzita fin qui per farmi liquidare con queste scuse, si sbaglia di grosso. «Cerco Filippo Bellati, so che abita qui, sono sua figlia Regalada» dico, alzando un po' la voce.

La vecchia e la bambina mi fissano tutte e due a bocca aperta. La vecchia ha uno strano sorriso, in qualche modo è simpatica. La bambina giocherella col dito in una treccia e si dondola su un piede; mi studia da dietro gli occhiali con la stessa espressione della donna dai capelli rossi e chiede: «Chi è quella-lì, mamá?».

L'altra la guarda stranita e dice a mezza voce: «Sta' calma, Cora. Dev'essere una matta. Proprio loca», tentando di serrare la porta. Ma io ci ho infilato dentro il piede. Non me ne andrò senza aver visto papà. E allora sì che la rossa si mette a gridare, mentre spinge con forza, capendo che comunque è tutto inutile, che al suo sforzo si oppone l'ostinazione della mia vecchia scarpa da ginnastica.

Nel frattempo dal fondo del corridoio si sente una voce d'uomo: «Dulce, si può sapere chi c'è?». Intravedo un tizio in pantofole, con in mano un giornale. Un colpo al cuore. È lui, ne sono certa. Viene verso la porta mentre la faccia si precisa, come un paesaggio quando si pulisce il vetro del finestrino di un autobus: con i capelli castani brizzolati, la bocca stretta, gli occhi chiari che brillano dietro gli occhiali. Ma la donna dai capelli rossi continua a dire: «Filippo, spiegami. Qui c'è una matta...». Matta sarà lei. Eccolo qui mio padre. Dico: «Sono Regalada, figlia di Filippo Bellati. Mia madre si chiama Provisoria Paz Majna».

Allora la donna ha un singhiozzo rauco, rabbioso; non parole riconoscibili, solo suoni affannati che le si spengono in gola. L'uomo avanza verso la porta; ha sollevato gli occhiali sulla fronte e mi fissa un po' con sorpresa un po' con angoscia. Chiedo di nuovo: «Lei è... tu sei Filippo Bellati?».

Lui non risponde, ma ha un guizzo di sì negli occhi. E per un momento siamo soltanto noi due. Di fronte. Però con uno spazio vuoto tra di noi, che mi stringe lo stomaco.

Comunque guardo la donna dai capelli rossi con aria di trionfo. Allora, sono matta o no? di noi due, chi è la loca?

È la vecchia che mi prende la mano e mi fa entrare, chiudendo la porta dietro di me. L'uomo che è mio padre sta spingendo, quasi trascinando nell'altra stanza, la donna che urla e scalcia – in questo somiglia a mamá... Le dice: «Per amor del cielo, Dulce, calmati...». E poi, rivolto alla bambina con gli occhiali, che mi guarda imbambolata: «Cora, vieni qui con la mamma».

La voce di papà. Come pronuncia quei nomi: Dulce, Cora. Se io fossi vissuta con lui, direbbe Regalada con lo stesso tono? Qué estoy haciendo yo aquí... Le ginocchia mi si fanno molli.

Tra poco le cose si chiariranno, lo sento e sono un po' spaventata. Ma c'è la vecchia con me. Capisco appena quello che sussurra a bassa voce: «Io sono la nonna Catterina», non ho mai avuto una nonna, comunque la vecchia ha una mano calda, affettuosa. Con lei non ho paura.

Catterina Cerutti (1872-1963)
Ho bisogno di luce
Buenos Aires, 1958

Perso nel temporale,
ululando tra i fulmini,
nella mia interminabile notte, Dio!
cerco il tuo nome.
Non voglio che il tuo raggio
nell'orrore mi acciechi,
perché ho bisogno di luce
per andare avanti.

ENRIQUE SANTOS DISCÉPOLO, *Tormenta*

In piedi, davanti a uno specchio a tre ante, la vecchia Catte si sta spazientendo: «Sta' ferma, Cuoricino mio. Buona, sennò ti tiro i capelli e poi piangi...». Dopo aver intinto il pettine nella scodella piena d'acqua, dà gli ultimi colpi ai riccioli rossi della bambina; canta per distrarla:

La porta triunfanta
trì fiö la gh'éa,
trì fiö la cancelléa,
trì in-da-la cüna,
trì vistî da lüna,
trì in-dal cünén,
trì vistî da anadén,
trì in-sul pulé,
trì vistî da capp a pé...

Canta questa melodia antica, leggermente ritmata, calcando l'ultima sillaba di ogni verso, come facevano le vecchie di casa quando lei era piccolina e voleva sapere perché la porta triunfanta vestiva i suoi bambini in modo tanto strano, e soprattutto perché era così cattiva con loro da farli fuori uno dopo l'altro; ha perso con gli anni il senso di molte di quelle parole, ma la memoria ne conserva i suoni misteriosi...

La bambina si è fermata boccaperta a ascoltarla, così la bisnonna può procedere velocemente con l'intreccio delle tre bande e con l'annodatura del nastro in fondo alle trecce.

La piccola è impaziente. «Cora, se non stai ferma» minaccia di nuovo la vecchia «arriviamo in ritardo per il bus.» A queste parole la bambina si quieta: mai e poi mai vorrebbe perdere l'appuntamento settimanale con la Recoleta.

«Ma che bisogno c'è di andare tutti i venerdì al cimitero?» brontola la Maria. Che sua madre alla bella età di più di ottant'anni si sobbarchi a un lungo tragitto in bus, sia che faccia bello o cattivo tempo, non le piace proprio. E per chi, poi? per gente con cui non siamo neppure parenti... Ma la Maria sa che, qualunque cosa dica, la vecchia non l'ascolterà: testarda come un mulo, ogni settimana prende la sua borsa e va a lustrare tombe.

Sospirando, aiuta la vecchia Catte a infilare il cappotto, le aggiusta il foulard sui capelli argentati, le toglie due pelucchi dal colletto. Poi si china a infagottare la nipotina in una bufanda rossa come il cappuccio: «Girati un po', fammi vedere quanto sei bella: con 'ste treccine sembri proprio Cappuccetto... Un bacio, Cuoricino, così... E mi raccomando: non lasciare mai la mano della nonna-bis. Intesi?». Cora fa di sì col capo, scalpitando negli stivaletti di gomma.

«Allora buona passeggiata, mamma. Per favore, torna prima che faccia scuro, ché la Dulce passa a prendere la bambina alle sei, quando esce dal lavoro, e non voglio litigare con lei: lo sai che non le piace il fatto che tu porti al cimitero la Cora.»

Sull'autobus, bisnonna e bisnipotina siedono impettite nei seggiolini laterali. I jacarandá dietro la Casa Rosada sono immersi nella bruma autunnale. Piazza del Retiro, i moli del porto in lontananza, i silos, le gru. Ogni volta che fa questo percorso la vecchia non può che riandare col pensiero al lungo viaggio in barco che la portò qui dall'Italia nel milleottocentottantasette, a soli quindici anni, richiesta in sposa da un cognato che le aveva ammazzato la sorella, la povera Demetria, a furia di metterla in compra... Somà glielo ripeteva sempre: che non era il caso che la Catterina partisse, che con un uomo così – vent'anni più vecchio – avrebbe fatto la sua infelicità; tanto più con cinque bambini della Demetria da tirar grandi. Ché sei niños quel porco gli aveva fatto fare alla prima moglie; uno era già morto, e s'ciau.

> Cento lire io te li do,
> ma in Mèrica no, no, no...

Sì, la madre della Catterina non ne voleva proprio sapere di lasciarla partire. Ma suo fratello Dionisio a insistere: «Tocca alla Catterina sposarlo»; e, al fin y al cabo, sono gli uomini che decidono, alle donne gli tocca dir di sì... Ah, quei due mesi di onde che battevano il ventre della nave, di notti insonni tra l'odore di vomito, chiedendosi perché non si arrivava mai, dove era andata a finire la terra. Non aveva mai visto il mare fino a quel momento; se mai se l'era immaginato, pensava a un fiume grando che traversava una lunga piana, un río con tanta acqua ma con le rive a portata d'occhio. Non quel vuoto nero di onde e cielo. Due mesi di lagrime. Oh Signùr, quanto piangere aveva fatto.

Avenida Córdoba corre veloce dietro i finestrini. La guancia incollata al vetro, la Catte guarda la facciata di un palazzo tinteggiata di fresco, le insegne colorate dei chioschi di tabacos, i pali della luce, le auto che strombazzano agli incroci. Quanto è cambiata Buenos Aires... Quando ci arrivammo, c'erano quartieri apposta per noi italiani, ricorda la Catte, con conventillos cadenti tra mucchi di immondizia. Si viveva tutti amontonados: gnàgnera, battibecchi, sospetti. Il Luis stava in una stanzetta in fondo al patio, senza neppure un finestrino. Chissà come aveva fatto sua sorella Demetria a reggere sei anni là dentro. Doveva averci un carattere d'oro, ché chi non ci ha puntiglio il mondo è suo. D'estate si soffocava, bisognava lasciare la porta aperta la notte e i bambini piangevano che i mosquitos se li mangiavano. L'inverno, un freddo barbino; quando pioveva, sgocciolava dentro e tutto sapeva di muffa. Ché oltretutto il pavimento era di terra battuta: certi mesi sempre fanghiglia, d'estate invece le toccava sbroffar d'acqua di continuo, altrimenti si mangiava polvere... Nel terreno dietro la casa stava una latrina per un'ottantina di persone, un lungo piletón di cemento in mezzo alle erbacce, per lavare roba e bambini; in fondo, il corral con gli asini, le pecore e le galline. Per non parlar dei topi. Pieno di ratas, ovunque. No, lì nessuno sarebbe vissuto a lungo...

La vecchia, immobile a occhi chiusi, parrebbe dormire, mentre la testa le vola via per territori lontani. Le tornano in mente le raccomandazioni che la figlia le ha ripetuto poco fa... Ogni venerdì la stessa storia, la Maria a chiedere alla Catte cosa ci guadagni a andare al cimitero. Che discorsi. A 'sto mondo-qui non c'è più rispetto per la memoria. Come se si potesse dimenticare il bene che la señora Luisa ha fatto alla loro famiglia... E poi sua figlia, la signorina Rufina, è stata la prima persona che la Catte ha pianto in questa terra malnata. O forse no. Prima ci fu ul Carletto Patân che si morì nel barco insieme a altri sette, veneti la più parte e due napoli che andarono fuori di testa; morti prima ancora di arrivare in Mèrica: li dovettero buttare ai pesci, ché il capitano aveva paura di epidemie, e sulla nave circolava la voce che sarebbero morti tutti prima di arrivare a Buenos Aires. La qual cosa, in un certo senso, era vera: ché quel viaggio tolse a tutti un pezzo di vita. Si muore sempre un po' quando si parte, non lo dice anche il proverbio?

Comunque, se anche il funerale della Rufina non fu il solo a cui la Catterina pianse, quella ragazza fu la prima persona da quest'altra parte del mare, la prima estranea, che le prese il cuore... Ché, se non fosse stato per la Rufina e la signora Luisa, chissà che fine avrebbero fatto la Catte e i bambini. Lasciare Buenos Aires e andare a vivere all'estancia dei Cambaceres era stata la loro salvezza: e allora un po' di gratitudine gliela si doveva a quella gente, no? Cosa c'entra che non erano parenti. Erano anche loro morti della Catterina, e ai non-più-vivi bisogna portare rispetto, ché solo existe el pasado, la memoria... Io i miei morti ce li ho tutti qui nel corazón, pensa la vecchia: mepà, memà, la Demetria e i suoi figli, ché la Giovanna, il Teresio e gli altri è come se li avessi partoriti io; e poi il Luis, l'Ambrogino, l'Alfonso... oh Signùr, quanti erano, i morti sono molti di più di noi vivi, ma pensarci non fa spavento, ché la Catte sa che l'ora di rivederli è vicina, spera la aspettino tutti in Paradiso. Quello che le spiace è solo che in certi momenti le sembra di aver scordato le loro facce, quella di somà per esempio, non riesce più a toccarla con lo sguardo come faceva anni fa; adesso deve guardare le fotografie per farsi tornare in mente i suoi occhi, la bocca...

Sospira; ché, se non riesce a rievocare tutti i particolari dei volti e delle voci dei morti che ha dovuto piangere, i funerali invece se li ricorda tutti con precisione.

Guarda le insegne dei negozi che corrono via. Il presente è questo: brillii fugaci, spazzatura che domani si dovrà buttare. Il passato invece è tiepidezza di una coperta di lana, sapore pieno di un buon bicchiere di vino tinto, profumo della terra, eco di antiche canzoni. Le sembra di non appartenere più alla vita presente: non ha da desiderare o da chiedere nulla al mondo che la circonda, non le interessa più. Invece, quando torna al passato, gli occhi celesti della Catterina si riempiono di visioni.

C'è però una gran preoccupazione nella mente della vecchia: quando lei sarà morta, chi porterà avanti la memoria? La Maria? No, la Maria è troppo presa dai suoi sensi di colpa che le fanno rinnegare il passato. Dura, feroce, quasi incapace di perdonare; sicuramente incapace di piangere. E una donna che non piange è come una terra di sabbia, come un uccello senza voce...

La Catterina passa in rassegna i nipoti, sforzandosi di trovare in ciascuno di loro un segno che le indichi di essere in grado di diventare il depositario dei suoi ricordi. La Martinita è fuori causa. La Dulce? Troppo svagata, distratta dai litigi col Filippo che ama più il suo lavoro a Misiones che lei. Come pure l'Ángel, solo interessato a far la plata: un vero bottegaio che, se non gli viene in tasca niente, non muove un dito. La figlia del Felice, forse, ma vive troppo lontano...

La bambina seduta vicino a lei le tira la manica: «Abuela, ce li hai i fósforos?».

La vecchia apre la borsa: il piccolo monedero, il libro di preghiere, il rosario. Fruga per controllare che ci siano anche i lumini e la scatola di fiammiferi. La volta scorsa gli zolfanelli che erano nella cappella non volevano accendersi: troppa umidità. Che cara 'sta niña: s'è ricordata.

Se non fosse così piccolina, la Catte direbbe che questa bambina è la persona giusta: sempre pronta a ascoltare, a tenere a mente. Ma forse non è un'impresa impossibile. Certo bisognerà insegnarle tutte le storie di famiglia, coltivare in lei il gusto del ricordare: perché apprenda a guardare con gli occhi della bisabuela, palpare con le sue mani, tremare con le sue stesse paure. Sicuro. Perché un bambino non dovrebbe poter ereditare la memoria? Non si ereditano forse il colore degli occhi o il modo di sorridere?

Las Heras. Sono quasi arrivate. «Preparati» sussurra alla bambina e la prende per mano.

Il chófer sorride nello specchietto retrovisore coperto

di santini e fiori di plastica, guardando la strana coppia formata dalla vecchia in nero, con quell'aria svagata, e dalla bambina dalle trecce rosse.

Alla bancarella di fiori sul marciapiede, la Catte compra un mazzetto di margherite gialle. Tra le colonne dell'ingresso monumentale, la bambina si mette a saltellare sui gradini. Si vede che non sta più nella pelle dalla voglia di mettersi a correre lungo il viale centrale.

«Posso, nonna-bis? Posso?» supplica la piccola.

«Va bene» risponde la vecchia. «Ti do il permesso fino al cipresso della piazzoletta là in fondo. Poi però torni subito indietro.»

La guarda scatenarsi nella corsa festosa... Povera stellina, sempre chiusa in casa. Ai tempi della Catte, mica era così. Fuori si stava, e nessuno diceva ai bambini: Non far questo, non far quello. Al mattino lei andava a scuola da sola, tre chilometri d'andata tre di ritorno attraverso il bosco, sovente con la neve alle ginocchia, carica di un ceppo per la stufa del maestro, con un tocco di polenta fredda in tasca... D'estate in cascina si giocava a correre, a tì-ga-lé, a saltafossi, a rotolarsi nel fieno, quando l'era il suo tempo; o a guardare i maschi che facevano il bagno nudi nel torrente. Ora invece ci sono giocattoli di plastica, che si rompono in un minuto. Ché tutto deve esser fatto in fretta. La gente mica va più a cavallo o sul carretto, adesso ci son le macchine. Si guadagna tempo para el ocio, dice la Maria; tempo libero, balle... Secondo la Catte, è vero il contrario: che tutti sono ogni giorno più matti e hanno sempre meno tempo per fare le cose importanti, come curare i morti...

Alla Catterina non piace la vita di città; il trasferirsi in casa di sua figlia Maria, a San Telmo, le è costato. Questi appartamentini di adesso dove c'è solo un fornello a gas e non più le vecchie stufe a legna con le braci che facevano tanta compagnia. A volte la Maria la prende in giro perché ogni settimana continua a farsi portare dal señor Pasello bottiglioni d'acqua dalla campagna, ché quella della capital per la vecchia sente di cloro e non riesce a usarla né per il mate né per la zuppa; e il pane di Buenos Aires uguale, ci ha lo spuzzino... Ma la Catte sa anche che è inutile arrabbiarsi, tanto il mondo non si ferma.

Ansimando, la bambina è tornata. Le guance arrossate, gli occhi sprizzano felicità. Prende la mano della nonnabis, come in un tenero ringraziamento. La vecchia gliela stringe in una muta risposta di tenerezza. Tenerla vicino, insegnarle che un tempo la vita era diversa...

«Adesso però basta giocare, Cuoricino» dice la abuela. «È ora di andare a trovare i morti.» Detto fatto, agguantata la mano di Cora nelle sue dita lunghe e ossute, si avvia alla sua sinistra nella quiete assoluta di uno stretto vialetto di ghiaia. Senza esitazioni, conoscendo il cimitero a memoria.

Cappelle, porte chiuse, vetrate da cui si intravedono bare messe l'una sopra l'altra, vasi di fiori appassiti. E soprattutto tante statue inquietanti, a mezzo busto o a figura intera, tutte trasudando un'aria di eterno mistero.

«Abuela, cosa fanno i morti tutto il giorno qui da soli?»

«Parlano tra loro, si raccontano storie.»

«Storie di che?»

«Le loro storie, di quando erano vivi. Ché al loro tempo tutto andava diversamente, non come oggi che può accadere qualunque cosa. Nelle famiglie antiche quel che capitava era perché doveva succedere. E Domineddio a quel tempo stava ancora a guardarci: la notte camminava sui tetti, leggero come se ballasse, e si metteva a sbirciare dentro le case a studiare la gente. E poi faceva succedere quel che voleva Lui; capisci, Cora?»

La bambina fa segno di sì con la testa, poi aggiunge: «Abuela, io però faccio fatica a sentire cosa dicono i morti...».

«È perché parlano 'dagiadàgio, ché bisogna stare in silenzio, per sentirli.»

La cappella dove sono dirette sta a un incrocio. L'alto portoncino metallico a trapezio spicca nerissimo sul marmo bianco infiorato di volute art nouveau. Ma è l'enigmatica statua che sta sugli scalini a colpire gli occhi di chi, voltato l'angolo, si trova davanti la cappella: una ragazza di pietra a grandezza naturale, avvolta in una lunga veste drappeggiata, che tende la mano alla maniglia per aprire la porta nera. In alto, la scritta: RUFINA CAMBACERES (1883-1902).

La vecchia estrae dalla borsa un grembiulino da cucina; quindi dal retro della cappella tira fuori uno scopino e un vaso di metallo lucido.

«Sei capace di andare a prendere acqua fresca alla pompa che sta là in fondo?» chiede alla nipotina. «Attenta però a non bagnarti.»

La bambina è corsa via, fiera di sbrigare l'incombenza. Intanto la Catte comincia a passare la scopa sui gradini consumati. Da quanto tempo viene a prendersi cura di questa tomba?... Era il 1902, e faceva già più di dieci anni che la Catterina era in America. I primi tempi in quel buco di manyapulentas sbandati erano stati un inferno. Ma la señora Luisa li tolse dalla fame e dalle febbri di quel conventillo e diede loro da lavorare alla sua estancia; il Luis a guidare la carrozza e badare ai cavalli, la Catte sarta di fino, che con l'ago sapeva far miracoli a quei tempi, ci aveva mica le mosche nelle mani; e i bambini anche loro a fare la so' parte nei lavoretti adatti per l'età che avevano... La vecchia Catte ricorda sempre con gratitudine la madre della Rufina, le cure che quella donna aveva avuto per la Maria quando si era presa le febbri di fiume, il primo inverno che avevano passato alla estancia El Quemado; per non parlare delle attenzioni della Rufina che si divertiva a insegnare ai bambini parole sempre

73

nuove. Una piccola maestra sembrava... Certe sere che la
señora veniva in cucina e si metteva a sedere davanti al
camino a guardare la Catte cucire, a farsi contare qualcosa dell'Italia di cui provava tanta nostalgia; oppure a parlare del suo Eugenio. C'era la foto del marito nel salone,
gliel'avevano presa nella bara: un fantoccio di cera lungo
e fragile, con baffi da manichino; e un'altra sul comodino
della Rufina, in cui lui stava in piedi in un prato, avvolto
in un mantello nero. «Morto di tosse», diceva la Rufina.
Certo la señora aveva ereditato dal marito una buona situazione economica, ma si capiva che soffriva dell'isola-
mento in cui era costretta a vivere: che le dame di Buenos
Aires non l'avrebbero mai accolta tra loro. Bachicha e
perdipiù con un passato da cantante, le persone decenti
non accettavano di riceverla... Ché sicuramente non si
trattava soltanto dei soliti pregiudizi che colpivano gli italiani come se fossero stati malati di qualche immonda
malattia. Era anche, e soprattutto, il fatto che Eugenio
Cambaceres fosse un frammassone che aveva sposato la
señora Luisa solo in extremis, già sul letto di morte. E chi
aveva fatto le spese di tutto questo era stata la Rufina,
bollata come "nata nel peccato". Oh Signùr... il peccato,
la vita irregolare, è peggio che una terra straniera... Certo,
con un uomo vicino sarebbe stato tutto diverso per quelle due poverine. «Cara la mia Catterina» aveva sentito
spesso sospirare la sua padrona «questa è la indefensión
de las mujeres!...» Già. Se fosse nata maschio, la storia la
sarebbe stata diversa. La natura è stata crudele con noi
femmine, ci ha fatte deboli di spirito e di corpo, dotate
soltanto della pazienza dell'amore, prima col marito e poi
coi figli. Ché l'Argentina di un tempo era, da una parte,
un mondo di severi caballeros barbudos, duri come i loro
colletti inamidati; e, dall'altra, un mondo di vedove. Sorride tra sé la Catte, ricordando la complicità, quella intimità speciale che si era creata con la sua "padrona" a
proposito dell'argomento: era la sensazione che gli uomi-

ni, rispettatissimi comunque, fossero totalmente estranei alla sensibilità delle donne... Ne sa qualcosa la Catte che ha sacrificato la giovinezza vicino a un marito duro. Ché il difficile non è stato mettersi a quindici anni a tirar-su i figli di un'altra, anche se cinque bambini in un colpo solo son tanti: lavar patelli, pulirgli il culo, fasciarli, ninnarli, metterli a dormire, masticargli la pappa troppo dura... Il peggio è stato il sopportare un giorno dopo l'altro il disprezzo e le offese del Luis. Proprio lui che era la causa della morte della Demetria, ché la poverina non aveva fatto un giorno da sposa senza avere un figlio nel ventre e un altro al seno. Una cosa insopportabile, soprattutto la notte, nel letto; quel suo gettarsi sulla Catterina, vestito, con solo i pantaloni aperti; le alzava la gonna sulla testa e la prendeva senza dire una parola. Soffocata di vergogna, senza poter rifiutare, serrando i pugni sugli orecchi per non sentire i suoi versi da bestia... Ché alla fine era rimasta incinta di una bambina.

La Catte ricorda ancora il corpicino magro e nervoso, sempre scosso dal tremito, della sua piccola Matilde; che però era durata poco. L'avevano seppellita in un giorno ventoso di settembre, vicino alla tomba della Demetria. E sentendo la Maria e il Felice stringerlesi attorno, la Catte aveva provato per un attimo una enorme invidia per la sorella morta che avrebbe dormito sottoterra per sempre insieme alla sua piccola Matilde; due sorelle che si erano scambiate i figli, che dispettosa è la sorte...

Comunque, quella per la Catte era stata la prima e l'ultima gravidanza; da quel momento in poi il suo corpo si era rifiutato di dar frutto, meno male... Ché il Luis era sempre torvo; quando si ubriacava, era capace di diventare tremendo. E lei ha dovuto fargli da serva finché non è morto.

Le parole della mia oi-mamma
son venute la verità.

Le parole dei miei fratelli
sono quelle che m'han tradî...

Apre la porta della cappella, si segna. Gli occhi mettono a fuoco l'immagine della sua Rufina. Non quella del giorno della morte, ma la ragazzina magra e spettinata come la vide la prima volta che arrivarono all'estancia... A tutta prima sembrava un maschiaccio. A cavallo tutto il giorno; solo la sera, prima di andare a tavola si toglieva la gonna macchiata di polvere, si metteva il vestito di velluto con il colletto di pizzo, e sı pettinava con due fiocchi de terciopelo. Educata con tutti, anche coi servi, encantadora; sempre una parola gentile alla Catte e ai bambini; pronta a dare ai più piccoli la tazza di chocolate con bizcochos, a raccontare storie. Perché la Catte era un pesce fuor d'acqua nei primi tempi: al campo non era abituata, ché in Italia non c'era niente di così grando... Quel silenzio immenso intorno alla estancia, a ripensarci, ancora atterrisce la Catte: un deserto verde, l'orizzonte irraggiungibile. A mezzogiorno, la señora Luisa faceva alzare sul tetto una sorta di bandiera per avvertire i viaggiatori che passassero per caso di lì che potevano fermarsi a pranzo; era l'unico momento in cui si vedeva qualcuno: un peón coi pantaloni arrotolati al ginocchio, strani tipi che traversavano la pampa a cavallo in cerca di lavori avventizi. Ché a quel tempo si usava dire che i piemontesi li riconoscevi dal fatto che andavano in giro con vanga e zappa, i turchi con una cassa di profumi e tappeti, i francesi con padellini e stoviglie per improvvisare una cucina o un albergo a un incrocio di strade, i napoletani con la fisarmonica... Ma c'erano giornate tremende con tempeste di vento che in un amen buttavano tutto gamb'all'aria, la sabbia portata dal pampero s'infiltrava nella casa. Infine le notti senza pace, il cielo nero con stelle mai viste; gli spari dei bandoleros, in lontananza.

Lasciata la scopa, con l'acqua che la nipotina ha portato, la Catterina comincia a spruzzare il pavimento polveroso. Quando finisce, si asciuga gli occhi che le si sono riempiti di lagrime. La sua povera Rufina, la sua cabezita rubia... Come si fa a morire in quel modo a diciannove anni? Scuote la testa con disapprovazione: ché per lei che è così vecchia la morte non è male, solo il momento in cui termina la lunga attesa cui si è condannati dal nascere; insomma, una liberazione. Ma la morte dei giovani, lei non l'ha mai accettata; quella porta triunfanta che tre figli gh'avéa, tre figli la cancélla... Si ha un bel dire che gente come lei, nata ottanta-cinque anni fa dall'altra parte del mondo, in una terra di poveri contadini, conosce da sempre la rassegnazione e il fatalismo: certo i contadini del Cusio da che mondo è mondo sbassavano la testa per gelate o seccùre, ma una volta che si passa il mare rinchiusi due mesi in una prigione galleggiante, ci si indurisce. È la disperazione di affrontare un mondo di cui non si sa niente, neanche il paesaggio e la lingua; è il crollo dei sogni di una ricchezza facile; il tormento degli atti definitivi, ché si capisce bene che nessuno tornerà indietro. È tutto questo che fa impazzire, si diventa cattivi, si maledice il Cielo. Ma soprattutto si soffre nel profondo, sentendosi colpevoli di aver abbandonato la propria casa; aspettando la punizione.

... La nostra colpa è stata quella di aver tradito la casa dove eravamo nati, la nostra terra, pensa la Catte. Terra è una di quelle parole che contengono un mucchio di cose. A lei ricorda soprattutto somà, l'ultimo giorno prima di partire; il suo gesto circospetto con cui chiuse la porta della stanza da letto dove tutti i figli erano nati: dall'altra parte, in cucina, si sentivano i parenti e gli amici commentare eccitati la partenza della Catterina, anticipando la festa del suo futuro matrimonio col Luis.

Sua madre però non aveva una faccia da festa. Chi lo sa, forse le donne lo capiscono meglio quando c'è qualcosa da festeggiare e quando no; e puede ser che sua madre indovinasse che mai la Catte sarebbe stata felice, che avrebbe patito la nostalgia e si sarebbe pentita di aver detto sì alla richiesta in sposa del Luis, che in Argentina la aspettava la stessa povertà che in Italia. Ma soprattutto somà, che era già vecchia e malata, sentiva paura che non si sarebbero riviste più.

Così dall'arca della biancheria tirò fuori un sacchetto, un fazzoletto legato per le cocche a contenere qualcosa. Lo tenne sospirando sul palmo della mano rugosa, come di legno: pareva volesse soppesarlo. Poi lo consegnò alla figlia con le lagrime agli occhi, dicendole di tenerlo ben nascosto, di non farlo vedere a nessuno, nemmeno all'uomo che doveva sposare dall'altra parte del mare.

«Nel caso che le cose non ti andassero bene; se avessi bisogno di tornare a casa: per comprare il biglietto di ritorno», disse mentre la stringeva tra le braccia piangendo. I suoi risparmi di una vita: soldi messi da parte un centesimo dopo l'altro nella speranza di raccogliere la somma sufficiente a comprare un pezzo di terra propria da dove nessun padrone potesse più cacciare la famiglia. Soldi di cui adesso si privava nella speranza di salvare la figlia... La Catte rimase impressionata da quel sacrificio dell'involtino segreto racimolato in anni-annòrum di stenti.

Ah, Signùr... E tutto inutilmente, ché lei non lo usò per tornare in Italia, come sarebbe stato saggio fare, ma per sfamare i bambini, le sere che non c'era abbastanza per riempire la pentola; per comprare medicine per la tosse dei più piccoli; per il funerale della Matildina; insomma per sopravvivere, finché nell'involto non restò più niente... Ché la Catte aveva fatto né più né meno quello che facevano gli altri: partiti col sogno di affrancarsi nel cuore e poi rassegnati a fare i servi, finendo per mettere radici nel fango di questa città.

La bambina, pensierosa, gironzola intorno alla bisabuela. È abituata al raccontare a mezza voce della vecchia Catte e la sta a sentire volentieri: forse anche lei un giorno somiglierà alla nonna-bis e riuscirà a vedere Domineddio che si china dai tetti a guardarla; forse diventerà anche lei così speciale che il Signore la vorrà con sé in Paradiso, come la Rufina.

«Abuela, mi racconti ancora com'era il funerale della Rufina?»

La Catterina non riesce a trattenere un sorriso: quella storia l'ha già contata tante di quelle volte, ma si sa, i bambini son fatti così. E sospirando torna a ripetere: il corpo rinchiuso nella cassa foderata di seta, il viso virginale della Rufina illuminato dai ceri, il gioiello del regalo del suo diciannovesimo compleanno – un fiore di turchese, circondato da brillantini in una montatura d'argento – allacciato al lungo collo esangue. La voce le si altera un poco dal magone. Così giovane, che destino terribile... E la señora Luisa, povera donna anche lei. Se la ricorda: pallida, accasciata nell'angolo, i capelli biondi scomposti sotto la veletta, mentre la gente intorno faceva commenti sottovoce... le stesse signore che, quando Rufina era in vita, avevano rifiutato di riceverla, esas brujas... roba da dare il voltastomaco. «Allora io mi sono messa ai piedi della bara, ne', e ho cominciato il rosario, alla mia maniera, davanti a quelle-là che di botto l'avevan piantata di spettegolare e mi squadravano con tanto d'occhi. E una signora, non so chi, mi chiese come osavo, e disse che mi ero equivocata di posto: voleva spintonarmi via, ma io ferma lì, drizza in piedi.»

Ha una smorfia di soddisfazione la vecchia Catte, ripensandoci: ché subito a tutti coloro che riempivano la cappella fu chiaro che nessuno ce ne poteva con quella italiana dallo sguardo fisso sopra le teste dei presenti, con le sue giaculatorie ripetute con zelo: a metterle in bocca ogni frase era un'intera stirpe di donne che avevano fatto un lungo apprendistato con la morte; impossibile farla tacere. Poco a poco, in silenzio, gli estranei si ritirarono. Rimasero solo la Catte e la señora Luisa... Stava lì, aggrappata al braccio della serva che la sentiva tremare. Che donna sfortunata, prima il marito morto di mal sottile, poi una ragazza così...

«E la cassa era di vetro come quella di Biancaneve?» insiste la bambina.

La vecchia fa segno di no con la testa; ché non sta raccontando una favola e non ci fu nessun principe che potesse resuscitare la Rufina con un bacio: perché quando il Mietitore falcia, è per sempre. Poi, vedendo l'espressione delusa della nipotina, le carezza la testa; ché i bambini non hanno bisogno di sapienza per essere consolati, ma solo del tocco di una mano.

Profittando del fatto che la nipotina si è seduta sui gradini buona buona, la Catte ricomincia a pulire nell'ingresso. Sposta con attenzione gli oggetti posati sul piccolo altare; li spolvera e li rimette dov'erano prima. A gesti lenti come se carezzasse i portacandele, i vasi, il crocefisso e soprattutto la bandierina di ferro battuto che era tanto cara alla Rufina, perché appartenuta a suo padre. Le sembra che, se prima non facesse tutto questo, poi non potrebbe mettersi a pregare. Ha un brivido e si poggia alla parete, ricordando quella sera lontana alla quinta di calle Montes de Oca. Fuori, i faroles a gas già erano accesi, i rumori del mercato si smorzavano, i cavalli zoccolavano, la carrozza con capota veniva preparata nel cortile. Ché le pare all'improvviso di essere Catterina Cerutti, la vedova del Luis e la bisnonna della Cora, solo perché è stata la serva della Rufina e della señora Luisa. Sicuro come il Natale che le cose della vita non sono mai casuali. Soprattutto adesso, guardandole da una gran distanza, come si fa a non credere che ciò che è successo non avesse un suo motivo? C'è qualcosa di potente che ci guida, una oscura però infallibile intuizione, sicura come la vista che hanno i sonnambuli... La Catte è convinta di essere finita a casa della Rufina per volere del Cielo e con un compito preciso; epperciò da anni la vecchia si tortura di aver fallito il disegno che Domineddio aveva pensato per lei...

«*Che la si guardi allo specchio, señorita Rufina. Vardé come le sta bene il vestito che le ho sistemato. Neanche 'na piega. Ho dovuto stringerlo qui in vita, ma adesso è giusto. Madonna Santa, sembra una principessa...*»

«*Perché? Tu, Catte, hai mai visto una principessa?*»

«*Cos'è? Mi vuole prendere in giro? Guardi che una volta, quando ancora abitavo in Italia, vennero il re e la regina dalle nostre parti, per una passeggiata sul lago e mepà mi portò a vedere il corteo delle barche reali che passavano. Io ero piccolina e mepà mi tenne seduta sulle spalle per guardare oltre la folla: Saluta che passa il re!... Ma c'era tanta di quella gente sulle barche, che il re non son riuscita a distinguerlo, e s-ciàu... Va be', almeno l'ho fatta ridere, benedetta ragazza, ci ha una faccia da funerale... Non è contenta di andare a teatro?*»

«*Non ho voglia di andare all'Opera. Non mi piace quella gente: non amano noi bachichas.*»

«*Rimarranno tutti incantati boccaperta, le strisceranno ai piedi, dia ascolto a me.*»

«*Quella gente ci odia, a me e alla mamma. Non voglio vedere nessuno.*»

«*Che razza di discorsi sono? I capricci li lasci fare ai bambini... Vedrà stasera: tutti i giovinotti le faranno i cascamorti. Avessi io la sua età e la sua fortuna... Su, si metta la catena che le ha regalato la sua mamá... Oh come l'é bella, come le sta bene... Cosa c'è? No le gusta?*»

«*Non so, ho i brividi.*»

«*Ma va', che poi passa. Lei dovrebbe soltanto mangiare un po' di più, metter su carne, come dice anche la sua señora mamá.*»

Poi la Catte andò nell'altra stanza a finire di stirare la veletta a brillantini da infilare nel cappello. E – quel che non si sarebbe mai perdonata in seguito, per tutta la vita – restò tranquilla a trafficare nei suoi lavori, cullandosi nell'illusione di aver rasserenato la signorina Rufina, immaginandosi che dall'altra parte del muro la ragazza si contemplasse e si pavoneggiasse con soddisfazione allo specchio. Un paio di volte fu tentata di affacciarsi alla camera da letto della Rufina, ma si trattenne, si mise addirittura a sedere riposando la schiena dopo il tanto lavoro di quella giornata frenetica, aspettando che la voce di lei la convocasse.

Fu quando si alzò la terza volta per riaccostarsi alla porta che seppe – quel sapere fulmineo e assolutamente certo – che la Rufina era morta: la ragazza infatti giaceva riversa, la mano sulla gola, davanti alla specchiera. Il corpo si era afflosciato privo di vita, senza neppure un grido.

Quante volte la Catte è tornata con la memoria a quella sera fatale, quante volte ne ha pianto. E si rimprovera: ero là, nella stanza accanto, se mi fossi mossa prima forse l'avrei salvata...

Ha sognato o le è davvero parso di sentire un lamento? Drizza l'orecchio: un suono aspro, prolungato, che pare venga dal fondo della cripta, salendo la scaletta a chiocciola, espandendosi nel vestibolo. Un brivido; anche la bambina ha alzato la testa con espressione preoccupata. «È sicuramente il vento», la rassicura. Certo, che altro potrebbe essere? Comunque sul momento le ha fatto una tale impressione. Pensa alle raffiche del pampero, come si sentivano a El Quemado, la notte. A quel mattino ventoso in cui lei e la señora Luisa tornarono al cimitero dopo il funerale, per scoprire – dal coperchio della bara spostato, anche se solo di un filo – che la povera Rufina quando era stata messa nella cripta era solo vittima di una sincope temporanea e ancora viva: la morta giaceva nella cassa con segni di unghiate sul viso, la disperazione negli occhi. Questa volta morta davvero, ma di paura.

Ancor oggi la Catte se la immagina spesso la scena, a tinte vivide. La Rufina che si sveglia nella bara e grida nel buio: nada. Cinque o dieci minuti, con disperazione crescente: nada. Aspetta, prende fiato, trattiene le lagrime, poi ricomincia a gridare: prima con la forza della disperazione, poi con un ululato da animale impazzito di paura. Fino a diventare roca. Piangendo, colpendo in modo sempre più debole il coperchio della cassa. Ogni tanto una pausa. Coltivando la piccola speranza che qualcuno venga, che qualcuno senta. E recuperate le poche energie, di nuovo a gridare, a ridursi a gemere sempre più fiocamente ché manca l'aria. Dicendosi: No puede ser, no puede ser... Divorata dall'orrore, comprendendo che a nulla serve scalmanarsi, che il suo destino è segnato; abbandonando ogni speranza, sentendo mancare l'aria.

Bella Durmiente in un mondo sbagliato, principessa Biancaneve con la stessa malasorte delle contadine. Piccola Rufina la cui storia è stata ripetuta così tante volte che non si sa più dove finisce la realtà e dove comincia la leggenda. Sfortunata tra tutte le donne, posto che esistano mujeres felici.

Maledetta per l'eternità la Catte arrivata troppo tardi... Oh, mea culpa, mea culpa, mea maxima culpa: la vecchia ancora adesso continua a tormentarsi.

Abbassa la testa e sembra immergersi nel sonno. Davanti agli occhi le sfila un corteo di donne morte: la Rufina, la Demetria, sua madre, alla testa di una folla di ragazze e vecchie piangenti, sporche, la faccia pallida coi segni delle botte, l'abito ridotto a brandelli come per una rissa corpo a corpo; senza parole per dire la propria disperazione. Ma tutte, con l'espressione del volto, sembrano esigere dalla Catterina che dia testimonianza di come vissero e soffrirono: basterà un nome, una data, un misero aneddoto da raccontare per liberarle dal pericolo di scomparire nell'oblio. Lei può farlo, ché è sopravvissuta, vuoi per caso, vuoi perché altre morirono al suo posto.

Immobile, le palpebre sempre più pesanti e scure, la Catte rimane per molto tempo sulla seggiolina che sta a fianco della botola in cui si apre la scaletta che scende nella cripta. Chiedendo sottovoce al fantasma di Rufina: «Cosa vuoi, bambina mia? Di che hai bisogno?», con la stessa sollecitudine con cui trattava la padroncina ai tempi dei tempi. E le pare di sentirsi rispondere: "Catte, ricorda...". Uguale alle voci di certi sogni, che scivolano via come acqua tra le dita.

Ché forse è solo questo che il Signore voleva dalla sua serva Catterina: non l'ha mandata nella casa dei Cambaceres col compito di salvare Rufina – il Signore non dà mai pesi maggiori di quelli che possiamo portare – ma solo per far sì che molti anni dopo, quando quella storia fosse morta e sepolta, lei potesse ricordare e trasmettere la memoria di quei tempi lontani a qualcun'altra. Alla piccola Cora, per esempio.

Sentendo suonare le ore al campanile del Pilar, la vecchia si riscuote. Le sembra di risentire negli orecchi i rimproveri spazientiti della Maria: che non deve far tardi, che il cimitero non è un posto adatto ai bambini, che non si può vivere di storie del passato. Sbuffa... Ma niente è passato para mí: tutto è presente, si dice la Catte, tutto mi sta qui nel cuore.

Maria Roveda (1882-1967)
Se l'amore è un vecchio nemico
Rosedal, 1935

... Perché
mi insegnarono a amare,
se è buttare senza senso
i sogni in mare? Se l'amore
è un vecchio nemico
che mi brucia, perché
mi insegnarono a amare?

ENRIQUE SANTOS DISCÉPOLO,
Canción desesperada

Si sedette alla Singer. Piegò in due la tela, la poggiò sul piano di lavoro e, tenendo una mano sulla manovella, mosse il piede sul pedale. La macchina, clip clip clip, si mise in moto; la tela regolata dalla leggera pressione delle dita cominciò a scivolare sotto il piedino metallico, procedendo veloce. Prima di sera avrebbe finito di sicuro le fèdere nuove.

Voleva dimenticarsi nel lavoro, la Maria, scacciare il ricordo delle male parole con cui qualche ora prima uno dei figli, l'Ángel, le aveva annunciato che se ne andava a Mendoza; che laggiù era pronto per lui un negozio da rilevare, per cominciarvi una nuova vita; che già lo progettava da tempo, ma quello che era successo il giorno prima aveva fatto traboccare il vaso. E pure l'altro ragazzo, il Rogelio, si era messo a parlarle di disonore da lavare, di arruolarsi per chissà dove...

Tutti impazziti, 'sti figli. Alla malora. Aveva gridato di rabbia anche lei, tenendo loro testa; fino a diventare rauca. Perciò adesso si sentiva svuotata.

Siccome non trovava le forbicine, la Maria tagliò un filo coi denti. Si infuriò, le mani le tremavano. Capiva di star facendo tutto sbagliato, non doveva prendere di petto la situazione. Eppure... Afferrò rabbiosamente un altro pezzo di stoffa e rifece l'operazione di poco prima. Dalle stanze di sopra non veniva alcun rumore, chissà, forse l'Ángel aveva deciso di non partire. Poteva anche essere che non tutto fosse perduto, che i suoi figli avessero detto così per dire, per ripicca, per ferirla...

Chiamò la Martinita, nessuno rispose. I figli, ecco cosa sono: una manica di ingrati. Per loro ti sfianchi di lavoro e quelli, quando c'è di bisogno, neanche si degnano di risponderti. Irriconoscenti, incapaci di capire i sacrifici cui i genitori si erano sobbarcati: perché lei e il Pidrö si erano spaccati la schiena per mettere da parte la plata per la famiglia.

Hanno avuto il coraggio di parlarmi di mafia, che questo c'era scritto sui giornali. Cosa devo sentire. Ma non mi facciano ridere. La gente tira fuori certe storie solo perché ha la lingua in bocca, si sa, ma una madre spererebbe che almeno i figli giudicassero con maggior cautela... Era stato come ricevere uno schiaffo: mai i suoi figli avevano osato parlarle a quel modo; mai aveva sentito nella bocca dell'Ángel quel tono aspro. Le parve di sentirlo risuonare ancora nella stanza.

Dei passi sulle scale: qualcuno dei ragazzi usciva. Per andare dove? Soffocò l'impulso di chiamarli.

E se davvero l'Ángel e il Rogelio stessero pensando di abbandonare la casa?... Al pensiero, le tremarono le ginocchia: la rabbia di poco prima era scomparsa, lasciandola debole, mezzo imbesuita. Madre de Dios! Tirò da parte la stoffa che aveva già sistemato sotto l'ago della Singer e si prese la testa tra le mani. Le parve di sentire le tempie pulsare.

Mafia, affari sporchi o chissà che altro, se ne dicono

tante di balle. Vostro padre è un brav'uomo, lavoratore, attaccato alla sua famiglia: questo era il discorso da fare ai figli... E anche ammesso che abbia sbagliato, Vírgen Santa, tutto viene dal fatto che desiderava che i suoi ragazzi non patissero le umiliazioni che aveva dovuto sopportare lui, gli stranguglioni che gli avevano fatto mandare giù quando era arrivato in America.

La Maria ricordava bene quando il barco su cui viaggiava il Pidrö era giunto in Argentina, perché proprio negli stessi mesi lei era tornata a vivere a Buenos Aires, dopo che l'estancia di El Quemado era stata chiusa e la padrona di allora se ne era andata in Europa.

Gliel'aveva fatto conoscere sopà, ché il Pidrö era uno del suo stesso paese in Italia, parente di chi sa che grado. Davanti alla Casa Rosada, sotto il cielo terso e luminoso di primavera, di un cupo turchino, la facciata bianca del Cabildo accecava e il Pidrö cercava di ripararsi gli occhi con la mano destra: si era beccato un'infezione nella stiva della nave che lo portava a Buenos Aires, epperciò gli eran venuti due occhietti rossi che spurgavano e lagrimavano per niente. Tanto che alla Maria quel ragazzo italiano neppure era piaciuto a tutta prima.

Costruire una casa, questa era stata la fissa del Pidrö fin da subito; sempre a ripetere: «Voglio che i miei figli nascano a casa loro». Perché a quell'epoca, a parte i signori, nessuno nasceva in una casa di proprietà: uno arrivava qui in Argentina col barco, se sapeva fare un lavoro d'artigiano gli davano il permesso di restare nella capital dove in genere finiva a marcire in un conventillo; oppure, se era contadino, lo spedivano al campo in qualche posto sperduto, ché l'Argentina l'é granda come il culo di Giuda, diceva sempre somà Catterina. Così era successo anche al Pidrö, che non conosceva altro lavoro fuori di quello della terra, sicché i primi mesi li aveva passati come campesino nella pampa.

La Maria si coprì il viso con le mani, il cuore pesante di angoscia. Dal cassettino nascosto sotto la Singer tirò fuori sospirando un fascio di lettere; le tenne in mano a lungo, quasi per soppesarle, poi ne sfilò una dal cordino che le legava insieme. Gli occhi presero a scorrere lentamente la scrittura grande del Pidrö, un po' inclinata verso sinistra; ci stette col naso sopra, per colpa degli occhi faticati, anche se non ce ne sarebbe stato di bisogno, tanto lei le sapeva tutte a memoria quelle lettere-lì: "... Qui al campo c'è tanta terra da lavorare. Le case le fan su con il soriso, che l'é un'erba resistente: si impasta con la palta e poi s'arrotola tame una salama. Il tetto però l'ho fatto di tolla. È difficile per me abituarmi a questa primavera di novembre, che le stagioni qui in Mèrica sono all'incontrario, ma speriamo di fare un buon raccolto... Cara Maria, ma piasarìa se tu mi scrivi. Ché io non resterò qui a lungo: finite le cosechas vengo a Buenos Aires e ci sposiamo".

Le lettere del Pidrö, baciate e ribaciate all'epoca del fidanzamento, e poi conservate gelosamente manco fossero le reliquie di un santo, la Maria le sapeva palabra por palabra, a furia di rileggerle: ché lei del Pidrö era stata innamorata d'amore; "come 'na pitta", la prendeva in giro la Catterina.

La fece sorridere il ricordare come a quel tempo non sempre riuscisse a capire le espressioni che usava il Pidrö nelle sue lettere. Per esempio, perché lui sosteneva che le stagioni in Argentina erano all'incontrario? Alla Maria, nata in un conventillo di Buenos Aires, la primavera a novembre era sempre sembrata una cosa normale. Suo padre Luis invece rideva, dicendo nel suo castellano sgangherato: «A l'é proprio verdad»; poi si faceva rileggere più volte dalla Maria le lettere del Pidrö e, dopo averci pensato su un po', scoppiava in un borbottio scandalizzato: gli suonava incredibile quando il ragazzo raccontava delle spighe di grano che durante il raccolto i cavalli calpestavano, senza che nessuno badasse a raccoglierle. «Che gli venisse...» sacramentava. «Quanto bendidio a ramengo...»

Qualsiasi spreco era una roba inconcepibile per mepà, lui che la Mèrica tante volte l'aveva sognata insieme agli amici, quand'era in Italia... Ché, quando noi eravamo piccoli, la sera dopo cena gli uomini si sedevano sulla panca nel patio del conventillo, masticando 'na presa di tabacco, e si raccontavano vicendevolmente, mezzo in dialetto mezzo in spagnolo, i motivi che avevano spinto ciascuno di loro a venir via dall'Italia.

«Caino la terra se l'è levata dal sangue di Abele e gnanca il Padreterno ci ha potuto far niente. Epperciò i governi mai faranno una legge per ridarci le terre che i ricchi si son presi!... Ci hanno loro il coltello dalla parte del manico. A noi puarìtti ci tocca solo mandar giù il tòssico» diceva uno.

«Questo è un discorso che vale solo in Italia. Qui in Argentina è tutto differente» ribatteva un altro.

«Tu ti immagini una Mèrica fatta sulla tó misura. Ma anche qui è sempre lo stesso mangia-mangia: in ogni paese comanda chi ha di più, porcamadò...»

Discutevano. Lo scuro della sera nascondeva il loro mondo di disgrazie, facendo lievitare i sogni. Ma io non capivo bene il significato doloroso che per loro aveva l'espressione "Siamo italiani", quel loro parlare sempre alla prima persona plurale, quell'esperienza che li staccava da tutte le altre persone che conoscevo. Certo, sapevo che erano nati lontano lontano, che un tempo erano stati bambinetti e ragazzini, proprio come me. Però quel loro ripetere di continuo "Siamo italiani", in fondo voleva dire che non lo erano più, dato che da quel posto dall'altra parte del mondo se n'erano andati un giorno di nebbia, su un carretto scalcagnato che lento lento li aveva portati dove cominciava il mare – cosa che io a quell'età non conoscevo ancora – dove stava el puerto –, parola di significato vago per me, dato che sapevo sì che a Buenos Aires sul río c'era un puerto, ma non c'ero mai stata; ché anche una distanza di pochi chilometri a quei tempi era un viaggio, e per spostarsi mica esistevano le comodità di adesso. Sicché "Siamo italiani" ai miei occhi significava soltanto che mepà piangeva ogni volta che arrivava una lettera di somà Custanza, che per me era unicamente il nome di una vecchia la cui foto campeggiava appesa al muro: con un fazzolettone scuro intorno al viso, proprio come le viejas che abitavano insieme con noi.

Vostro padre è venuto qui in Argentina perché voleva la libertà, potete anche non crederci se volete... Questo doveva dire la Maria all'Ángel e al Rogelio. Sì, occorreva pesare le parole, preparare un bel discorso.

Il Pidrö diceva sempre che là, alla sua aldea, anche il cacatòio ci aveva orecchi, che una mattina il fittavolo, che era una sorta di capataz, l'aveva fatto chiamare. Sicché lui ci era andato, anche se con rabbia, perché quando quellolà ti convocava eran sempre grane.

Il capataz l'ha squadrato a lungo e poi, ridendo: «Ah, sei tu allora quello che l'ha piantato-giù un ambaradàn con tutte quelle storie di andare in America», e gli aveva chiesto se non era un po' troppo piccolino per avere già nella testa certe idee...

«Non ho mica ammazzato nessuno» si è inalberato il Pidrö.

«Non ho detto questo...» ha replicato l'altro, sempre col sorriso sulle labbra, facendosi scrocchiare le dita.

«Vi ho risposto così, perché mi sembra che voi mi prendiate per un brigante di strada.»

«Non son qui a parlare di politica» e il fittavolo si era fatto tutto serio. «Tu devi pensare solo a lavorare. Togliti dalla cabeza certi panzánighi e vedrai che starai benone. Basta che fai il tó dovere come si deve, e io ci metterò una pietra sopra, ché non voglio più saperne di gente che parte e mi lascia i campi vuoti.»

Al Pidrö le parole non gli venivano in bocca, da tanto secca ci aveva la lingua.

E non è stata mica l'unica volta. Ché il padrone del paese era un conte, un vecchione che viveva nel suo palazzo e usciva solo la domenica dopo messa, ché allora gli prendeva il gusto di girare per i cortili del paese, entrando nelle porte aperte. Tutti gli uomini a levarsi el sombrero davanti a lui, las mujeres a offrirgli la sedia, los niños che per un attimo la piantavano di frignare, intimoriti anche loro. Voleva che qualcuno levasse il coperchio della ramìna che stava sul fuoco e poi tirava a indovinare il pranzo dall'odore; anche se era affare di poca inventiva, visto che c'era la stessa poca roba da mangiare in tutte le cucine, ma tant'è... Così, una volta, arrivato a casa del Pidrö, disse: «Ho sentito dire che uno dei ragazzi di questa casa vuole andare in America» e fece pure lui una scenata...

Perché vi sto raccontando questa storia? Madre de Dios, per farvi capire che vostro padre non è un uomo come voi lo pensate. Era un ragazzo con tante speranze: quand'è arrivato aveva quindici anni o giù di lì, e voleva assolutamente trovare dove metter-su famiglia e vivere libero. "Magari a cavallo di una capra, ma sono disposto a andare fino in capo al mondo per cercare un posto dove esser libero di fare i fatti miei", questo non si stancava mai di ripeterlo. Era stufo di avere un padrone. Diceva che in Italia un colono ne doveva cambiare così tanti di padroni nella vita che finiva per contare gli anni non secondo il calendario del Signore ma dal tempo che era rimasto sotto questo o quel fittavolo. In Italia solo quando ti mandano la cartolina diventi italiano con un re e un governo. Prima no: prima, il governo sono i padroni delle terre...

Questa è la storia che lui mi ha sempre contato; e mio padre gli dava ragione: era un inferno il loro paese. Epperciò il Pidrö ha voluto venire in Argentina. Ah, ci avevan tanta paura i padroni italiani, alla vista dei coloni che partivano: ché se tutti fossero venuti qui in America, non gli sarebbe restato più nessuno in Italia a cui comandare.

Ne aveva di coraggio il Pidrö, ché se n'è andato da solo dal suo paese, i suoi mica volevano che lui partisse: sei ancora un piscialetto, gli dicevano. E invece lui duro, determinato, a piedi fino a Genova, fermandosi a dormire nei fienili e sotto i ponti. Al porto si è fatto assumere su una nave, mentendo sulla sua età...

Ecco, così era vostro padre.

Sembrava che fuori il sole non brillasse più come prima; il pomeriggio volgeva alla pioggia; o forse era l'effetto dell'ombra dello stretto vicolo di terra battuta; oppure quell'impressione di irrealtà che sempre dà il sentirsi mettere sotto accusa dai figli.

"Sei sempre nel mio corazón e così spero di te" la Maria si ripeté mentalmente, quasi in una sorta di smarrimento, le parole del bigliettino che le aveva scritto il Pidrö dal carcere. Come fosse una formula magica. Non riusciva a prenderla come una frase fatta.

Le veniva in mente il viaggio da fidanzata per raggiungere il Pidrö all'interno del paese, la casa costruita in un villaggetto da niente, i buoni affari dell'almacén casalingo, i figli venuti-su sani: non erano forse tutti segni della possibilità di una vita felice? Non avrebbe voluto pensare a altro.

«Sta' attenta a non fare uno sbaglio» l'aveva messa in guardia la Catterina, la sua seconda madre. «Ti ho insegnato il mestiere di sarta, non c'è fretta di sposarti se vuoi. Non cacciarti mica nei pasticci.» Ma lei parlava così perché non aveva mica fatto una bella vita con mepà; oltretutto con tanti bambini non suoi da tirar-su... Eppure non era totalmente contraria la Catte, anzi: diceva che una donna deve avere una fede al dito per essere trattata con rispetto... Insomma, si lamentava, come la chioccia che rischia di perdere il suo pulcino; perché mi voleva bene, anche se non era mia mamma vera.

Quando la Maria le aveva dato la notizia che aveva comprato il biglietto del barco per il norte, la Catterina le aveva buttato in faccia: «Ma con che coraggio mi lasci sola? Se è neanche due mesi che abbiam sotterrato tuo fratello Teresio... Te lo sei già dimenticato?».

Oh, somà la faccenda del Teresio non avrebbe dovuto tirarla fuori. Ché la Maria era tanto affezionata a quel fratello, più che a tutti gli altri; e perdipiù era stata proprio lei che per prima era venuta a sapere della disgrazia: che il Teresio lo avevano coppato le guardie, per sbaglio, durante un controllo di documenti. Era un sabato mattina – i ricordi ancora tutti nitidi, quasi pungenti – e nel laboratorio di sartoria dove la Maria lavorava erano venuti un sacerdote e una guardia con un'aria di imbarazzo... Allora lei li aveva pregati: «Aspettate a dirlo a memà. Vado avanti io», perché si sa: dolore previsto è meno tristo... Era corsa a casa, ma a somà era riuscita a dire soltanto che un prete aveva qualcosa da dirle. Però la Catte non ci aveva creduto e l'aveva chiamata casciaballe, perché la Maria aveva il vizio di spararle grosse. Quando però era uscita sulla porta e aveva visto il prete e la guardia arrivare, era cascata giù in terra come morta, enloquecida, perché il Teresio era il suo figlioccio preferito; tant'è vero che la Catte ancora adesso teneva la sua fotografia nella cornice dello specchio a tre ante e ci metteva i fiori secchi, come fosse un altarino.

«Il Signore delle volte ha bisogno dei nostri figli» disse il sacerdote, ma la Catterina lo zittì in malo modo: ché un prete certe cose non poteva capirle dato che di figli non ne poteva avere.

Era l'epoca che il Giovanni aveva appena trovato lavoro alla Vasena; e il Felice, dopo aver sposato una spagnola,

93

si era trasferito nell'Entrerríos, per cui la Catte aveva paura di restar sola a Buenos Aires, abbandonata dai figli.

Che anno, quello. La Maria ricordava il laboratorio di cucito, la finestra a inferriata che dava su un patio polveroso, privo di intonaco; certe volte al pomeriggio qualcuna delle ragazze intonava il ritornello di una canzone:

> De la niña qué?
> De la niña, na.
> Pues no dicen qué?
> Dicen, pero cá.

E fosse per la piacevolezza della musica, oppure per il brivido di sfiorare il sapore di altre vite, la Maria ne riceveva una specie di conforto.

Certo, quella delle cucitrici di allora era proprio una vita da poverette: ore a perdere gli occhi per confezionare vestiti e cappelli destinati alle señoritas che potevano permettersi di farsi accompagnare il sabato sera in uno di quei locali di Palermo allora tanto di moda, come il Café Tarana... Insieme al Pidrö, che era tornato nella capital per tentare un altro lavoro, c'era andata anche lei una volta; naturalmente si erano limitati a guardare da dietro la cancellata dentro il cortile lastricato di mattoni, ascoltando l'orchestra da lontano. La Maria si era fatta da sé un vestitino di cotonina color lilla che faceva la sua figura, ma per essere ammessi là dentro ci voleva la plata.

La domenica pomeriggio, lei e il Pidrö al massimo potevano permettersi di andare in un ritrovo per emigranti: una stanza fumosa piena zeppa di giovanotti, chi seduto su una panca, chi a cavalcioni su una sedia, chi perfino stravaccato sull'impiantito a spiare le gambe delle ragazze che ballavano con la vesta piccicata sul corpo per il gran sudore. In mezzo a grida e risate e un trinciare l'aria con le mani. C'era uno specchio scuro e inclinato alla parete, e la Maria, quando traversava la stanza avantindietro, questione di non voltarsi e fuggire subito, si intravedeva in quella profondità scura come se camminasse sul fondo di una fontana; ché le veniva voglia di uscire immediatamente, salire a galla, respirare.

> Quico, vámos al baile,
> Quico, yo no quiero ir,
> con el quico, riquico, riquico...

A somà Catterina non piaceva che la Maria andasse in quei ritrovi: «Son posti di peccato», diceva con aria di riprovazione. Prima che la figlia partisse per raggiungere il Pidrö, non la smetteva di piagnucolare, preoccupata com'era per le tentazioni che poteva offrire 'sto paese grando come la porta dell'inferno, abitato da gente d'ogni risma... Si era fatta giurare dalla Maria che si sarebbe sposata al più presto davanti a un prete e avrebbe frequentato la chiesa per fare il suo dovere almeno a Pasqua e al dì dei Morti, ché il fumo delle candele non ha mai fatto male a nessuno...

«Mamá» diceva la Maria «andare a messa non serve. De nada sirve.»

«Serve» ribatteva la Catterina «le domeniche e le feste comandate sono di Dio.»

Si ricordava quanto sua madre aveva pianto: «Io posso anche sopportare che mi muori lontano, ma voglio esser sicura di ritrovarti in Paradiso». Le lagrime scorrevano sulle guance della Catte come se la figlia andasse in capo al mondo. La Maria non aveva neanche cercato di consolarla: per le lagrime delle madri non ci son fazzoletti che bastano.

Eppure, come mai quel ricordo adesso le faceva male? Forse, solo ora che i suoi figli avevano manifestato il proposito di lasciarla sola, comprendeva cosa significassero i pianti della Catterina, il senso di perdita che doveva aver patito a quel tempo.

Guardate, leggete cosa mi scriveva vostro padre quando eravamo fidanzati: "Cara morosa, son contento che mi hai risposto. Devi sapere che sul barco per venire a Santa Fé conviene portarti te il saccone se vuoi dormire comoda. Poi la sera suona la campanella: gli uomini da una parte, le donne e i bambini dall'altra. Te lo dico così ti sai regolare. Fammi sapere la data che arrivi, che io vengo a prenderti e poi insieme andremo a Rosedal". Mi mandò questa carta due mesi dopo che era ripartito per il nord; perché lui non voleva fare la fine del topo, come un mucchio di suoi compaesani costretti a Buenos Aires a rassegnarsi a tutti i mestieracci: per esempio nei frigoríficos a gelarsi le budella, o nelle fabbriche di sapone a farsi cuocere le mani, oppure per strada a tenere sulla spalla un pappagallo e distribuire i numeri della fortuna, tanto per racimolare due soldi. No, no, lui voleva un lavoro decente...

Così in quattro e quattr'otto mi misi in viaggio per Santa Fé. Sulla banchina della Darsena Sud, allo sbocco del Riachuelo, c'erano tanti fotografi coi loro treppiedi: una mitragliata di lampi di magnesio, uno dopo l'altro, cosicché il Giovanni e la mamma si fecero scattare una foto, perché la tenessi per ricordo, roba di dieci minuti e già avevano la stampa in mano. Mio fratello cercò di lanciarmene una copia a bordo, ché io ero già salita; la avvolse dentro un giornale rotolato e me la tirò, ma il pacchetto cadde in acqua...

Il vapore aveva rimontato lentamente la corrente torbida del Paraná. Le rive selvose erano state una sorpresa per la Maria, con quei grandi uccelli che sorvolavano il barco e la stremante infinitudine della boscaglia alta e impenetrabile.

Prima di arrivare a Santa Fé il fiume si restringeva in una specie di canale detto tiradero, perché i barcos venivano tirati da coppie di cavalli aggiogati sulla riva; appena ne uscirono, da una parte un'immensa laguna salmastra, dall'altra la città col Pidrö a attenderla sulla banchina, sventolando il cappello.

Lo sposalizio l'avevan fatto due settimane dopo, a Rosedal, un paesino dell'interno che avevano raggiunto con la ferrovia inglese dopo un viaggio di un giorno intero. Era felice la Maria, ma per chi, come lei, aveva passato la giovinezza a Buenos Aires non era facile abituarsi: un posto triste e monotono, con vecchie case basse di argilla ombreggiate da aranci e limoni; le strade di terra, tra pecore e galline razzolanti. Tra l'altro c'era il problema della scarsità di acqua e del vento del deserto che riempiva di polvere ogni stanza: un pulviscolo fino fino che entrava pure dalle finestre chiuse, piccicandosi alla pelle, filtrando perfino nei cassetti.

No, non era stato per niente facile, anche se il Pidrö aveva buttato l'anima per costruire la loro casettina di mattoni seccati al sole: piccola, ma col grande vantaggio di non dover dividere con altri lo spazio familiare. Inoltre, collegato alla casa per mezzo di un patio stava l'almacén: perché il Pidrö aveva capito che il commercio poteva dare più guadagno del lavoro contadino.

Avrebbe dovuto rallegrarsi di questo suo destino, la Maria, invece sentiva dentro di sé la delusione crescerle ogni giorno di più. Forse succedeva perché si era riempita la testa di troppe storie d'amore; ché aveva cominciato la señorita Rufina a leggerle romanzi nella cucina calentita di El Quemado – *La cieca di Sorrento*, *La dama delle camelie*... – e, una volta imparato a leggere proprio su quei romanzi, la Maria ci aveva preso gusto: andava matta soprattutto per le storie di grandi passioni. Purtroppo, però, lì a Rosedal aveva scoperto che non c'erano favole o avventure possibili: quando voleva uscire di casa a svagarsi, camminava per vicoli di polvere. Dalle porte aperte si intravedevano giacigli dove erano stesi vecchi dal viso cotto dal sole, in silenzio, in attesa di chissà che; cipolle appese a travi, pavimenti di terra battuta, montagnole di

ferraglie buttate a arrugginire negli spiazzi incolti tra erbacce che sapevano di piscio di cane. Ma anche se si allontanava dal pueblo verso la campagna aperta, il paesaggio la opprimeva, con quell'aria da forno, col suo sole che
si alzava come una grande palla rossa dal mare di polvere
e compagnava l'andare della gente fino al tramonto, senza un minuto d'ombra. Solo, ogni tanto, qualche arbusto
spinoso e rachitico, che non bastava però a difendere da
quella luce spietata; tra le grida degli avvoltoi, alti in cer-
chio nel cielo.

Ché, a pensarci, la voglia di fare una passeggiata le passava di colpo e ritornava in fretta a casa.

La sera scese sui mobili scuri della stanza. Come un sipario su quella giornata di risentimenti e ricordi dolorosi.
Nella mente, la voce del Pidrö che cantava una delle sue
canzoncine mezzo italiane:

> Gh'eran tre tamburini
> que venían de la guera
> y rintuntera y rataplán...

Sì, a quei tempi anch'io cantavo, per tenergli compagnia e vincere il peso sordo del tamburellare del sangue,
ma la voce si perdeva in quello spazio senza echi. E rintuntera y rataplán... Perché lui fischiettava, faceva l'allegrone quando c'erano i suoi compari, ma in casa, se ci
aveva la luna, neanche una parola. Non alzò mai la mano
su di me, come avevo visto fare mepà Luis con la Catterina, ma certe sue parole, certe miradas terribles, erano
peggio degli sberloni, perché ci sentivi dentro un disprezzo infinito per il fatto che tu eri semplicemente una donna, quasi una bestia: «Pelànda» diceva «serra la bocca».
Mi sentivo umiliata; ché, quando cominciava la litania
delle sue imprecazioni, io mi gelavo, incapace di rivoltar-
mi, perfino di rispondergli. "Serra la tó buccàscia", quan-

te volte me la sono sentita piombare addosso 'sta frase, con quel tono sprezzante.

Aveva fatto male a rinchiudersi nei ricordi: ora si sentiva sfasata, turbata dall'intensità delle scene che aveva rievocato. Un groppo le si irrigidì in gola, qualcosa di simile a un singhiozzo. Ché non era stata una vita felice la sua: il Pidrö l'aveva tanto delusa.

Poi erano venuti i figli, per soffocare la nostalgia, quell'angustia silenziosa, il vuoto. Figli fatti con speranza, con umiliazione, con pianto; con un dolore che subito veniva messo da parte dall'emozione strana e terribile di tagliare il cordone che li univa a me, di lavarli per la prima volta, di attaccarli al seno, di cullare la loro fragilità, di insegnare a dire mamá, di sostenerli quando cominciavano a puntare a terra i piedini vacillanti. Ambrogio, Ángel, Rogelio, Martinita, e per ultima la Dulce, quando già la Maria aveva passato i quaranta. E adesso questi figli volevano scappar via, rinnegarla, come già aveva fatto l'Ambrogio; ma lui, perlomeno ci aveva un perché, anche se balzàno, ché s'era invaghito di una puttanella ebrea; era giovane e sventato, si sa cosa succede all'età sua...

A che cosa era valso lesinare, tener da conto, difendere 'sti figli anche dalle rabbie del Pidrö, se poi quando arrivava il momento di stare tutti uniti per affrontare la bufera quelli volevano scappare? Che cosa strana è la vita... Ogni tanto sembra di essere vicini a raggiungere qualcosa, e poi, tutto precipita a gamb'all'aria. Il destino è disonesto il più delle volte. Gesummaria, se esiste un inferno, se dopo tutto questo faticare ancora esiste un inferno, non può essere peggio di questa vita-qui.

Il Rogelio parlava di arruolarsi per chissà dove, per cancellare il disonore... ma quale disonore? Scherzava? Eppoi non ce n'era a basta nella vita di far sacrifici e di lottare? E l'Ángel cosa si era messo in testa? Uniti bisogna stare, come le dita della mano. Adesso più che mai.

Come era potuta succedere 'sta disgrazia? La Maria quasi non si raccapezzava. L'almacén funzionava così bene nei primi tempi. Si vendeva un po' di tutto: generi alimentari, carbone, legna, chiodi; la stadera non stava mai appesa al gancio. Al mattino presto suo marito andava alla stazione a vedere che merce era arrivata, caricava tutto sul carretto e alle sette apriva la porta del negozio. Così, fino alla siesta, con le foglie degli eucalipti immobili nella calura; poi di nuovo dietro il bancone, ché a mezzanotte la serranda era ancora alzata certe volte. Tutti lavoravano, ogni figlio ci aveva il suo incarico, con giustizia, a seconda dell'età, di modo che imparassero tutti il mestiere. Sul retro del magazzino la Maria preparava la tavola, le patate e la bistecca sempre fredde, per colpa delle interruzioni dei clienti. Ne avevano fatta una pelle.

Certo, i primi tempi si lavorava soprattutto di domenica, quando i contadini venivano dal campo a fare provviste e scambiarsi le notizie della settimana; allora sì che il paese si animava e la piazza si affollava di gente vociante. Poi, la sera le comitive se ne andavano, prendendo ciascuna la sua strada verso l'estancia di provenienza. Nel buio si vedevano le luci delle carovane che si allontanavano da Rosedal... Ma col passare degli anni la situazione era cambiata, il paese s'era riempito, ingrandito: Madre de Dios, si lavorava bene.

Era stato allora che un gruppetto di italiani aveva cominciato a venire a giocare a carte nel retrobottega; stavano lì anche fino alle due tre di notte.

Dei napoli, che a vostro padre manco andavano a genio, ma mica li si poteva mandare via: bevevano, mangiavano la pasta che io preparavo di pomeriggio, lasciavano il patio impregnato di fumo di sigarette e di sudore e di sputi, quei porci, coi fondi di vinaccio a imbruschirsi nei bicchieri sul tavolo a la madrugada... Eh, cari miei, i soldi non bastavano mai con tanti figli da crescere. È così che è cominciata l'amicizia con quel bassitalia di don Chicho. E col ramino e il poker sono venuti i soldi. Ma non bastavano mai, perché bisognava pagare la tangente alle guardie. O chiudere o pagare. La fate facile voi.

No, quando se n'era andato l'Ambrogio, tutto questo non era cominciato ancora. Quel ragazzo se ne era partito per la Patagonia perché aveva la testa piena di sogni: voleva l'avventura, provare da solo. Colpa di una maldita ebrea che gli aveva montato la testa. Proprio come in quella storia che la Maria, quando i figli eran piccoli, contava sempre: di quel tal giovinotto che si era invaghito di una donnaccia senza scrupoli che gli aveva chiesto come prova d'amore di strappare il cuore della sua mamma e di portarglielo; e lui l'aveva fatto: aveva pugnalato sua madre, le aveva tolto il corazón dal petto e poi era corso dall'amante; ma per strada era cascato in un fosso, ferendosi in modo grave, e allora ecco che il cuore sanguinante della sua povera mamma si mette a parlare e domanda: Ti sei fatto male, figlio mio?
Come dice la canzone:

> Povera mamma mia cara,
> quanti dolori ti davo,
> quante volte in un cantone
> a piangere ti trovavo...

Eh, i figli non capiscono quanto li amiamo, sventati che sono. Così era successo al suo Ambrogio che cercava la vita facile e invece aveva trovato la morte. Undici anni prima.
Era stato allora che il Pidrö s'era incupito: un figlio, il maggiore, che se n'andava; gli era sembrato un tradimento. Per niente succedevano scenate; era sempre stato un padre molto severo, ma da quel momento era peggiorato. Uno scontro continuo: bastava un nonnulla e se transformaba, dava un cazzotto sulla tavola, sacramentava; e poi

manrovesci, sganassoni, cinghiate, zoccolate sulla testa. E lei che gridava: «Pidrö, per amor del cielo, fermati!». Ché lei temeva quelle scene ancora più dei figli; per questo cercava in ogni modo di occultare al marito qualsiasi mancanza dei ragazzi che potesse scatenare l'ira paterna. «Citto, bisogna che il Pidrö non lo venga a sapere», ripeteva angustiata.

Soprattutto col Rogelio era una guerra continua, perché quel figliolo-lì ci aveva una testa dura, tal quale sopà. Capace adesso di andare davvero a farsi ammazzare da qualche parte; ché parlava di partire volontario. Ma se era ancora un ragazzo... Scrollava il capo la Maria, radunando le federe finite da una parte, i pezzi di tela ancora da cucire dall'altra.

Tutto era cominciato con le discussioni sul fascismo, ché a metter-su il Rogelio contro suo padre era stato il Felice con quella spuzzetta di sua moglie. Ma cosa ci si poteva aspettare di buono da una spagnola, e socialista per soprassello? Socialismo, Russia, scioperi e tutte quelle balle lì... ché di morti in famiglia per tutte quelle materìe ce ne avevano avuto già uno, il Giovanni che si era fatto sgozzare come un pollo nella semana de sangre, nel '19; senza contare l'Ambrogio.

Il Felice veniva spesso a Rosedal a trovare la sorella, s'era comprato un furgoncino, stava bene lui che aveva una figlia sola; e ogni volta erano giornali sovversivi che portava. Il Rogelio naturalmente lo stava a ascoltare, gli piaceva perfino leggere quella roba... Epperciò padre e figlio da un po' di tempo non la smettevano più di litigare. Il Pidrö urlava al Rogelio che un giorno o l'altro l'avrebbe cacciato di casa e dall'almacén; e il ragazzo, provocatoriamente tranquillo, ribatteva: «Non aspetto altro...».

Certo, il Pidrö era fascista, come tutti gli italiani della aldea, con la camisa negra y brazo en alto. E aveva in casa le foto del duce, ritagliate dal giornale: a torso nudo falciando il grano, o al balcone coi dos puños en el cinturón. Ma bisognava per forza far così. Era la Sociedad Italiana che lo imponeva a tutti.

... Ma cosa volete che interessi la politica a vostro padre? Ma che duce che conduce, andate a quel paese tutti insieme a quello che conduce... Però noi abbiamo sempre avuto il più grande almacén del paese e tutti gli italiani vengono qui a rifornirsi, non siamo mica liberi di fare di testa nostra. La fa troppo facile il Felice: in bottega si deve star-lì a scoltare i discorsi della gente, dire di sì... E poi ci sono le feste: Natale di Roma e 20 settembre: prima la messa a la iglesia, con l'inno *Salve al pueblo argentino sagrado corazón*, poi al salone della Sociedad Italiana tutta parata di coccarde coloradas, blancas y verdes – che le fabbrichiamo sempre noi, io e la Martinita nel patio, con le macchine da cucire; perfino alla Dulce troviamo qualcosa da fare in quei giorni-lì... Poi viene la sfilata dei balillas, todos con el brazo en alto y cantando "Giovinezza giovinezza". E per l'almacén è un bell'affare: ché tutto il necessario per la festa, dal vino ai chorizos, l'ha sempre procurato vostro padre. Ve ne siete dimenticati?

Così stanno le cose. E se adesso i giornali dicono altro, è perché i periodistas sono specialisti nel fabbricare menzogne. Ché mafioso il Pidrö non fu mai. Solo rapporti di lavoro con don Chicho: l'almacén, il gioco clandestino la notte...

Io preparavo ravioles con la salsa e i bassitalia mangiavano mangiavano. Era impressionante la quantità di roba che quei napoli eran capaci di spazzar via in una sola sera. Como se ancora sentissero nello stomaco i morsi della fame sofferta in Italia. Dai fornelli, attraverso il finestrino, li vedevo nel patio: sentados intorno alla damigiana, gridando, barando, in scoppi di risate grasse... E quel tale che chiamavano don Chicho diceva al Pidrö che, se accettava di entrare nella "familia", la pobreza finiva, ne', che loro l'avrebbero aiutato, che non si era tutti italiani per niente.

E così avvenne, ma l'adesione di vostro padre si limitò

a questo: a lasciar loro a disposizione il patio di notte, a organizzare partite, a sfamare gli intervenuti con paste e asado...

Di nuovo sospirò. Perché è difficile vedere dove sta il marcio all'inizio: quando la plata che si accumula è qualcosa di così attraente, dolcemiele dopo l'amarezza di una vita di fatiche; montando alla testa, confondendo, inventando giustificazioni.

Erano queste le cose che i figli non potevano comprendere: l'ossessione del Pidrö e della Maria per i soldi, il sogno di comprare una casa vera, bastante per tutti i figli che venivano grandi e per le famiglie che avrebbero costituito; un posto decente, con tutte le comodità. Ché allora poteva anche succedere la sciocchezza di dire di sì a un amico, di accettare di tenere in magazzino la roba che un tale portava di notte col furgone e ti diceva di tenerla lì-da-parte per un paio di settimane. Oppure, di andare una tardecita a portare un involtino fatto su con carta di giornale e spago nel negozietto di sartoria di un veneto, per far piacere a due compari di gioco che dovevano farsi restituire un debito da quel tale che trovava sempre una scusa per tirare in lungo coi pagamenti. Ché il Pidrö gliel'aveva spiegato alla Maria, e le aveva anche detto di non preoccuparsi: si trattava di petardi, da mettergli un po' di paura a quello-là, al massimo da spaccargli qualche vetro per dargli una lezione, ché coi debiti si scherza mica. E poi, sistemata la cosa, una parte dei soldi recuperati sarebbe toccata a lui; insomma, un vero affare.

Più tardi era tornato, sporco di vomito, e la Maria aveva dovuto metterlo a letto coi brividi. Di notte, piangendo, il Pidrö le aveva contato come il negozietto del sarto fosse saltato per aria: due morti, il veneto e un suo figliolo di dodici anni, rimasti sotto un trave. Una scalogna.

Prima dell'alba era venuta la polizia. Il Pidrö si era lasciato portar via in manette, come un burattino era uscito dall'almacén. Sul marciapiede c'era una piccola folla che inveiva contro gli italiani.

Poi, per tutta la giornata, i poliziotti non avevano smesso un attimo di girare per la casa a buttare sottosopra il magazzino e i ripostigli, anche quelli sottotetto, a far domande cretine: Da dove viene questa roba? Da quanto si trova qui? Chi ce l'ha portata? Ché la Maria mica sapeva rispondere: nelle cose del Pidrö e dei suoi amici s'era mai immischiata. E poi un marito mica va a dire certe cose alla sua donna. «E tutte quelle valigie impilate nel patio da dove spuntano fuori? Non mi dirà che non se n'era accorta?» ridevano le guardie. Certo che se n'era accorta, mica ci aveva le fette di salame sugli occhi; una sera i bassitalia avevano portato quel po' po' di roba – un baule e un'infinità di maletas y maletitas –, l'avevano sistemata lì, in pigna, poggiata alle scale. Lei a suo marito non aveva chiesto niente, era la regola che vigeva in casa: citto e andare.

«Tutta roba rubata, cara la mia donna» aveva detto il capo delle guardie, con un sorrisetto incredulo davanti al trasecolare della Maria. E con quella scusa-lì, avevan fatto razzìa nel magazzino: casse di salsicce e formaggi s'eran portati via quei bastardoni. Che i chorizos vi si strozzino in gola, che vi facciano venire la sciolta, aveva sibilato la Maria, ma tra i denti, perché coi militari si sa mai. Tanto più che le avevano fermato i figli più grandi, l'Ángel e il Rogelio, per dargli una strapazzata in caserma. Però li avevano rilasciati prima di sera, perché i ragazzi avevano saputo dimostrare la loro estraneità agli affari del padre.

Una pena per la Maria. Ma più ancora per la rabbia dei figli, per la loro ribellione. Colpa di quegli stronzi del giornale che titolavano: "Scandalo a Rosedal: nuove testimonianze inchiodano gli italiani". Che ne sanno i periodistas della vita? Che ne possono sapere di come dei figli hanno osato sconfessare il proprio padre, con vergogna; di come la Martinita oggi ha gridato come una matta-biràga che ne aveva a basta, che si sarebbe fatta cambiare il cognome piuttosto; e, per finire, il Rogelio con quella stramba idea di partire volontario per chissà che guerra, per lavare la vergogna.

Guardò fuori. Sull'altro lato della via la señora Castagna si attardava sulla porta insieme con una vicina, entrambe rivolte verso casa sua. Chissà quanto spettegolare avevano fatto quelle-due-là. Vecchie streghe. Ficcanaso. Con un guizzo di rabbia la Maria tirò le tendine.

Dalle stanze di sopra non veniva nessun rumore. Erano andati via tutti? Si spaventò, ebbe voglia di piangere, ma poi si fece forza. Avrebbe preparato la cena come al solito, avrebbe affrontato i figli con calma, si sarebbe fatta ascoltare.

Imponendosi di non perdere la testa, aprì un'anta della credenza per pigliare della farina. Preparare pasta fresca, questo doveva fare: ai ragazzi piaceva così tanto, sarebbero stati contenti, si sarebbero seduti intorno al tavolo, le avrebbero chiesto perdono per il comportamento di qualche ora prima.

«Mamá...» la voce della Martinita la bloccò.

La Maria si ripulì le mani nei fianchi del grembiule, guardando la figlia maggiore che era apparsa all'improvviso sulla porta, con la giacca indosso.

«Be', che novità sono? Perché ti sei messa il vestito della festa? Guardàtela: come se fosse nata per far la principessa! Levati subito di dosso quella roba y ven a ayudar! Apúrate.»

«Mamá, te l'ha detto l'Ángel che ha trovato un posto di magazziniere a Mendoza? Vado con lui alla stazione a vedere quanto costa il biglietto del viaggio. Partirà nei prossimi giorni...»

Il tono di sfida che sentiva nella voce della figlia ferì profondamente la Maria.

«Non avete il minimo rispetto...» le rispose ansimando, furiosa; non le venivano le parole dalla rabbia. «Dopo tutto quello che...»

«Per favore, mamá» la interruppe la Martinita «adesso non tirare in ballo tutti i sacrifici che hai fatto per noi: li ho sentiti nominare tante di quelle volte che ne ho la nausea.»

La Maria urlò, lanciando un piatto per terra. Si rendeva conto che stava passando il segno, che non erano questi i modi da usare con la Martinita, ma aveva voglia di spaccare, di inveire, di ferire a sua volta. «Non avrei mai immaginato di vedere mia figlia comportarsi a questo modo» le gridò.

La ragazza la guardò con un'aria di compatimento, poi si calcò il cappello in testa e uscì.

Se la Martinita credeva che lei le corresse dietro, si sbagliava di grosso. No, avrebbe continuato a preparare la cena, come tutte le sere. Doveva dimostrare ai figli che tutto era come prima. Tre tamburini venían de la guera, y rintuntera y rataplán, come faceva a ricordarsi ancora quella canzone? Bo, qui ci vuole ancora un po' di farina, altrimenti l'impasto vien troppo molle. Y rataplán, venían de la guera, la vita sì che è una guerra continua, da quando Ambrogio se n'è andato via con quella judía non c'è stata più pace... Venivan dalla guerra... Com'è che seguitava 'sta canzone? Ah, sì: la figlia del re che la stava a la finestra...

Raquel Potok (1901-1964)
Tristi mattane
Punta Arenas, 1964

> *I capelli sono bianchi.*
> *Sarà forse la tristezza*
> *della mia solitudine nera.*
> *O sarà perché mi prendono*
> *queste tristi mattane,*
> *che vado per piccoli caffè*
> *a cercare la felicità.*
>
> JOSÉ DE GRANDIS, *Amurado*

Finalmente, Ambrogio, oggi posso godermi un momento di calma per raccontarti cos'è successo durante il mio viaggio a Buenos Aires. Sai, ero molto combattuta se andare o no all'appuntamento con tua sorella Dulce: avevo tanta paura e mi chiedevo se la mia decisione – prima, quella di lasciarle un biglietto nella buca delle lettere, poi di chiamarla al telefono – fosse stata giusta e conveniente per me e per la Rosa.

Ma forse il mio sentirmi a disagio dipendeva da quella tarde uggiosa di pioggia, dalle luci dei negozi che brillavano gialle nella foschia montante, dall'impressione che i palazzi di Buenos Aires avessero voglia di squagliarsi sotto le nubi basse e oleose di quel río che sa di mare e di petrolio, e di marcio.

O forse no, tutto mi sarebbe parso ugualmente cupo e estraneo, perché da giorni mi portavo dentro un'ombra sempre più pesante.

È difficile da raccontare: è successo la scorsa settimana ma è come fosse tanto tempo fa... Comunque anche il mio qui e ora mi dà l'impressione del lontano, dell'ieri inesorabilmente trascorso...

Mentre mi incamminavo verso il caffè di avenida de Mayo su cui ci eravamo accordate, mi è sembrato di non essere in grado di affrontare l'incontro e sono stata tentata di tornare indietro.

Poi ho pensato alla Rosa, al suo tremare da pecorella spaurita quando la lascio sola anche per qualche ora soltanto, alla sua voce che si fa acuta di pianto quando mi vede prendere la borsa e andare in ospedale a fare una seduta, alla sua fragilità di uccellino, alle pupille che le brillano di rabbia quando ritorno a casa, allo scatto con cui volge la testa verso il muro per punirmi, per non parlarmi.

Allora ho capito, Ambrogio, quanto decisivo per la Rosa potesse essere il mio contatto con tua sorella; così mi sono fatta forza e sono andata all'appuntamento: un locale di lusso, con due enormi vetrate di ingresso, Café Tortoni, che intimidiva quasi l'idea di entrarci. Alla fine mi sono risolta a superare la porta, ho dato un'occhiata in giro e, addossata a una delle pareti di legno scuro, ho visto una persona china su un giornale, una donna coi capelli rossi; guardarla mi ha procurato una stretta al cuore. Il colore dei tuoi capelli... Oh, Ambrogio, perché di prepotenza mi sorgi davanti nella memoria, sempre sempre, come se tu non volessi ancora accettare di essere sotto due metri di terra gelata da quarant'anni?

Era proprio un bel posto, come ci si aspetterebbe di trovarlo nella capital federal: un locale con le colonne di marmo rosso, le sedie dagli schienali di pelle borchiata e un grande lampadario dorato che pendeva dal soffitto a vetrate dipinte. Ai tavoli di marmo delle coppie di età diverse, e poi tua sorella che, appena mi ha scorta indecisa sulla soglia, ha fatto un cenno, tendendomi la mano e abbozzando un sorriso.

Così è avvenuto, Ambrogio. La settimana scorsa. Ché sono appena passati pochi giorni, ma a me pare un'enormità di tempo, e sto seduta qui a Punta Arenas al solito posto – un locale che certo non potrebbe mai essere accostato al Tortoni – guardando i passanti sferzati dal vento gelato che sale dallo stretto, cercando di scaldarmi le mani sulla tazza di tè bollente. Si sta in penombra, col piccolo lampadario vicino alla cassa, dove il proprietario è tutto intento a fumare il suo sigaro.

Il tè è buono, zuccherato al punto giusto, ma di ben altro avrei bisogno. Di bere qualcosa di forte, molto più forte; ché tutto mi si figura vuoto, con sapore di cenere. Sai, tante volte mi dico, chissà cosa penserebbe l'Ambrogio se fosse qui. Ci credi? mi capita ancora di avere di questi pensieri.

Ché ben poco durano le unioni su questa terra, troppo poco è durata la nostra.

I bar, comunque, sono una bella istituzione, si disse Raquel guardandosi intorno: poter rimanere seduta per ore a un tavolino, pensativa, senza che nessuno venga a disturbare; oppure captando le chiacchiere dai tavolini vicini, lasciandosi cullare dalla pigrizia di un pomeriggio senza storia; dimentica del responso dell'ospedale e delle crisi della Rosa, guardando fuori dai vetri i tetti di lamiera colorata sotto l'ultimo sole, i voli dei cormorani, questi marinai russi che mangiano empanadas calentitas, o quell'altro nel tavolino d'angolo – dev'essere un turco, oppure un greco – perso nel fumo della sua sigaretta dietro un cenizero traboccante di cicche. Abbandonandosi con angosciata concentrazione a seguire particolari inutili, a ricordare la conversazione con Dulce, di appena una settimana prima. Ché i rumori del caffè – le chiacchiere dei clienti, il motivo della *Cumparsita* alla radio della cassa, il clacson di un camion che si affrettava verso il porto – erano una forma di silenzio.

Chissà, se tu mi vedessi in questo momento a contemplare la sera che scende sullo stretto di Magellano, a sorridere della cattiva pronuncia di questi marinai stranieri... Si sta bene qui. Ecco, perché sono venuta a abitare in questa città: gringos sempre diversi, gente che ha voglia di raccontarti storie, di darti calore e di riceverne. Ché per me è stata dura crescere da sola la nostra Rosa, ho dovuto arrangiarmi a fare questo lavoro, che in fondo non è neppure peggiore di altri; tanto più che ho sempre avuto una passione per il farmi guardare dagli uomini, per piacere agli altri. Te lo ricordi?... E poi è servito a riempire il mio tempo vuoto d'amore. Avevo vent'anni quando ti ho incontrato. Roba di un attimo, ché prima ho vissuto vent'anni senza conoscerti; e, dopo, quasi quaranta senza rivederti. Eppure non c'è stato giorno che in qualche modo tu non fossi nei miei pensieri, magari come sottofondo, come la musica di tango che Dios balla con noi giorno dopo giorno.

Tua sorella si è mostrata contenta di conoscermi, Ambrogio. Mi ha confessato che nella sua famiglia – nella tua famiglia – da sempre si sussurrava che nella tua fuga da casa ci fosse una polacchina di mezzo; chissà, forse tu ne avevi parlato in una lettera che scrivesti a uno dei tuoi fratelli da Río Gallegos, ma Dulce purtroppo non conosceva i particolari, perché all'epoca in cui tu te ne andasti da casa lei non era ancora nata. E quello che sapeva di te, fratello maggiore mai conosciuto, era ben poco e circondato di mistero; quasi soltanto questa diceria di una novia polacca. Nient'altro. In questo modo, Ambrogio, i tuoi hanno fatto diventare comprensibile la tua fuga; e tanto bastava per giustificarti nella memoria familiare. Ché tua madre mai altrimenti avrebbe accettato che il figlio primogenito, probabilmente il più amato, se ne fosse andato perché in casa Colombo si soffocava. È tanto più facile dar la colpa a una straniera di facili costumi, che ti ha fatto perder la testa infiammandoti il sangue.

Anche se le cose non sono andate proprio così, tu lo sai

bene, non sono mai stata una femme fatale capace di stregare. Non che non fossi bella all'epoca, una rubiecita magra tuttanervi; e ti piacevo tanto, Ambrogio, verdad? mi volevi tutta per te... Ché sono contenta che tu non mi possa vedere adesso che sono diventata di una pallidezza così malata e triste. Comunque di occasioni per lavorare ne ho ancora parecchie: sapessi, ci sono certi giovanotti capaci di venirmi dietro per tutta la sera, se mi do un filo di rossetto e un po' di colore sulle guance. E c'è perfino un tipo, un capitano belga che ha appena passato la cinquantina, che ogni volta che arriva col barco a Punta Arenas mi telefona: dice che gli piace come so sorridere, come so ascoltarlo, mentre sua moglie, dal viso perennemente ingrugnito, non ci è mai riuscita.

Il viaggio verso il sud l'abbiamo fatto su un bastimento inglese, dopo che ci eravamo sposati in una chiesa della zona del porto: questo ho raccontato a tua sorella. Mi sarebbe piaciuto raccontarle la verità, sarebbe stato più divertente: di come abbiamo fatto carte false per non viaggiare su ponti separati, ché non avevamo un certificato di matrimonio; e, dato che la nave trasportava un carico speciale di condannati alla "perpetua sin atenuante", diretti alla colonia penale della Tierra del Fuego, il controllo dei documenti era molto rigido. Ma tu, Ambrogio, avevi una tale faccia di tolla, eri un asso nel mentire: quella guardia coi baffoni rossi, ricordi?, te l'eri fatto amico fin da prima, sul molo d'imbarco, offrendogli sigarette; e come l'avevi rintronato col racconto delle nostre nozze all'italiana... Comunque questo ho preferito non dirlo, perché in fondo sono affari nostri, no? E poi sono faccende di tanto tempo fa, anche se a volte mi pare avvenuto solo ieri, il prima e il dopo sovente mi si confondono nella testa. Di notte al buio mi sforzo di rievocare per filo e per segno i brevi anni che abbiamo compartito, e soprattutto quel viaggio di fuga dal mondo conosciuto: il soffio delle balene, la stranezza di quei nastri d'acqua color rosso brillante che la nave traversava per miglia e miglia – granchiolini a milioni, ci dissero i marinai – e il dorso scuro delle orche. Poi, nel buio della nostra cabina tu mi scioglievi la treccia carezzandomi la schiena.

Ci ripenso al buio, ascoltando il respiro della Rosa che mi tiene sveglia sentendomi persa: ché tu non ci sei più da un'eternità, la mia treccia sciolta occupa il letto intero, e la Rosa non ha più nessuno tranne me, per cui, quando me ne sarò andata anch'io, che ne sarà di lei? dimmelo tu, Ambrogio.

No, no, non ho raccontato niente di tutto questo a tua sorella, mi sono limitata a riferirle solo certi episodi buffi: come quando, arrivati a Río Gallegos, ci fecero scendere per la scaletta laterale del barco e poi ci presero in consegna dei marinai coi pantaloni arrotolati ai ginocchi, che ci portarono a terra sostenendoci con le braccia, come nel gioco della "seggiolina d'oro"; proprio così, loro camminavano nell'acqua e noi, sull'amaca delle loro braccia, tenevamo i piedi sollevati. Ché tu, Ambrogio, eri tutto rosso, si vedeva come ti sentivi imbarazzato. In effetti era un po' grottesco, o perlomeno bizzarro – anche a me parve interminabile – e diventai furibonda quando uno dei due ne approfittò per stringere e palpare dove non doveva. Non azzardarti a toccarmi, bestione, gli dissi, ma quello rideva... Poi finalmente fummo sul molo, i piedi a terra, tra i grossi cubi di lana ammonticchiati; Ambrogio, ricordi?

Questo ho raccontato a tua sorella Dulce; sentendo con un certo disagio gli occhi di lei – occhi proprio uguali ai tuoi, della stessa sfumatura di azzurrogrigio – che non mi si scollavano di dosso.

Raquel si guardò in uno specchietto che aveva tirato meccanicamente fuori dalla borsetta; come un'abitudine del mestiere. Sospirò: da quando era malata, ogni volta che si specchiava, aveva l'impressione che il sorriso quasi la sfigurasse, perché lo faceva soltanto col volto, mica col cuore. Distolse lo sguardo, con spossatezza, con angoscia; preferiva dimenticare i lineamenti scavati del suo volto, il profilo che si andava facendo affilato come già appartenesse a un cadavere; meglio piuttosto ricordare frammenti remoti di quando il suo corpo aveva ancora uno spessore fresco: insieme a sua madre recitando preghiere, la fronte illuminata dalla candela durante i sabati rituali; sull'oceano nel viaggio dalla Polonia all'America; nella stanza stretta di Nueva Pompeya, con il letto, il tavolo, la sedia, la finestra che dava sul patio rumoroso; al mercato di Río Gallegos; la notte in cui nacque Rosa...

Dulce mi ha fatto tante domande. Ho cercato di rispondere, ma come si fa, Ambrogio, a raccontare in poche parole cosa furono quegli anni in Patagonia? Ho parlato della vita allegra degli estancieros, dei facili guadagni degli avventurieri durante la caccia agli indios: un tanto a scalpo.

Scalpi? ha chiesto Dulce. In che senso?

Sono rimasta sul generico, Ambrogio, ho parlato del trattamento riservato agli indios, le cose note: che molti non lo facevano per denaro, ma perché le gustaba matar; che era l'epoca in cui si costruivano le grandi fortune degli estancieros: si attaccava un villaggio indio, si uccideva la gran parte, tutt'al più si teneva qualche donna da usare come schiava nelle estancias. Certo, tu avresti saputo raccontarle meglio, dare spiegazioni politiche di quella situazione... Comunque non ho avuto animo di raccontarle l'orrore delle ceste piene di occhi sanguinolenti che vidi una sera al Café König, dove avevo cominciato a lavorare, a un tavolo di ufficiali della Guardia Bianca completamente borrachos. O meglio: non ho voluto raccontarlo, ricordare quel cesto di cose molli, che in un primo momento avevo preso per una strana varietà di mariscos... A un certo punto uno degli ubriachi, sghignazzando, ne gettò un paio sul pavimento, per il gatto del locale; la bestia si avvicinò timidamente, poi a colpetti di zampa cominciò a giocarci, come si fa con una pallina o un gomitolo, facendoli rotolare qui e là... E solo quando realizzai cos'erano veramente, mi misi a urlare, di ribrezzo e di orrore, uscendo di corsa per strada, nel vento freddo della notte, come una matta, e una che lavorava con me nello stesso locale, la Susana, mi inseguì chiamandomi nel buio, sentivo i suoi richiami ma non mi fermai, non mi voltai, di corsa col cuore in gola fino a casa dove tu mi accogliesti tra le braccia, carezzandomi la testa come si fa coi bambini. E io che piangevo, perché perdere quel lavoro non si poteva, ci avrebbe messo nei guai, ma tu dicevi: «Calmati, bambina, se proprio non vuoi più tornare da quella gente non ci andrai, calmati».

No, questo non l'ho detto a Dulce; nessun particolare né del mio lavoro di allora né di quello di oggi. È vero, è tua sorella, ti somiglia nel taglio degli occhi e nel colore dei capelli, ma non ha conosciuto quei tempi, non ha mai avuto grossi problemi economici, e soprattutto non ha condiviso con noi l'esperienza estrema del fin del mundo. Ci sono cose – orrori, spaventi – che non si possono raccontare a tutti.

Ma i soldati non intervenivano? ha chiesto di nuovo Dulce.

E a me, Ambrogio, veniva quasi voglia di inalberarmi. Come quando al cinema uno arriva in ritardo, si siede vicino e ti chiede: A che punto siamo? oppure: Cos'è successo prima del mio arrivo?... Ma tua sorella non è maestra alla scuola elementare? Su che libri ha studiato la storia argentina?... Non so, ho cercato di spiegarle che a Río Gallegos, a quei tempi, circolava la Guardia Bianca, una specie di milizia pagata dagli estancieros: di giorno a caccia di indios o a farsi strada a sciabolate con arroganza tra la folla affamata nel mercato – A dormir la siesta, señoras! dicevano con un tono juguetón alle donne che protestavano per il rincaro dei prezzi – e di sera a ubriacarsi al König. Era questa la vita a Río Gallegos, nel territorio di Santa Cruz, tremila chilometri più a sud di Buenos Aires; il posto che tu e io scegliemmo all'inizio della nostra fuga da Buenos Aires, non so se per tentare la fortuna, o per spirito d'avventura, per il fascino che l'estrema Patagonia ha sempre esercitato sui ribelli: tu fuggivi da una famiglia che ti stava stretta, io dalle persecuzioni razziali in Polonia.

Ché, quando ti incontrai a Buenos Aires, nel quartiere di Nueva Pompeya, non avevo neanche vent'anni, e tu due anni meno di me, e mi chiamavi scherzosamente la tua vieja. Quasi ci aggrappammo l'uno all'altra per dimenticare le nostre personali solitudini. Io, appena arrivata dall'Europa, col mio spagnolo incerto e approssimato; terrorizzata, che le ginocchia mi si piegavano, quando certi tipi per strada mi importunavano gridando: Judía sucia!, ché a quell'epoca tutte noi ebree, polacche soprattutto, finivamo nei bordelli. Una polacca vale quattro francesas, si sentiva dire.

E tu, Ambrogio, quando ti conobbi nel locale dove lavoravo, eri come un ragazzo sbandato, perché te ne eri appena andato di casa e non avevi trovato di meglio che lavorare nei frigoríficos di Avellaneda. Un lavoro di merda, ma ti forniva la plata per vivere da solo e prenderti qualche piccola soddisfazione alla festa. Certo, plata guadagnata moneda a moneda pulendo trippe luride: dodici ore con braccia e gambe en la mierda, la pelle spaccata dal freddo, las bolas congelate, la sporcizia fin nei pensieri; però eri contento che lì nessuno conoscesse la tua famiglia. Nessuno fa domande in un matadero, dicevi.

Eppoi, il sabato sera a letto mi raccontavi il macello: quel mondo di grida e muggiti, me lo figuravo davanti agli occhi, con gli animali già squartati che agonizzavano sopra un tavolato di sangue coagulato, i tuoi compagni scalzi, coi pantaloni rimboccati, l'espressione feroce dei coltelli pronti per la mattanza. Ché nei miei sogni ancora compaiono a volte immagini di corpi scuoiati che pendono da ganci, grembiuli coperti di sangue nero, lame che tagliano, mani che afferrano viscere, il vapore dell'anima animale che esce dallo squarcio del ventre; ma nei sogni il coltello si alza su di me, è mio il corpo che vedo sgozzare.

Il conventillo dove tu abitavi stava qualche cuadra più in là del Riachuelo, quel fiumiciattolo sporco che sapeva di putridume. Ricordi, Ambrogio? Volevo andare alla Boca la settimana scorsa, mentre ero a Buenos Aires, solo per rivederlo; scommetto che è ancora così...

Ripenso con nostalgia a quelle notti d'estate ronzanti di mosquitos; nel patio del locale dove lavoravo qualcuno suonava un organetto spompato, cantando funebre come se piangesse sconforto, ruggisse dolore; e noi l'ascoltavamo stringendoci sul letto del mio stanzino: la felicità non abita qui, diceva la canzone; e ci sentivamo giovani, persi e rabbiosi.

Quando mi dicesti che avevi i soldi per andare al sud, non ci pensai due volte: misi le mie cose in un baule e ti seguii. Sarei venuta dovunque con te.

A Río Gallegos erano tempi pericolosi, ho detto a tua sorella. Gli scioperi avevano creato una situazione di estrema tensione. Gli operai volevano cose molto semplici: per esempio, che nei dormitori delle estancias non si dormisse tutti amontonados per terra, ma in letti veri, con almeno un pagliericcio, in stanze ventilate e disinfettate una volta la settimana; oppure che la luce delle candele la pagasse il padrone, e che si potesse accendere una stufa. Insomma, robe così. Ma gli estancieros non accettavano.

Ho parlato sciolta, Ambrogio, avessi sentito... Ché io non sono mai stata brava in questo, lo sai. Tu e quegli altri due italiani che stavano sempre con te a bere, la sera – quello che chiamavano "Scssantotto", so mica il perché, e mi faceva complimenti in una specie di tedesco; ti ricordi? e quell'altro con la barba rossa, soprannominato El Toscano – mi prendevate sempre in giro, perché non partecipa-

vo mai alle vostre discussioni. Però io son fatta così: ascoltare so farlo, ma parlare...

Ho detto comunque a Dulce che giravi armato di coltello, perché non ti piaceva il revolver: dicevi che il cuchil-
lo era para de cerca, e da vicino era l'unico modo in cui volevi guardare le cose. Ho cercato di spiegarle come eri, la
tua fiducia che la situazione si sarebbe presto sistemata:
dicevi che in Argentina non potevano succedere cosas gra-
ves perché era un país giovane; in Europa, in Polonia magari poteva pasar di tutto, violenze di ogni tipo, perfino la
guerra, però qui no: la gente in America era sana, limpia.
Questo sostenevi nelle tue discussioni, e io ti stavo a ascoltare, perfino ti credevo, Ambrogio.

Raquel si accese una sigaretta. Era curioso: si sforzava di
ricordare gli avvenimenti di quegli anni di Río Gallegos,
ma non le venivano in mente che brandelli di scene staccate, una al lado de otra. Si chiese, esausta: chissà se agli altri – a questi marinai che dal fondo del locale mi stanno
fissando, per esempio – succede lo stesso. Dicono che la
carne olvida, pensò, che il corpo dimentica. Balle. Ché io
adesso siento el paso del tiempo, come se mi corresse nelle vene, nel polso, nelle tempie... Invece nella memoria ho
solo scene staccate, como en fotografías.

Ebbe un soprassalto a causa dello strombazzare di un
clacson. Il traffico del porto in certe ore di carico o scari-
co delle merci diventava intenso.

Di nuovo, guardò verso i due stranieri seduti in fondo al
locale. Il biondo, quello più alto, doveva avere mani dure,
come di pietra. L'altro aveva l'aspetto di bestia in calore,
che si credeva chissà cosa perché aveva in tasca la paga del
mese... Sentendosi addosso gli occhi dei marinai, ricon-
trollò il proprio viso nello specchietto: oggi sembrava proprio una vecchia. Tra un po' non avrebbe neanche più trovato lavoro: una puttana triste mena gramo. Chi ci sarebbe andato in camera con lei? I clienti avrebbero storto il

naso... Anche se di notte, quando sono abbrutiti dalla birra, i maschi son di bocca buona, con la smania di una pelle qualunque purché sia calda e si possa mordere, stringere o sbavarci...

Restò per un po' ripiegata su se stessa come se il dolore le avesse succhiato la vita, riducendola all'immobilità, o come se da giorni fosse lì in quel bar, senza progetti, tranne quello di attendere la morte, abbreviando con una sigaretta dopo l'altra il tempo che la separava dal ritorno a casa; spaventata dell'ombra che scopriva nel proprio sguardo allo specchio: ché le pareva di avere gli occhi vuoti, non vi si poteva leggere nemmeno la curiosità, nada de nada. Come se lei avesse visto tante di quelle cose e ora non volesse guardare altro.

Controllò nel pacchetto quante sigarette le restavano.

Devo comprare dei sonniferi in farmacia; la ricetta del medico deve essere nella borsetta. Dormire, così finiranno i pensieri, le preoccupazioni per la Rosa. Dormire, abbandonarmi a un sonno senza sogni, oppure ai ricordi di quando avevamo vent'anni. Poter riavere il sapore delle tue carezze in quella nostra stanzetta di Río Gallegos dove, spenta l'eco dei rumori del Café König, ascoltavamo il silenzio della notte e il battito del nostro cuore; io distesa al tuo fianco, senza angoscia, senza tormento, respirando il tuo profumo.

Invece so che, appena rientrata, sentirò l'odore di malattia, quasi di abito vecchio, che emana il mio corpo, e che come ogni notte verrà la memoria della piazza del comizio quella domenica mattina, con le bandiere rosse e i banchetti della colletta. Sai, ho comprato da un robivecchi la stampa dei funerali di Recabarren, con la bara rossa e la folla di operai: l'ho appesa di fronte al letto perché, anche se non c'entra con noi due, in qualche modo mi ricorda la nostra storia... Ché io sempre torno col pensiero a quella domenica mattina in cui i soldati ci caricarono. Il rimbombo degli zoccoli dei cavalli, le grida, li ricordo confusi, come in un incubo. Ci presero di sorpresa gli spari. Forse la paura ci impietrì, come si fa a dirlo adesso? però restammo fermi in mezzo allo sbando generale, fissando a occhi sbarrati la truppa che si precipitava sulla gente tirando schioppettate e colpi di sciabola. Urlavano tutti, scappavano, la gente cadeva, si spintonava. Un mattatoio di sangue... Poi più nessun pensiero coerente... Non so come facemmo a salvarci, forse per uno di quei gesti istintivi – io che mi coprivo la testa con le braccia, e mi accasciavo, tu che ti chinavi a proteggermi – però la bufera passò senza toccarci. Aprimmo gli occhi e la piazza era semivuota: i morti a terra, i feriti che gemevano, i soldati che si allontanavano a cavallo inseguendo chi fuggiva nelle strade laterali...

Sì, dormire, morire come muoiono le cose dei vent'anni, perché l'esserti sopravvissuta a volte ha dentro di me il peso di un rimorso.

Ma Ambrogio cosa c'entrava con gli scioperi? mi ha chiesto Dulce.

Le ho risposto che ci sono situazioni in cui è impossibile non schierarsi. Momenti nella vita in cui o si sta da una parte o dall'altra, non si può non scegliere. Ho fatto bene a rispondere così, Ambrogio?

E tu rimanesti lì con me, perché io non potevo scappare, dato che ero incinta. Cercavi di sollevarmi da terra, quando un soldato si voltò nella piazza deserta: vide me inginocchiata, te in piedi incolume, indeciso se fuggire o restare; ché io ti imploravo: Scappa, Ambrogio! Scappa, tu che puoi!... Comunque, senza tempo per scegliere, perché il soldato voltò il cavallo e venne al galoppo, lui sì che aveva chiaro cosa doveva fare. Allora tirasti fuori il coltello: ti rivedo, tranquillo, il braccio destro abbassato con l'arma in pugno, l'altra mano ravvolta nel poncho arrotolato; immobile, sospeso come in un quadro di combattimenti di gauchos, lasciandolo venire verso di te. Il galoppo di quel cavallo – quel rombo – ancora nelle mie orecchie.

In un attimo, come fu? eri a terra, ti circondarono in parecchi e ti fecero prigioniero. Ché quella era la Patagonia negli anni Venti, el fin del mundo, con quel largo cielo grigio pesante che sembrava toccare la terra...

Dopo la visita all'ospedale, l'altra settimana, ho visto una donna buttarsi sotto un autobus. Preciso come in un film: il corpo che si precipitava giù dal marciapiede, il muso del veicolo che cozzava con un suono sordo e terribile contro di lei, la borsa della spesa che volava per aria... Potrei farlo anch'io uscendo da qui. Un attimo e sarebbe finita.

Giaceva sull'asfalto, la gonna le era scivolata su per le cosce. Ho avuto pena e vergogna per lei, per quelle mutande di cotonaccio beige in cui si intravedeva un pannolino, per le giarrettiere sfilacciate. Chissà com'è la morte, Ambrogio, dimmelo tu. Quella donna aveva uno sguardo trasognato, come di ringraziamento. Forse la morte è soltanto un bel dormire, sono stanca, ho tanto sonno da recuperare ultimamente.

E quella borsa della spesa, con lo sfilatino del pane che si annegava in una pozzanghera, le arance rotolate vicino a un tombino. Magari quand'è uscita di casa non aveva ancora intenzione di buttarsi. Poi, chi sa cosa l'ha tentata. Una donna che deve aver covato così a lungo la disperazione da non sapere neanche più di che cosa era fatta; ché poi il peggio è quando perfino la disperazione ti ha lasciato, e tu galleggi nel vuoto, nella nada.

A Dulce ho raccontato soltanto che, dopo l'arresto, ti portarono ferito in una estancia isolata, che utilizzavano come prigione. Avevano riempito le stanze a pianterreno di scioperanti rastrellati. La notte ti caricarono, insieme agli altri prigionieri, su una camionetta; vi portarono sulle rive di un lago: fucilavano lì, tra i valloncelli di sabbia lambiti dalle onde, illuminando il luogo delle esecuzioni con i fari dei veicoli militari. Gli operai venivano spinti sulla riva a gruppi, le mani dietro le spalle. Poi il capitano Ratti dava l'ordine del fuoco.

A me tutto questo lo spiegò la Susana, perché a cose finite un tenentino italiano, un tal Speroni che andava spesso al Café König, se ne era gloriato con le ragazze. Raccontò che avevano acceso i fari di tutte le camionette per far luce sulla mattanza e il lago ne brillava. Pareva il cratere di un vulcano, disse, con braci che scintillavano sotto la superficie.

Ma neanche questo ho detto a tua sorella. L'immagine di te che ti proteggi gli occhi con le mani sotto la luce accecante di quei fari, me la sono costruita io nella mente; e la tengo per me... Con te è diverso, Ambrogio, con te posso parlare di tutto, perfino le mie intimità più tristi non mi fanno paura se posso dirtele. Credimi, con Dulce mi sono sforzata di far rivivere l'ombra di quegli anni, di tirarti fuori dalle nuvole della dimenticanza, da quella pianura ventosa sopra la quale un tempo i cacciatori di indios inseguivano gli ultimi Tehuelches, come fossero guanachi; da quegli aridi valloncelli sulle rive del lago gelato dove ti hanno sparato un colpo alla nuca.

Ma non ci sono riuscita, Ambrogio, ogni frase che le dicevo aveva spigoli, ogni sillaba grondava sangue, è solo con te, amore mio, che voglio parlare, anche se non mi resta molto tempo, raccontarti il rombo degli zoccoli del cavallo di quel soldato: una grande bestia biancogrigia – quella tinta come il collo della tortora, che nel sud chiamano color porcelano – fantasmatica, la criniera al vento, la lunga coda ritta, al galoppo nella mia memoria, apparendo e disparendo al ritmo dei battiti del mio cuore spaventato, stordendomi con poderosi nitriti.

Ché, se anche non abbiamo mai celebrato tra noi un vero matrimonio, io mi considero tua sposa per l'eternità,

Ambrogio. Sei morto, e io ho dovuto continuare quel lavoro, a nascondere la mia vita davanti alla gente e al tempo; e la nostra Rosa è nata dopo tre mesi, con le acque che mi bagnavano le cosce, e i crampi, il polso rapido, la Susana che mi diceva: Spingi... un dolore dopo un altro dolore, andando e venendo, spegnendosi e bruciando, e finalmente il corpicino della Rosa rugoso e sanguinato, sottopeso forse per i patimenti di quegli ultimi mesi, non so, Ambrogio, perché tanta sofferenza, santiddio?

L'ho cresciuta da sola, non è stato facile visto che non era normale e in più non aveva padre, ma soltanto adesso ho paura per lei, ora che il professorone di Buenos Aires mi ha detto che un'operazione nel mio stato è ormai inutile, che non mi resta molto tempo, Ambrogio, sapessi, un dottorone con gli occhiali a montatura di tartaruga, con la firma illeggibile sotto la diagnosi, e io nuda davanti a lui, con la nostalgia di te che mi scavava, con il terrore di cosa ne sarà della Rosa.

Perché se sono andata a Buenos Aires è stato soprattutto per cercare un asilo per nostra figlia, per quando io non ci sarò più. Ambrogio caro, se ci fosse un sussidio per tutte le pene che si provano, per la solitudine che si patisce, per le pugnalate nel cuore che la vita ci dà, sarei ricca straricca. Ché, tu non sai ancora, ma io la settimana passata ho visitato un pensionato nel Bajo di Buenos Aires, che mi ha dato una gran pena: un casamento diroccato, immondo, polveroso, dove i malati deambulano per i patios, urlando, picchiandosi, abbandonati a se stessi, con gli occhi persi.

No, per la mia povera Rosa, che affonda da anni nel dolce della sua imbecillità, non voglio questa fine. Piuttosto me la porto via insieme a me, Ambrogio.

È stato per questo che ho cercato la Dulce, per vedere se qualcuno della tua famiglia potesse darmi un aiuto. Ma poi, quando lei ha cominciato a tirar fuori dal portafoglio le foto della sua bella figliola e a parlare del suo lavoro di insegnante, mi sono bloccata. Mi sono accorta che non sono ancora pronta a parlare agli altri della mia malattia. Equivarrebbe a crollare, sprofondare nell'indegnità degli infermi. E non volevo che Dulce mi riducesse a una malata; non sopportavo l'umiliazione di vedermi trasformata ai suoi occhi in una persona che sta crepando.

Ché, da quando so di non aver più scampo, non capisco più chi sono: sono uscita dall'ospedale e mi sembrava che la gente che incrociavo per strada fosse di un'altra razza. Pensavo fosse colpa del disagio che mi mette Buenos Aires con i suoi tristi ricordi, ma anche qui a Punta Arenas è lo stesso, la ciudad ya no es la misma che credevo di conoscere. Camminando per queste vie che da anni sono mie, con una sensazione di agro risveglio; con l'impressione di essere diventata un'altra persona, una che sabe que va a morir; e, nello stesso tempo, di stare sognando, di muovermi pesantemente dentro un incubo ancor più sinistro perché tutte le cose che vi compaiono son las cosas normales, e i luoghi i soliti di ogni giorno, la luce consueta delle lunghe serate qui sullo stretto di Magellano.

Mi ha chiesto se avevo figli, le ho detto di no; mi è parsa sollevata, all'inizio non capivo perché. Poi è venuto fuori che si è appena separata dal marito, dato che lui aveva una doppia vita nel norte con una figlia da una mezza india... Diceva che da un po' di tempo vive da sola, che tirar su una figlia senza un padre è difficile... È stato l'unico momento in cui l'ho sentita vicina e ho quasi avuto voglia di aprirmi.

Che strano, non ho mai conosciuto mio padre, morto nell'incendio del nostro villaggio in Polonia; pure mia figlia non ha conosciuto il suo; e come io ti ho perso dopo poco tempo, anche a Dulce il suo uomo è scappato, e la sua Corazón crescerà senza padre. È terribile, Ambrogio: sembra che questa nostra America sia una terra di discendenza soltanto femminile, come se ci riproducessimo da sole... Certo è che da sola percorro le notti sapendo che è l'alba soltanto perché a quell'ora la Rosa si mette a piangere; da sola io sto morendo.

Perdonami, Ambrogio, ma non potevo parlare, non ce la facevo proprio. Guardavo le foto di quella sua Corazón, una ragazzina con gli occhi svegli, che ha ottimi voti al collegio, che magari finirà pure per andare all'università; e poi le fotografie di tuo fratello Ángel che fa il commerciante a Mendoza, tutta gente che si è sistemata, fa una vita benestante, roba da non credere... Ché Dulce, non so se fingesse, ma tra quelle pareti del Tortoni riempite di quadri e di targhe dorate, in mezzo a quei camerieri ossequiosi, pareva trovarsi a suo agio...

Perciò dimmi sul serio, Ambrogio, cosa c'entravo io con tutta quella gente-lì? Io con il fuoco del mio paese polacco che mi crepita ancora nelle orecchie, con un cesto pieno di occhi insanguinati, con l'immagine de otro mundo di un cavallo assassino, pieno di furia, bevendo il vento; la criniera biancogrigia cresciuta a dismisura che gli scende per i fianchi somigliando a due ali infernali; gli zoccoli che vogliono schiacciarmi, squarciarmi il ventre; il nitrito che pare una di quelle risate che conosco così bene perché fanno parte del divertimento degli uomini, per questo cercano una donna. Io nel matadero del mio letto, con viscere dolenti, col cuore a pezzi. Io che non ho più parenti e non avrò nipoti.

Che c'entravo con quella tua famiglia di maestre e bottegai? Che potevo fare, Ambrogio, se non tacere?

Amabilina Baronti (1909-   )
Cenere nel cuore
Mendoza, 1956

Ma non c'è nessuno...
è un fantasma a creare la mia illusione,
e quando svanisce la visione
mi lascia cenere nel cuore.

ALFREDO LE PERA, *Soledad*

L'ultimo patio non era piastrellato epperciò vi cresceva un po' d'erba e qualche cespuglio di fiori. Ai bordi due tre rosai, e poi dalie, zinnie, degli astri carnosi di seta lucida.

La bambina restò muta di stupore, quasi incredula del fatto che tutto fosse uguale all'anno passato, come se i fiori fossero stati lì a aspettarla per mesi, sempre uguali a se stessi. La zia Amabilina le strinse la mano, per farle intendere che sì, comprendeva la sua commozione, che un anno era così lungo, che alla casa e a lei ugualmente spiaceva che la nipotina venisse soltanto per la festa grande dell'autunno.

La piccola Cora sussurrò: «Che silenzio».

La donna rise: era vero, ogni patio è sempre sprecato, perso, senza un bambino che lo possa disfrutar. Era un peccato che Dulce le concedesse la figlia solo per la festa di Mendoza. Del resto era comprensibile, Buenos Aires era così lontana. Si chinò sulla bimba e le disse: «Lo sai, Cuoricino, che la cisterna ti aspetta?» e, presala per mano, la condusse verso la grande vasca piastrellata d'azzurro e giallo che sorgeva tra le salvie, poggiata al muro di fondo. Vedere come Cora batteva le mani felice alla vista del modellino di caravella che galleggiava sull'acqua la consolò.

«Ha anche le vele!» gridò Cora, tutta emozionata.

Era stata proprio Amabilina a ricordarsi come l'anno precedente la nipotina avesse tanto desiderato una nave più resistente delle barchette di carta che Ángel le costruiva con i vecchi giornali, e allora aveva suggerito a Cora di chiedere a Babbo Natale di lasciarle una nave vera nella calzetta. Ma, figurandosi che a Natale la richiesta fosse stata dimenticata sia da Dulce che da Felipe, ci aveva pensato Amabilina.

«Tía» la bambina le domandò ansiosa «posso giocare con la nave?», e si chinò curiosa sull'acqua, come un piccolo narciso.

La donna sentì la voce della nipotina provenire attraverso i mille rumori del pomeriggio, il battito del cuore che correva veloce. La prospettiva di esercitare questa maternità per procura godendosi la figlia di Dulce per un mese intero la rendeva beata: le piacevano così tanto i bambini, Cora era così docile e acompañadora.

«Tu comincia pure» raccomandò alla bambina, «io intanto vado a dire alla Rosarito di preparare qualcosa di speciale per la cena.» E, considerato il fatto che la vecchia serva era una gran cuoca, la promessa aveva per la piccola Cora un che di grandioso.

Più tardi, mentre nel forno cuoceva una crostata di mele e la Rosarito cominciava a stendere la sfoglia per le empanadas, Amabilina tirò fuori da un vecchio locale di ripostiglio le sedie da giardino, i giocattoli dell'anno passato: le racchette del volano, delle bocce di legno, perfino i cerchietti del croquet. Ogni tanto dava un'occhiata alla Cora che saltellava vicino alla cisterna.

Dalle finestrelle dello stanzino pendevano molte ragnatele. La donna sospirò. Quel ripostiglio era stato costruito tanti anni prima, dopo che lei e Ángel si erano sposati; all'inizio i progetti erano davvero grandiosi: trasformare quella casetta de familia, bassa e lunga, "a chorizo" come si diceva allora, in una casa a due piani in modo che, quando fossero venuti i bambini, ci sarebbe stato posto per tutti. Ma figli non ne erano venuti, nonostante cure di praticone e preghiere alla Vírgen de la Carodilla; e la gran casa era rimasta vuota.

E sì che Amabilina aveva sempre sognato l'amore. Ché, quando era arrivata in Argentina negli anni Trenta, sposata per procura a un lontano cugino sconosciuto, tale Alfredo che aveva impiantato una colonia agricola nel territorio di San Luis, era una ragazza con la testa piena di sogni. C'era voluto meno di un mese perché il deserto le portasse via marito e futuro... Eppure Amabilina non si era persa d'animo: con l'allegra incoscienza dei vent'anni aveva accettato di sposare Ángel, incontrato poche settimane dopo. Certo, aveva dovuto rinunciare alle romantiche fantasie in cui si figurava il proprio matrimonio in abito bianco e vaporoso, camminando sulla passatoia rossa della chiesa mentre amici e conoscenti la inondavano di manciate di riso; e, di seguito, il grande pranzo, mezzo italiano e mezzo argentino, con la torta nuziale di crema e la coppia di sposini di zucchero in cima; infine il ballo, con l'orchestra che suonava melodie tenerissime... Niente di tutto questo: un matrimonio in economia, piuttosto, ché a Ángel le "stupidaggini", come le chiamava lui, non piacevano.

Via via che passavano gli anni e Amabilina scopriva l'aridità del marito, i rapporti tra loro si erano raffreddati. Lei però aveva continuato a coltivare fantasticherie d'amore leggendo giornaletti femminili e andando al cinema, dove nell'oscurità della sala poteva abbandonarsi ai sogni immaginandosi nelle braccia di qualche attore molto macho e dalla vita interessante. Ángel, da parte sua, si svagava concedendosi ogni tanto qualche avventuretta: ma robette da non darci peso, e che comunque non duravano più di qualche settimana. Così, anno dopo anno, sia per l'uno che per l'altra l'attesa dei figli aveva cominciato a incrinarsi, quasi cadendo nel dimenticatoio, e i due si erano stabilizzati in un curioso ménage battibeccante di cui oramai non potevano fare a meno.

D'altra parte l'occuparsi della casa, l'aiuto in negozio, e l'accudire suo marito toglievano a Amabilina perfino il tempo di pensare a qualsiasi altra cosa. Ma era un peccato: i patios fioriti, per esempio, né lei né Ángel avevano il tempo di goderseli. Ci voleva la presenza di Cora perché questa parte della casa tornasse a vivere.

Alle cinque e mezzo del pomeriggio Ángel fece una capatina in cucina a prendere acqua calda per il mate e a chiedere come stavano andando le cose con la bambina.

Amabilina brontolò un poco per via dei sandali da apostolo che si era messo ai piedi: trovava che non fossero decenti da indossare in negozio; e la Rosarito le diede ragione. L'uomo allora prese a giustificarsi, portando come scusa il gran caldo di quei giorni; e, ridendo, le chiamò suocere. «Eccomi qui, sposato una sola volta, ma con sul gobbo due suocere!» suscitando un'alzata di spalle nelle due che su quel fronte erano costantemente solidali.

Poi Ángel tornò all'almacén fischiettando: «Hombre casado, perro amarrado».

Le due donne trafficavano in cucina, Amabilina però non mancava di dare ogni tanto un'occhiata alla nipotina intenta a giocare con la caravella. Per cena avrebbero preparato empanadas di pollo, con la carne tanto sminuzzata che la piccola non se ne sarebbe neanche accorta. Ché la donna si ricordava perfettamente dei mugugni che Cora aveva fatto l'anno addietro davanti al piatto di pollo arrosto con le batatas, quando all'imprevista aveva cominciato a far domande da mettere tutti in imbarazzo: se quando era stato ammazzato, quel pollo aveva gli occhi aperti o chiusi; e cosa aveva detto la mamma chioccia quand'era venuta a saperlo, eccetera eccetera. Una solfa tremenda. Tutta colpa del fatto che Ángel aveva avuto la bella idea di portarsela dietro alla stazione, al binario de carga, dove arrivavano le merci: enormi forme di formaggio bianco molle, sacconi di grano tenero e dolcissimo, casse di manzanas gialline, cipollotti, pimientos colorados. Ma la piccola era rimasta colpita dagli imballaggi che contenevano le galline, con l'indirizzo dell'almacén Colombo scritto sul cartellino di consegna incollato sullo scatolone che le rinchiudeva; le bestie sporgevano dai buchi le loro teste congestionate, gli occhi stravolti dalla stanchezza del viaggio e da una specie di terrore, come se indovinassero il destino che le aspettava.

Claro che la chica si è impressionata, così sensibile che è: queste cose Ángel proprio non le capisce, agli uomini manca la delicatezza per trattare coi bambini... Comunque, trita e ritrita, la carne sarebbe stata ridotta così fine che nessuno avrebbe potuto sentirla; eppoi la cipolla e l'uva passa avrebbero dato il loro gusto al ripieno.

Dovette stare a ascoltare un'altra volta il marito che aveva fatto una seconda puntata nel retro per chiederle di nuovo come stava la piccola. Ángel la annoiava: non aveva mai qualcosa di interessante da raccontarle; al massimo – qué novedad – la storiella del tizio que le dijo a su famiglia che andava dal tabaccaio dell'angolo a comprare cigarrillos e, classicamente, non era tornato nunca más. Ciuccerìe.

Amabilina avrebbe davvero preferito che suo marito stesse zitto, cercò di farglielo capire voltandogli le spalle. Per fortuna il campanello del negozio suonò, segno che era arrivato un cliente. Ángel dovette tornare di là, lei gli promise di portargli subito subito una fetta di torta, appena l'avesse sfornata.

Rimasta in cucina con la Rosarito, respirò liberamente: la vecchia serva india non le dava problemi. Stava zitta se vedeva la padrona di cattivo umore, ma era sempre disposta a ascoltarla quando Amabilina aveva voglia di raccontarle i particolari dell'ultima película che aveva visto al cinema Avenida, per esempio *Que Dios se lo pague* con Alberto de Córdoba e Zully Moreno. Anzi, la vecchia era capace perfino di appassionarsi alla trama, nel caso si trattasse di uno di quei film di grandi contrasti e ribellioni al destino. Per esempio, si era tanto commossa quando Amabilina le aveva spiegato di Danielle Darrieux e Charles Boyer in *Mayerling*. Il suicidio come gran gesto d'amore l'aveva fatta piangere, ché la Rosarito era nata in una di quelle isole del sud del Cile dove amore e morte vanno sempre a braccetto: sicché, quando Amabilina le aveva raccontato le parole dei due amanti, nel momento in cui lui la guarda negli occhi e dice...

Il corso del suo fantasticare fu interrotto dalla voce del marito che gridava dalla bottega: «Linaaaa!...». Oh, no! non ora. Era come se l'avessero assalita a tradimento: il volgare rumore della vita distruggeva il sapore della favola, la tovaglia a quadrettoni diventava più vecchia e lisa, il percalle delle poltrone più stinto, coi rammendi che balzavano agli occhi, e il caldo più opprimente...

L'uomo chiamò di nuovo, imperioso. Col tono di voce del padrone che non ammette indugi.

«Arrivo! Arrivo!» gli urlò lei di rimando e tagliò la fetta di torta rabbiosamente.

«Cosa stavi facendo?» le chiese Ángel, irritato dal ritardo. La domanda era un'intrusione minacciosa. C'erano momenti in cui suo marito riusciva a farla sentire così insignificante... Amabilina pensò che, di qualunque cosa potesse occuparsi lei, non sarebbe mai riuscita a dimostrare di valer qualcosa agli occhi di Ángel.

«Aiutavo la Rosarito a preparare la cena» rispose seccata, assumendo per ripicca quell'aria distratta con cui era solita preannunciargli una di quelle seratine "musone" di cui Amabilina era specialista; capace, magari, per tutta la cena di non rivolgergli neppure una parola.

Ma la señorita Ramini stava già sulla porta, in un abitino di seta gialla un po' troppo scollato, e chiedeva se era arrivata la bella nipotina da Buenos Aires. A Amabilina non piaceva quella tettona: in genere il sorriso era un modo per comunicare, ma nella Ramini si esauriva in una smorfietta di compiacenza, per poi buttarsi a civettare con Ángel che già stava enumerandole le novità della bambina – com'era diventata grande, come parlava chiaro, e leggeva già speditamente, sa?, eh con una mamma che fa la maestra ci vuol poco, si capiva che sarebbe diventata una ragazzina sveglia...

Amabilina sbuffò: che ne sapeva suo marito di bambini? e poi perché perdeva tempo con quella tipa che mostrava a tutti le sue tette a meringa? Possibile che Ángel non si rendesse conto della cattiva reputazione che quella si portava dietro in tutto il quartiere? Lanciando al marito un'occhiata di traverso, tornò in cucina.

Avrebbe portato fuori la nipotina. Lei e Ángel vita sociale non ne facevano proprio, ma forse Cora poteva essere un'occasione. Perché no?

Inutile chiedere a Ángel di invitare gente. Ricordava ancora una sera di qualche mese prima, con alcuni amici italiani, el señor Cattini e el señor Bosca, con gli aperitivi sulla credenza, i sandwiches de miga de jamón y queso preparati con cura, proprio come li servivano alla pasticceria Colón... E lei si era vergognata tantissimo quando suo marito aveva detto, così in mezzo a tutti, che il momento della giornata che preferiva era quello passato sulla tazza del cesso a leggere il giornale in santa pace. Ecco, Ángel era così... materiale. Perché allora affannarsi tutta la vita, preparare mangiarini, lustrare la casa, farsi la permanente e la manicure?

In fondo, l'unico avvenimento importante della vita di Amabilina era il viaggio in treno per andare a Buenos Aires a prendere Cora e portarla a Mendoza per un mese.

Lei cominciava a pregustare il viaggio già molte settimane prima, preparando la valigia con calma. Anche se poi non si fermava nella capitale che il tempo di riposare e di ripartire con la bambina, il "cambiare aria" – come diceva Amabilina – le dava una strana ebbrezza che somigliava all'eccitazione delle avventure vissute guardando un film.

Fosse stata da sola, avrebbe messo un disco. La musica – soprattutto quella delle vecchie canzoni della sua Firenze – riusciva sempre a placarla. Ma non doveva essere così egoista: bisognava che la bambina si divertisse e stesse all'aria aperta, altrimenti Dulce non gliel'avrebbe mandata più. Già quest'anno aveva dovuto insistere così tanto: che la piccola si sarebbe svagata e, nello stesso tempo, Dulce avrebbe avuto un po' di tregua per stare con Felipe, pareva che le cose tra quei due non funzionassero bene, lui lavorava troppo, era sempre via nel norte per lavoro; se era poi questo il vero motivo... gli sfoghi di sua cognata l'avevano un po' preoccupata, Dulce sospettava che lui avesse una ganzetta da qualche parte.

Sì, portar fuori Cora era una buona idea: mentre la Rosarito finiva di allestire la cena, lei sarebbe andata con la bambina a prender aria: ché il sole fornisce tante di quelle calorie, l'aveva letto su una rivista dal parrucchiere. Magari avrebbero potuto bere un bicchiere di latte dalla comare Felicinda, tre cuadras più in là, al fresco delle acacie. Leche al pie de la vaca, appena munto, aromatico di menta. Niente di meglio per una bambina che doveva crescere sana.

Uscirono ma poi, una volta fuori, le venne la voglia di prendere per la parte opposta e, tenendo per mano la bambina, si incamminò verso il parco. Ci avrebbe trovato Herminia coi suoi nipotini e la Nana dei Contreras con le gemelle.

«Tía» chiese la nipotina, mettendosi a saltellare sulle mattonelle del marciapiede «giochiamo a salta-martino?»

Amabilina rimase interdetta, non sapeva che razza di

gioco fosse; mica era pratica di bambini lei. Da piccola giocava coi suoi fratelli a nascondersi, alle belle statuine, alla corda... ma salta-martino non l'aveva proprio mai sentito. Si trasse comunque d'impiccio proponendo a Cora una cantilena toscana di quando era bambina:

> C'era un grillo
> in un campo di lino,
> la formicuccia
> gliene chiese un filino,
> la rintùn tarallì lulléra
> la rintùn tarallì lullà.

Prima di entrare nel parco, con un po' di saliva pulì uno sbaffo di fango che Cora si era fatta sul musetto. «Adesso sì che sei bellissima, proprio una principessa.»

Mentre i bambini giocavano, le donne chiacchierarono tra di loro. Herminia voleva raccontare a tutte la notizia del giorno: «L'avete sentito che la Mercedita e la Tatí ieri sera si sono litigate in una confitería?».

«Ma no?!»

«Ma sì, vi dico... Una piazzata da tirar-giù i santi e la Madonna!»

«E dove?»

«A La bola de nieve, quel locale che sta in calle San Martín. Io ero con la Rina Montés a prendermi un gelato... non sai che delizia è la Coppa Melba che fanno in quel posto-lì, con le pesche al natural e la panna montata, e un paio di galetitas a lengua de gato... Ci eravamo appena sedute, e c'era anche la Tatí in un angolo insieme con sua sorella, quella con gli occhi strabici, quand'ecco che entra la Mercedita insieme al marito della Tatí...»

«Mi figuro la scena.»

E via coi particolari più scabrosi del litigio: parole come "corna" e "scandalo" facevano avvicinare le donne in un parlottare sussurrato che di volta in volta veniva interrotto da gesti di simulato spavento, con le due mani accostate al viso che si raggrinziva tutto dall'emozione.

Sulla via del ritorno – era già ora di cena, Ángel si sarebbe inquietato – tenne tranquilla la bambina raccontandole il funerale del cane Valí: lei e la Rosarito l'avevano sepolto sotto il fico.

«Vanno in Paradiso i cani?» chiese la piccola Cora con un soffio di voce.

«Certo, ogni angelo ha il suo cane, su in cielo...»

Promise che l'indomani le avrebbe mostrato la tomba. Cora le strappò la promessa che avrebbero fatto una casetta di cartone; e poi giocato a disegnare coi pastelli; e poi...

Dopo cena, la musica alla radio e l'orlo della gonna nuova da indossare l'indomani alla messa; il solito odore dolciastro del tabacco di Ángel, insieme all'aroma del caffè nella napoletana.

La bambina si era attaccata alla vecchia che nel lavandino del secondo patio, sotto la pianta di fico, puliva i piatti e raccontava una delle sue storie cilene: che una volta, dalle sue parti c'era un giovane che faceva il pescatore e tenía palabreada a una chica che abitava lì vicino, perché voleva sposarla. Anche i genitori di lei erano contenti del fidanzamento. Però c'era qualcosa nella famiglia della novia che non quadrava: c'erano sere che quel ragazzo andava a casa della sua prometida e la trovava chiusa sprangata. Il giorno seguente, comunque, i parenti di lei avevano sempre una scusa pronta: una volta erano stati in visita a un compadre, un'altra volta a un cugino lontano. Ma il giovane cominciò a notare che le assenze cadevano regolarmente tutti i martedì e tutti i venerdì, e allora gli venne un sospetto...

Oh, la Rosarito adesso avrebbe tirato fuori qualche storia di stregheria, pensò Amabilina; c'era solo da sperare che Ángel non la sentisse: lui non poteva soffrire quando la vecchia ne parlava.

Squillò il telefono: era Dulce che voleva sapere com'era andato il viaggio. Amabilina la rassicurò, poi abbassando la voce le chiese se suo marito fosse tornato, ma la cognata restò sul vago.

«Non sai quanto sono in pena per te» disse a Dulce. «C'è qualcosa che posso fare?»

Ci fu silenzio dall'altra parte, poi un sussurro: «Mi spiace, ma è una faccenda che devo sbrigare da sola».

«Evidente, ma se tu avessi voglia di parlare, io sono qui, ricòrdatelo... Certo, sono mica un'esperta, in questioni di uomini... Però posso ascoltare.»

Ma cosa sto dicendo? Dovrei tacere, piuttosto, si rimproverò Amabilina. Che tipo di conforto poteva offrire agli altri una come lei, con una vita così vuota di affetti? Oltretutto, era sempre avvenuto il contrario: più di una volta si era sfogata con Dulce delle sue depressioni e scontentezze. E adesso era quasi sicura che sua cognata la stesse prendendo per una tonta. Che figura stava facendo...

Invece, con sua sorpresa, Dulce le rispose con un tono commosso: «Grazie di cuore, Amabilina. Lo sai che con la mamma non posso nemmeno aprir bocca. Puede ser che accetti la tua proposta un giorno o l'altro...».

La vecchia accompagnò la bambina di sopra, ripetendole una strana cantilena che doveva aver imparato ai tempi in cui lavorava nelle cucine di una scuola di suore:

> Dos y dos son cuatro,
> cuatro y dos son seis,
> sei più due fan otto,
> y ocho, dieciséis.
> Più otto ventiquattro,
> y ocho, treinta y dos:

anime benedette,
mi raccomando a Dios...

Nella stanza da letto l'aria era calda, nonostante la sera
fosse scesa. Rimasta sola con la bambina, Amabilina la sve-
stì lentamente. Cora intanto non smetteva di far commenti
sulla storia che la vecchia serva aveva contato, diffonden-
dosi in mille particolari: cosa bolliva nel calderone che la
novia aveva messo sul fuoco, e se anche in Argentina esi-
stessero grotte stregate; e, inoltre, se il fatto che lì a Mendoza non piovesse mai fosse colpa di qualche maleficio.

No, cara, non ci sono streghe da queste parti. È vero
che qui a Mendoza piove di rado, ma è perché stiamo in
mezzo al deserto; comunque della mancanza d'acqua non
ci importa poi tanto, qui abbiamo le acequias che raccolgono l'acqua dei monti, le hai viste anche oggi, ché ti ho
detto di stare attenta quando cammini altrimenti ci finisci
dentro. Epperciò gli alberi non soffrono, se ne stanno senza pensieri.

Infine venne il momento delle storie. In questo campo
la pedagogia di zia Amabilina si rivelava molto diversa da
quella della nonna Maria, con le sue favole di Pollicino,
Pinocchio e la Bella Durmiente; come pure dai modi della bisabuela Catte e della Rosarito, che con qualche va-
riante si sbizzarrivano in racconti truci di caballeros de la
noche. No, alla zia Amabilina piacevano le storie d'opera.
Si sedeva ai piedi del letto della bambina, e riempiva la
scurità della stanza da letto con l'affanno dei destini più
appassionati: Norma, Gilda, Lucia, Desdemona... Naturalmente ci metteva del suo, a volte le storie si mescolava-
no tra di loro o con le vicende di qualche film particolar-
mente emozionante che aveva visto al cinema Avenida.
Ecco allora che la vicenda di Madama Butterfly poteva
avere finali diversi: in uno Cio-Cio San se mataba con un
colpo di pistola; nell'altro la giapponesina si infilzava il
cuore con uno spillone dei suoi lunghi capelli di seta ne-

ra-quasi-blu; in un terzo la desgraciada si lanciava in mare all'inseguimento della nave del suo amato Pinkerton, nuotando per kilómetros y kilómetros...

Lasciò la bambina addormentata – pareva proprio un angioletto – e scese a controllare che la Rosarito avesse finito di rassettare in cucina. Dal salotto veniva il russare del marito che doveva essersi addormentato in poltrona, davanti alla finestra aperta. Ne fu sollevata; ora poteva di nuovo restare sola, senza dover fingere di ascoltare o addirittura partecipare alla conversazione di Ángel.

Sul giornale avevano di nuovo tirato fuori la storia dello squartatore di Buenos Aires. Certo che, a guardarlo in fotografia, quel Burgos pareva proprio un hombrecito da nulla: da dove gli era venuto il fegato di ammazzare la fidanzata, tagliarla a pedazitos nel bagno e incartarla pezzo per pezzo in una sfilza di pacchetti? Con quella faccina da buen muchacho... E la novia, quella Alcira? Magari era una di quelle negritas facili, capaci di far perdere la testa a un bravo ragazzo di buona famiglia... Adesso era uscito nei chioschi della capitale un librettino intitolato *Yo no maté a Alcira*, in cui l'accusato dava una nuova versione dei fatti, proclamandosi del tutto innocente.

Ángel si era svegliato, lo sentì alzarsi pesantemente dalla poltrona. Comparve sulla porta della cucina e si fermò a contemplarla per un attimo. «Perché non vai a riposarti?» le chiese, con un sorriso stanco. «È tutto il giorno che corri dietro a quella bambina... Ti sarai ben affaticata, tra il viaggio in treno e tutto il resto. Io, da parte mia, sono a pezzi: non sono roba per noi i bambini di quella età... Forse, quand'eravamo più giovani... se fosse venuto un figlio, non saremmo a questo punto, quién sabe, eh, cara la mia Lina?... Comunque, va' pure, ché ai chiavistelli ci penso io.»

Il solito Ángel che dava consigli, traboccante della illuminata tirannia di chi sa sempre cos'è meglio fare... Per un istante Amabilina fu tentata di rispondergli seccamente, poi, vedendolo stirarsi le reni con fatica, provò verso di lui un insolito slancio di affetto protettivo. Anche Ángel stava invecchiando; e nella faccia gli si leggeva, in momenti come questo, la desolazione di una vita vuota, quasi un senso di sconfitta. Improvvisamente sentì uno sfriso di paura: per sé e per lui, insieme. L'orologio della cucina suonò le dodici. Amabilina diede la buonanotte alla vecchia Rosarito che sfogliava una rivista, poi si avviò verso le scale.

Si spogliò al buio per non svegliare la bambina che dormiva nel lettino allestito vicino alla finestra. Recitò il "Vi adoro, mio Dio", seguendo una regola di vita che si era mantenuta dall'infanzia; poi un requiem per l'Alfredo. Ché conosciuto sì e no per due settimane, quell'estraneo sposato per procura, e scomparso prima che il matrimonio fosse effettivamente consumato, le rimaneva in fondo al cuore come l'unica vera fantasia d'amore.

Mentre si lavava nel piccolo bagno del mezzanino, Amabilina pensò a com'era pallido il suo viso nello specchio. Si tirò indietro i fini capelli castani, e con calma, una ciocca dopo l'altra, li fissò con una forcina a una dozzina di bigodini: si indebolivano, forse avrebbe dovuto tagliarli; infine si infilò una retina da notte. Una cartolina con la cupola del duomo di Firenze occhieggiava sopra di lei, infilata nell'antina a vetri di un mobiletto pensile. Canticchiando «È primavera, svegliatevi bambine...», Amabilina aprì il tappo di un tubetto di cera d'api e cominciò a spremere un po' del contenuto sul palmo della mano: Herminia le aveva consigliato dei massaggi al viso con quella tal crema. «Vedrai che effetti portentosi» le aveva assicurato. Mah. Conclusa l'operazione, si contemplò di nuovo allo specchio: il naso un po' appuntito e le guance magre non l'avevano mai lasciata soddisfatta di sé. Non era mica brutta, si disse, neanche un filo di grigio, ma doveva curarsi di più. In fondo non ho ancora cinquant'anni, pensò: questa settimana vado dal parrucchiere a farmi rifare la permanente che si è un po' ammosciata; e per la festa della vendemmia voglio mettermi la blusa di seta nuova. E poi, per il giorno dopo, il señor Muñoz l'aveva invitata al cinema. Doveva andarci? Epperché no? Magari avrebbe potuto portarci la bambina, così Ángel non poteva trovare niente da ridire... Che gentile el señor Muñoz a procurarsi un biglietto anche per lei: si faceva così fatica a trovare posti liberi, la settimana passata proiettavano *Los árboles mueren de pie* e lei l'aveva perso perché non era riuscita a prendere in tempo i biglietti.

Un'occhiata dalla finestra. Nessuno. Sembrava che il caldo avesse stroncato tutti quella sera. Neanche una bava di brezza. All'inizio del mese aveva soffiato a lungo un vento polveroso riempiendo di foglie la strada. Aveva passato molti giorni a scoparle via, dal marciapiede, dal patio, dai corridoi; alcune perfino da sotto il letto.

Infilarsi tra le lenzuola la calmò: era la stanchezza della giornata con tutte le sue novità. Chiuse gli occhi, tirando un gran sospiro. Un Alfredo dall'aria galante la stava aspettando, alla soglia del sogno. Coi baffetti impomatati, la spilla d'oro sulla cravatta a righe giallo-nere e le scarpe bicolori di capretto. Le sorrideva, tirando fuori uno scatolino dalla tasca dei pantaloni, e lei in un lampo capiva che si trattava di un regalo... Era primavera, l'Arno lambiva dolcemente le Cascine... Si abbandonò al sonno, come un'adolescente.

«È arrivata una nuova ondata di caldo» disse Ángel quel mattino. La vecchia Rosarito alzò le spalle, intenta a attaccare al soffitto un nastro nuovo di carta moschicida.

Amabilina per unico commento slacciò un altro bottone della sua camicetta leggera a fiorellini di mimosa.

Una volta fuori, sul marciapiede, la donna non ebbe la solita sgradevole impressione di essere una marionetta, che provava a ogni festa quando si recava alla messa col marito: quel giorno il gruppetto di Amabilina, Ángel e la bambina pareva una famigliola felice che ha davanti a sé una domenica piena di progetti.

In chiesa, ascoltò distratta la predica. La messa delle undici era certo la migliore, col coro dei bambini che cantava tra nubi di incenso e, sui vari altari, i santi aureolati da grandi mazzi di fiori. Sbirciò le conoscenti, quella puta della Ramini s'era fatto un vestitino nero muy llamativo, che gridava sacrilegio al solo guardarlo. Ogni tanto Ángel si voltava dalla sua parte. *Poi a casa mi sente...* Mentre la messa si andava concludendo, Amabilina cominciò a pensare che la domenica successiva ci sarebbe stata la grande sfilata dei carri della vendemmia con la Vírgen de la Carodilla. Avrebbe, con l'aiuto della Rosarito, cucito un vestitino di raso per la piccola, ne aveva una pezza color verde Nilo, che s'intonava tanto ai suoi capelli rossi: avrebbe fatto la figura di un angioletto. E poi, domenica l'altra ancora, si poteva andare in macchina con il señor Muñoz a prendere un po' di fresco alle terme di Villavicencio o forse ancora più su, a Puente del Inca o alle Cuevas: l'aria frizzante dell'alta montagna slarga i polmoni dei bambini...

Intanto Cora la tirava per la manica. «Manca tanto?» Poverina, era stanca. No no, cara, adesso usciamo, non fare l'impaziente, devo solo salutare la señora Maletti. Sollevò Cora perché immergesse la manina nell'acqua dell'acquasantiera e si segnasse.

Sui gradini del sagrato la colpì il caldo, come una botta allo stomaco; e poi i mendicanti, una vecchia pitocca con la bocca sdentata e il colletto giallo di sporcizia... Ma che ci facevano lì? perché il parroco non teneva lontana 'sta gente che le impressionava la bambina? Il cielo era offuscato da un velo di calore che lo rendeva un po' opaco.

Si diressero verso San Martín y Necochea, per l'aperitivo al Colón. Ángel ordinò un vermut per sé, Amabilina volle prendere un caffè, la bambina un bicchiere di gaseosa. Ogni domenica era lo stesso rito: col cameriere che le serviva il caffè insieme a un bicchiere di seltz, senza che lei glielo chiedesse; con intorno un gran cicalare polifonico di dialetti italiani, soprattutto piemontesi. La signora Bertinotti si scusava con l'Amabilina: «I sai nen al tuscan...».

C'era una dolcezza strana in questa routine domenicale sotto il ventilatore della confitería, nei soliti visi che si facevano incontro a Amabilina per salutarla. Italiani che, come lei, vivevano di ricordi e di lunghi sogni per un viaggio di ritorno che tutti rimandavano a un futuro lontano a cui nessuno credeva, ma che comunque serviva a accettare un presente fatto di scontentezze.

All'improvviso comparve il signor Neumann, il tedesco che lavorava a La Bolsa, un cinema per soli uomini. Se ne dicevano tante su di lui, anche che facesse il magnaccia, ma Amabilina non ci credeva: un uomo così fine, figurarsi. A volte, quando le capitava di essere alla confitería con Herminia, lui veniva a sedersi vicino a loro due: offriva sempre sigarette mentolate e aveva la barzelletta pronta, che recitava con quel suo delizioso accento tedesco.

L'aperitivo domenicale con gli amici era il momento in cui suo marito sfoggiava come un vanto la sua vita laboriosa. In effetti, dopo il distacco dal padre a causa del fattaccio che aveva portato il vecchio in prigione, Ángel non perdeva l'occasione di esibire le sue idee sulla "maffia". Secondo argomento, in ordine d'importanza, era l'esaltazione dello spirito del commercio: certo, la vigna era importante, le cantine di Mendoza lo dimostravano, ma il lavoro della terra aveva qualcosa di retrogrado e primitivo; senza contare che non dava nessuna sicurezza, si era in balia dei capricci del tempo, degli incendi, della grandine, delle cavallette. In questo sicuramente Ángel aveva ragione; Amabilina era stata testimone della disgrazia dell'Alfredo che, con altri toscani, aveva tentato di metter su una cooperativa agricola in quel di San Luis: enormi appezzamenti di terreno erano stati dissodati e messi a coltura con fatica, ma poi si eran dimostrati infidi ché un vento più feroce degli altri era bastato a smuovere la terra e portarsela via lontano, comprese le semine, le siepi confinarie e le piantine di due tre anni. Quando il vento aveva smesso di soffiare, della cooperativa Nueva Italia non era rimasto niente: tre anni di lavoro spazzati via in un solo pomeriggio. L'Alfredo era andato fuori di testa...

Il commercio, invece, secondo Ángel godeva di maggiori sicurezze; senza contare che dava più prestigio sociale. E Amabilina doveva riconoscere che il marito di lavoro ne aveva fatto veramente una pelle: teneva tre sveglie attaccate al muro, i primi tempi, per svegliarsi alle quattro e correre alla stazione; poi in bottega, tutto il giorno, fino a mezzanotte. Certo, adesso le cose andavano bene, Ángel si era fatta una buona nomèa: quando entrava al Jamaica dove si facevano abitualmente le transazioni commerciali, la gente lo salutava con rispetto...

Una vita onesta, su questo Amabilina non aveva niente da ridire: mai aveva visto suo marito mettersi in traffici men che puliti, ché Ángel non aveva mai perdonato al padre di aver sporcato e rovinato la famiglia con la mania dei soldi facili. Quando al telefono sua sorella Dulce gli diede la notizia che il vecchio era morto, Amabilina l'aveva visto da dietro la tenda del negozio rimanere immobile a lungo, fissando con sgomento il grande apparecchio nero che la Telefónica aveva murato nella parete del retrobottega; Ángel guardava la forcella per l'auricolare sulla sua sinistra, la manovella per chiamare l'operatrice sulla destra, e aveva l'aria di una persona cui fosse crollato improvvisamente il cielo in testa. Amabilina lo vide chiudere la comunicazione con insolita dolcezza, guardarsi le mani unte – grandi, scure, pelose, con unghiette corte – come se non sapesse che farne. Se le pulì nel grembiule ma non tornò di là a incartare il mezzo chilo di milanesas per la señora Galli; uscì invece dalla porta posteriore per andare fino al secondo patio dove c'era la pianta di fico. Solo allora Amabilina si rese conto che doveva essere successo qualcosa di veramente importante; epperciò, chiuso il negozio, andò a portargli un'anisetta e a sedersi con lui all'ombra. Ángel le disse soltanto: «Finalmente è morto»; ché in un certo senso, la morte di Pidrö Colombo fu per lui una liberazione: da tempo ormai non sentiva per il padre che un rancore sordo, ché non c'è odio peggiore di quello per i propri parenti.

Sulla strada del ritorno verso casa, la bambina cicalava chiedendo se il Flaco lavorasse ancora all'almacén facendo le consegne per tío Ángel. A ascoltarla, pareva che il massimo della sua gioia, l'anno passato, fosse stato l'essere portata a fare un giro col triciclo del pane, issata sul cassone in mezzo ai sacchi tiepidi e profumati mentre el Flaco pedalava per le vie alberate. Amabilina ne provò quasi una trafittura di gelosia. Si ripromise di stare più vicina alla bambina; e subito le propose il cinema per la sera stessa. I gridolini di gioia della nipotina le fecero passare il malumore.

La Rosarito aveva abbassato le tende e il tinello era stranamente fresco, pareva di stare in una cantina. Peccato che le rose raccolte il giorno prima cominciassero già a appassire.

Amabilina rimase a contemplare la bambina che mangiava con grazia concentrata l'ensalada de fruta. Com'era assorta, com'era attenta alla cosa che la occupava in quell'istante.

Ángel prese in giro la moglie: «Cosa fai boccaperta?». Poi, sventagliandosi col tovagliolo, aggiunse: «Non può continuare a 'sto modo, verrà il vento e porterà via la foschia del caldo».

Epperché non poteva continuare così? Guarda questa

bambina, avrebbe voluto rispondergli: se un adulto riuscisse a essere così immobile e sognante, fermare l'attimo, restare in questa fresca penombra per sempre... Amabilina sospirò.

La siesta era sacra in casa Colombo. Portò la bambina di sopra a dormire. Da dietro le persiane chiuse non veniva neanche un rumore: tutta Mendoza riposava.

Cora sistemò vicino a sé una bambolina di celluloide che aveva trovato tra le cianfrusaglie del ripostiglio. «Anche lei deve fare la siesta» disse, con aria molto giudiziosa.

Amabilina era quasi pronta, ma si era dovuta cambiare le calze per colpa di una smagliatura che si era fatta sulle sedie di vimini nel patio. Sentiva in cucina la serva che, terminando di abbottonare il vestitino della bambina, le raccontava di non esagerare coi gelati: ché della roba che si mangia fuori casa non bisogna fidarsi, e se poi si sta male di stomaco si finisce all'Apotheke. A Amabilina venne da ridere: non passava settimana che la vecchia non tirasse fuori quella raccomandazione, quando alla festa si usciva a prendere qualcosa nelle confiterías. E poi quel vizio di dire Apotheke invece che farmacia, ché una volta la vecchia india aveva servito a casa di certi tedeschi che, a sentir lei, eran tipi lugubri da far paura, e questa parola le era rimasta impressa nella memoria come un'ombra.

Entrare nell'atrio del cinema Avenida le dava sempre un brivido di piacere. Qui aveva visto *El último payador*, *Las aguas bajan turbias* con Hugo del Carril e Adriana Benetti... Senza contare l'indimenticabile *Sinfonía inconclusa*, oh, quanto aveva pianto: con quel musicista di cui adesso non ricordava il nome, ma era uno famoso, innamoratissimo di una contessina della nobleza austriaca; e allora avviene un gran ballo, e lui, il musicista, arriva con un frac affittato e quando si china a baciare la mano della contessa, zzzàc, si strappa il vestito, per cui quella stronza comincia a ridere, tutti che le fanno coro, e lui, el pobrecito, scappa via humillado... Oh, che pena.

Salutò amabilmente il cassiere, a cui invece il señor Muñoz lanciò un'occhiata di traverso, come se avesse a che fare con un rivale. Amabilina ne fu molto divertita. Le piaceva civettare: stare al centro dell'attenzione di qualcuno era la sua rivincita domenicale contro la monotonia della vita che conduceva con Ángel.

Il señor Muñoz si accomodò alla sua destra. La donna si guardò intorno per vedere se fossero presenti delle amiche, per far notare il fatto di essere venuta accompagnata.

Dalla cabina di proiezione venne un fascio di luce, per un attimo si vide l'ombra dell'operatore sul soffitto, poi si udì il ronzio della macchina che si metteva in moto, e il film iniziò. Si trattava di una storia confusa di cannibali alle dipendenze di una principessa bianca e grassottella. Al momento culminante in cui i negri cominciavano a ballare una danza aperitiva intorno a un calderone dove bollivano i misioneros, nella livida penombra della platea la nipotina vide la zia fare quasi un salto, come se la mano del señor Muñoz che poco prima era stranamente finita sulla gonna della zia le avesse dato una scarica elettrica. Amabilina si scoprì a ansimare e a voce bassa – incredibilmente bassa – pregò la bambina di cambiare posto e di sedersi tra lei e il señor Muñoz.

A cena Cora non faceva che parlare della danza dei cannibali, tanto che la Rosarito tirò fuori la storia di quella volta che in una vallata delle Ande i mapuches avevano rubato un camion carico di teleria, busti da signora e articoli da parrucchiere. Sicché per un po' di tempo i guerrieri di quella tribù avevano girato la regione pavoneggiandosi nelle stecche di balena dei busti, come se si fosse trattato di esotiche armature. Fortuna che delle manilunghe del señor Muñoz quell'angioletto non s'era neanche accorta.

La radio cantava Chiribiribín, chiribiribín... Amabilina uscì in giardino: aveva dato alla vecchia il compito di portare a letto la Cora. Andò fino alla grande pianta di fichi che sorgeva in fondo al secondo patio e si sedette su uno sgabello che la nipote aveva dimenticato di ritirare. Quanti anni aveva 'sta pianta? perlomeno tanti quanti la casa; coi folti rami sporgenti e intrecciati che ogni estate si riempivano di frutti: piccoli innumerevoli fichi viola che non maturavano mai. Nessuno li degnava, neppure i passeri. A un certo momento cascavano, poco a poco marcivano al suolo, riempiendosi di vermi e marcendo per ingrassare la sterilità della pianta da cui erano caduti. Da tant'anni Ángel e lei dicevano che bisognava tagliare questo fico inutile, ma la cosa veniva solo rimandata, forse perché, anche se non dava frutti, faceva un'ombra rilassante.

Per un attimo a Amabilina il fico parve l'immagine della sua vita senza sbocchi. Ché, al fin y al cabo, se ci pensava bene, lei si era trasformata in una donna di mezza età senza che niente di veramente importante le fosse accaduto nella vita. Solo attese inutili, sogni campati per aria, braccia vuote di figli. La Dulce soffriva, il Felipe aveva probabilmente una storia con una mezza india: eran cose brutte, sì, ma almeno nella loro vita succedeva qualcosa. Lei e Ángel invece... Senza accorgersene, si mise a canticchiare: «Amami, Alfredo...».

Provisoria Paz Majna (1931-1964)
La luce di un fiammifero
Esperanzita, 1947

> *La luce di un fiammifero fu*
> *il nostro amore fugace.*
> *Durò così poco, lo so,*
> *come il bagliore*
> *che provoca una stella.*

ENRIQUE CADÍCAMO,
La luz de un fósforo

Se lui fosse stato lì, in quel momento, a Provisoria non sarebbe importato nulla della febbre o delle contrazioni che le squassavano il ventre. Il tempo passava in fretta quando c'era Filippo, ché lui sì che sapeva distrarla raccontando storie: il viaggio sul barco dall'Italia all'Argentina – "che non finiva mai mai mai" – e, soprattutto, le guerre; in luoghi incredibilmente lontani, dall'altra parte del mondo, che si chiamavano Francia, Iugoslavia, Libia, Albania... Lui la metteva sul ridere quando narrava di quei posti-lì, ma si capiva che ne aveva passate tante da averne a basta. La Russia, diceva, l'aveva scampata solo per i denti che gli mancavano. Ma questo adesso mica si capiva, perché si era comprato una dentiera bianchissima prima di arrivare a Misiones. Se Provisoria non avesse visto come si spazzolava quei denti falsi al mattino, non ci avrebbe creduto.

Socchiuse a fatica gli occhi, nel riverbero violento della luce del pomeriggio. Stiracchiandosi, cercò di sistemarsi meglio nell'amaca, la massa di capelli neri, fini e abbondantissimi, come un cuscino; si coprì col lembo del poncho. Si sentiva il crepitio dei cannicci che, infilati in varie corde pendenti dall'architrave, formavano una sorta di tenda: cozzavano tra loro quando qualcuno varcava la soglia oppure, come adesso, quando il vento li agitava. Provisoria allungò la mano per prendere l'orologio che lui le aveva regalato. Le tre. Dov'era Filippo adesso? Era tanto tempo che lui non veniva, quasi tre mesi. Chissà come ci sarebbe rimasto quando avesse visto come le era ingrossata la pancia. Probabile che si commuovesse; anzi, non poteva essere che così. Mentre si carezzava il ventre, un sospiro le addolcì gli occhi a mandorla.

Sorseggiò del mate e guardò il sentiero, se per caso fosse spuntato il postino. Perché il mercoledì era il giorno che arrivavano le lettere al porto. Pensò al capannone di deposito, ingombro di legname e yerba, che stava lungo il fiume, fungendo anche da ufficio postale; si figurò il vecchio Santiago che timbrava le buste in arrivo, seduto su una grande balla di paglia, sventagliandosi per cacciare le zanzare. Quando Provisoria pensava a una cosa, lo faceva così intensamente che le pareva di vedere proprio la scena coi suoi occhi. Le venne un piccolo brivido di paura pensando all'eventualità che non ci fosse posta per lei. Impossibile: in sogno quella notte aveva sentito la voce di Filippo, come spesso le accadeva; segno di notizie in arrivo: i suoi sogni si avveravano sempre. Fischiettò, le capitava di farlo sovrappensiero quando si sentiva inquieta.

Quand'era piccola, Provisoria aveva tante paure; per esempio, le metteva i brividi lo stanzino della dispensa che dava sulla laguna. Suo cugino Joao, che aveva dieci anni più di lei, si divertiva a spaventarla, raccontandole che dietro quella porta a una cert'ora si ammassavano ombre maligne. Non che sapesse dirle chiaramente di che razza di spiriti si trattasse, ma Provisoria si figurava una nera massa corposa di scurità che poteva avvilupparsi attorno a lei fino a farle mancare il respiro. Joao le aveva messo una tale paura, che lei preferiva buscarle piuttosto che andare nella dispensa la sera quando scendeva il buio. Una volta però sua zia Encarnada venne a saperne il motivo; allora una sera la prese per la manica e la trascinò proprio nello stanzino. «Ci sono forse fantasmi qui?» le chiese. «E adesso guarda da quel finestrino: la laguna è poco bella a quest'ora? Sappi che da laggiù, da oriente, vengono i sogni d'oro; e un giorno o l'altro da questa finestra tu vedrai arrivare un bell'uomo con la sua lanchita, venuto a cercare la sposa più bella del mondo!»

Roba da non crederci: ché Encarnada le aveva parlato dell'uomo della lanchita tanti e tanti anni prima che Filippo arrivasse in America... Naturalmente poteva darsi che sua zia le avesse semplicemente raccontato una sfilza di balle perché la smettesse di aver paura dei fantasmi e non sentisse più timore di entrare in quella stanza; o addirittura per farle venire la voglia di andarci. Tant'è vero che da quel giorno Provisoria si offriva sempre di recarsi in dispensa a prendere quello che mancava: aveva la sensazione, entrandoci, che qualcosa l'aspettasse.

E più cresceva, più il fervore dell'attesa aumentava. La notte di San Juan aveva piantato uno spicchio d'aglio e il giorno appresso ne aveva trovato il germoglio dritto e teso, segno che la sorte le destinava un uomo robusto e bello... «Forse verrà oggi» diceva certe mattine, ormai aveva quattordici anni, anche sua madre aveva quell'età quando l'aveva messa al mondo.

Immaginava lo sconosciuto della lanchita, di notte si costruiva nel buio le fattezze che avrebbe avuto; sentiva una pressione, un peso alle tempie, come se dovesse addirittura immaginare gli occhi o il sorriso di Dio; ammesso che il Signore abbia occhi per guardarci ballare la musica che lui ha scritto e una bocca per sorridere dei nostri passi incerti.

Ci credeva davvero Provisoria: che l'uomo destinato a lei sarebbe giunto con la sua barca a motore, attraverso la laguna; e, se fosse venuto, lei poteva anche non essere la ragazza più bella del mondo, ma certo era buona e servizievole, e lui l'avrebbe sicuramente capito... Comunque, se fosse venuto e l'avesse presa in sposa, questo semplice fatto l'avrebbe fatta risplendere di sette bellezze, cosicché tutti si sarebbero domandati con stupore: «Ma quella non era la piccola Provisoria Paz figlia di Juan Evangelista, il contrabbandiere?...».

Finché un bel giorno lui arrivò davvero. Ché, quando si pensa tanto una cosa, succede.

Filippo faceva misurazioni nella foresta. Un lavoro importante, tanti uomini dipendevano da lui. Provisoria se ne era innamorata al primo sguardo e, quando lui stava per partire per una zona più a nord, lei l'aveva seguito. Sua zia e Joao non si erano opposti; forse avevano capito che, anche se avessero espresso un parere contrario, lei se ne sarebbe andata ugualmente.

Prima erano stati lungo il fiume, poi in una vallata laterale. Adesso erano però quasi tre mesi che Filippo se n'era andato, dopo averla sistemata in una casucha sull'argine del Paraná.

A occhi vividi, con apprensione Provisoria seguì il volo disordinato di alcuni pappagalli sulla boscaglia. Perché gridavano in quel modo? Era stata lei a spaventarli col suo sguardo? Guai, se avessero voltato verso destra: la lettera non sarebbe arrivata... Con sollievo udì il vorticare delle loro ali che piegavano nella direzione opposta e nel contempo sentì nel ventre il bambino che si muoveva. La rendeva felice pensare alla sua gravidanza: le ricordava i momenti di felicità passati con Filippo che la sua assenza, adesso, rendeva nostalgicamente ancora più belli. L'avrebbe aspettato sempre, l'amore rende pazienti, simili ai bambini... Ma lui non l'amava allo stesso modo, mai aveva pronunciato la frase: Estoy enamorado. Era anche vero però che lui la chiamava "reginetta" e, quando lei si scioglieva i lunghissimi capelli, le diceva che era bellissima; ogni volta che gli sentiva dire questa frase, Provisoria si sentiva felice, quasi non avesse bisogno di nient'altro.

Adesso poi la riempiva di struggimento il pensiero di come Filippo avrebbe vissuto quel pomeriggio di nuvole bianche se fosse stato lì, di come avrebbe sorriso di sorpresa se avesse sentito muoversi il bambino poggiandole una mano sul ventre. Con la stessa voglia e la stessa generosità con cui le donne incinte mangiano per due, pregustava il piacere che avrebbe provato Filippo nel sentirsi padre.

Tremò. Nella sua ultima lettera di qualche settimana prima Filippo aveva scritto qualcosa che per Provisoria restava inconcepibile: che lui stava per ripartire per la capital federal, che aveva intenzione di sposare una ragazza di nome Dulce che aveva recentemente conosciuto; che se Provisoria aveva bisogno di qualcosa poteva rivolgersi al señor Martín Rosato, il caposquadra; che sperava che lei non gli portasse rancore, sicuramente un giorno o l'altro si sarebbe rifatta una vita tanto più che era tanto giovane e carina... Una tale serie di chucherías che lei era rimasta senza fiato, imbalordita; dopodiché si era affrettata a rispondere annunciandogli che aspettava un figlio, finora gliel'aveva tenuto nascosto perché riserbava la notizia al loro prossimo incontro: il bambino, Provisoria ne era sicura, cambiava completamente la situazione, Filippo sarebbe ritornato sulle sue assurde decisioni.

Pregò che Santiago arrivasse al più presto con la lettera. Una volta, quand'era piccola di quattro cinque anni, sua zia aveva portato lei e Joao a Posadas. Lì, a un certo punto, Encarnada l'aveva lasciata seduta su un muretto, perché doveva andare con Joao a ritirare chi sa che documento. Ebbe l'impressione che i due ci mettessero molto, troppo, a tornare, e cominciò a preoccuparsi, facendosi mille pensieri; non si decideva a scendere dal muretto, per la paura che il più piccolo cambiamento in una città così sconosciuta e paurosa potesse voler dire per la zia perderla completamente. Gli attimi passavano assumendo la dimensione di ore, le veniva voglia di gridare, di lanciarsi a correre urlando il nome di Encarnada e di Joao, ma il terrore la bloccava... Sua zia ritrovandola in lagrime la rimproverò: perché piangeva, sciocchina? non le aveva forse promesso che sarebbe tornata?

Anche Filippo aveva promesso: «Tu potrai sempre contare su di me». E a Provisoria, che nonostante i suoi sedici anni aveva ancora l'anima dei bambini per i quali le promesse assumono proporzioni smisurate, non restava che aspettare.

Ricordò certe notti passate con Filippo proprio lì nel porticato, sdraiati sull'amaca a guardare le stelle; una delle mani di lui posata sui suoi fianchi, l'altra a indicarle le costellazioni. Le aveva insegnato i nomi delle stelle – la Cruz del Sur, Venus, Marte – e gli orari del loro sorgere, ogni sera un po' prima della notte precedente. Le ripeteva che erano migliaia e migliaia, con distanze tanto grandi tra di loro che a pensarci Provisoria si perdeva quasi spaventata dall'idea del lunghissimo viaggio senza fine che doveva fare la terra nel firmamento. Ché – diceva Filippo – niente è stabile, tutto è in perpetuo cambiamento.

Però Provisoria adesso non doveva pensare a questo: erano storie tristi che facevano venire in mente la morte. No no, niente doveva cambiare: lui sarebbe tornato e avrebbe dato il nome del loro bambino a una stella nuova.

'Devo mangiare qualcosa' pensò Provisoria: all'improvviso sentiva una fame acuta, e se non avesse mangiato, il bambino sarebbe rimasto segnato per sempre. Rientrò nella capanna a prendere del mate e una galetita da sgranocchiare; i capelli lunghi quasi fino ai piedi le frusciavano intorno come un mantello di seta scura. Mentre si sdraiava nuovamente sull'amaca, si domandò cosa avrebbe fatto esattamente se anche oggi non avesse ricevuto posta da Filippo. Che sciocchezza, lui avrebbe scritto, senza dubbio... Ma, se non lo avesse fatto, quali diritti avrebbe potuto accampare su di lui? Non era ben sicura di averne, e a quel pensiero posò lo zuccotto del mate sul tavolo e tornò in fretta a affacciarsi alla porta. Ma del postino non c'era traccia... Un tempo, le raccontava sua zia Encarnada, la posta la portavano uomini che percorrevano la provincia correndo a piedi nudi lungo i sentieri della foresta, dall'alba al tramonto, fermandosi solo giusto il tempo per riprendere fiato.

Si rannicchiò tentando di aggrapparsi al ricordo di Filippo, della sua risata. Se non avesse scritto oggi, perché era sopraffatto dal lavoro, l'avrebbe fatto sicuramente la prossima settimana.

Ogni oggetto che Provisoria possedeva era legato al suo amore. Dovunque si girasse c'erano ricordi molto freschi, che in certi momenti la facevano immalinconire. A quel bicchiere lui aveva bevuto, quel portafotografie gliel'aveva portato da Ciudad de l'Este, in quella scatola di latta per le galetas stavano le sue lettere. In genere ogni ricordo era miele di favo: ché la memoria di Provisoria aveva bisogno di poco per allestire la messinscena dei sogni.

Estrasse dalla tasca una cartolina che lui le aveva mandato la prima volta che si era allontanato per lavoro: un rettangolo dai colori accesi con un breve saluto – parole che si erano impercettibilmente deformate, dilatate e offuscate a causa del contatto continuo col sudore delle mani, ché da allora Provisoria lo teneva sempre in tasca. Carezzò la cartolina, la annusò, passandosela sul petto come fosse un portafortuna: quel pezzetto di carta assumeva nelle sue mani un'importanza, un'essenza che nient'altro possedeva.

Lo sguardo le cadde su una foto appesa al muro: Juan Evangelista Majna, suo padre. Un viso magro, scavato dal dolore: la fotografia gli era stata scattata durante il velorio funebre; di sua madre invece non aveva nessuna immagine: era morta di una complicazione del parto. Di lei non sapeva niente, ne aveva soltanto ereditato il nome, Provisoria Paz, e un braccialetto di ametiste viola come talismano. Lo carezzò al polso, dove lo portava allacciato, pensando che come portafortuna non valeva granché, visto che a sua madre non aveva risparmiato una morte atroce a quindici anni. Passò lentamente le dita sulle pietre, come se attraverso di esse potesse toccare il polso di sua madre. Sua zia Encarnada glielo aveva infilato il giorno in cui le erano venute le prime regole. «Tienilo: era della donna che ti mise al mondo» le aveva detto. «Speriamo che a te faccia un miglior servizio che a lei.» Ricordò la voce di sua zia, secca e ferma, senza emozioni, mentre attraverso il braccialetto, in una catena di sostituzioni, legava il destino di Provisoria a quello di chi l'aveva preceduta. Ma anche questo era un brutto pensiero, da scacciare, ché ogni idea di ripetizione ha in sé qualcosa di malinconico. No, Provisoria non era come sua madre, non avrebbe fatto la stessa fine.

Sedette sull'estremità dell'amaca nel portico, ma subito si drizzò in piedi dall'eccitazione: il postino stava venendo, finalmente; voltava proprio adesso nel sentiero e si sarebbe fermato nella casa dei Rosas prima di giungere da lei. Provisoria avrebbe quasi voluto corrergli incontro, ma non si permise di farlo. Però lo osservò scendere lungo la collina, e quando l'uomo fermò il suo mulo per mettersi a parlare con don José che risaliva in senso contrario, gli avrebbe gridato contro delle parolacce. «Muoviti, cretino!» sibilò Provisoria pestando i piedi; vide Santiago voltarsi e guardarsi attorno, come se magicamente da quella distanza l'avesse udita o gli fossero fischiati gli orecchi. Finalmente il vecchio si staccò dal sentiero venendo verso la sua capanna; si fermò però ancora una volta vicino a un cespuglio, sicuramente a pisciare: eccolo lì che si scrollava con quell'aria stupidamente soddisfatta che hanno i maschi quando sono convinti che nessuno li veda.

Provisoria si rimise sull'amaca, fingendo di guardare altrove; e, da voltata, udì che Santiago saliva gli scalini, percepì il leggerissimo rumore delle cannucce delle tende che venivano scostate, poi una voce che diceva: «C'è una lettera».

Non poté aprire subito la busta giallina che portava l'indirizzo della sua casucha scritto a matita violetta, perché il postino voleva un rimedio per un foruncolo che gli era scoppiato sulla spalla, proprio dove poggiava la sacca delle lettere. Si era infatti sparsa la fama che Provisoria avesse imparato da sua zia molte ricette da curandera, adatte ai piccoli malanni; dimodocché non aveva pace: c'era sempre qualche ciste da segnare con bile di coniglio, caviglie gonfie da ungere con bianco d'uovo, sacchetti di sale mescolato a frammenti di unghie da confezionare per far cascare i denti cariati.

Il foruncolo di Santiago, per fortuna, era una cosa da niente: Provisoria lo disinfettò con uno schizzo di aguardiente e ci spalmò sopra un unguento di cipolla spremuta e tela di ragno. L'uomo non smetteva di ringraziarla e Provisoria, seppur impaziente di leggere la lettera di Filippo, non osava fargli fretta, temendo di sembrare scortese.

Finalmente il postino se ne andò. Tremando di emozione, Provisoria strappò la busta. Ne scivolarono fuori dei soldi, una mazzetta di pesos. Poi un biglietto di poche righe: "Chiquita, vorrei che tu capissi...". Cosa c'era da capire? Che Dulce era una muchacha seria, linda, di buona famiglia italiana; che Filippo le aveva promesso di sposarla, "e non posso engañar a esa criatura, non è mica forte come te"; che comunque, per liberarsi dall'impiccio del bambino, lei poteva rivolgersi al medico tal dei tali, amico suo; che se non bastavano i soldi glieli avrebbe fatti avere da Rosato...

Se lo immaginò in città, con una ragazza bianca al fianco. Dulce? Che razza di nome è questo? Amara, piuttosto. Cos'ha quella-là che io non possa darti? Certo, una di buona famiglia, mentre io sono figlia di un contrabbandiere... Dulce con la pelle bianca come un fiore di magnolia e i riccioli rossicci, una brava ragazza con cui andare insieme a messa la domenica mattina, verdad? E io, una negrita con cui divertirsi un po'...

"Sicuramente non sono stato l'unico uomo della tua vita", rileggere quell'insulto le oscurò quasi la vista. Stronzo. Che morisse. A lei cosa importava, che andassero in culo lui e quella ragazza bianca. "Ragiona, non puoi mantenere un figlio da sola, io non gli darò mai il mio nome"... Come poteva essere che queste frasi le avesse scritte lo stesso Filippo che le aveva insegnato il nome delle costellazioni e le aveva dato l'orologio dicendole: «Quando segna le otto, pensami»? Filippo per cui aveva preparato dulce de batata in uno stampo a forma di stella... Che si strozzasse.

Si sentiva bruciare, come se sottopelle le si fossero infilzati migliaia di sottili aghi di cactus.

Com'è che le lagrime, che sono soltanto acqua e sale, possono a volte farci stare meglio? Poco a poco si abbandonò al sonno, dondolata dall'amaca, ritrovandosi nella capanna di sua zia Encarnada, proprio nello stanzino della dispensa a guardare la laguna: era la bambina stupefatta di allora, però aspettava un figlio. All'improvviso nella radura si alzavano le voci acute di sua madre e di Juan Evangelista; forse una festa di contrabbandieri. Poi dalla laguna arrivava una lanchita d'oro su cui stava in piedi il suo amore, anche lui bambino. Qualcuno lo faceva bere, e allora Filippo ridendo strappava un ramo da un mandarino e cominciava a frustarla, come se trovasse la cosa molto divertente, gli aveva preso una tale furia contro di lei...

Provisoria cercava di scappare, gridando: «Non mi riconosci? Sono incinta di te, non mi picchiare...».

Quella sera il dolore al basso ventre ricominciò, e così pure la febbre. Si era affaticata troppo il giorno prima: le avevano portato da un paese vicino un malato che piangeva per il mal d'orecchi. Aveva dovuto lavarglieli con olio di palma; poi gli aveva infilato delle pezze di lino impregnate di cera calda. L'aveva molto stancata l'operazione, perché l'uomo si agitava e scalciava urlando di dolore: ecco perché adesso il ventre di Provisoria si contraeva.

Sentiva un sudore gelato, brividi; questo di sicuro non era bene, ma che poteva fare?... Una volta, quando era piccola, per farle passare la febbre sua zia Encarnada l'aveva rinchiusa in una buca scavata nel terreno, sepolta fino al collo per un'intera giornata; ne aveva un ricordo vago, come di una cosa accaduta in sogno. Comunque, nelle sue attuali condizioni, non si trattava di un rimedio praticabile.

Il dolore le mordeva il ventre... Guardò i barattoli di medicamenti sullo scaffale sopra la porta: raschiatura di corna di cervo per il morso dei serpenti, giallo grasso d'iguana e terra di nidi di formiche per i mali de frío, la manina mummificata di un bambino per curare l'epilessia. Ma quello di cui Provisoria aveva bisogno era qualcosa che facesse tornare Filippo da lei. Al più presto. Si sentì invadere dal buio della paura, per sé e per il bambino. Pensò che non le restava che mettere in atto lo scongiuro più potente che conosceva.

In cucina prese un pezzo di carne cruda, ci sputò sopra e lo tagliò a fettine sottili che mise in un vaso di coccio, versandoci sopra sette gocce d'acqua benedetta che teneva in una bottiglia del ripostiglio, coprendo infine il tutto con un piattino. Quando la carne fosse imputridita, lui si sarebbe fatto vivo, ne era sicura. Lui che era la sua malattia e la sua guarigione.

La procedura del sortilegio le procurò in effetti un certo sollievo. Dopo essersi sdraiata di nuovo nell'amaca, si mise in bocca una zolletta di zucchero tostato: c'era attaccato un pezzetto di una foglia giallina, che le dava un gusto speciale. Succhiò, finché non fu sciolta interamente in bocca.

Era così chiara la notte, l'ombra della casucha si delineava nitida sull'argine, le foglie di palma esibivano il loro disegno minuzioso. Rimase a ascoltare dei cani che ululavano in lontananza. Sono inquieti stanotte, pensò; c'è la luna... Sentì il bambino darle un altro calcio sotto il seno. Una volta le avevano raccontato che una mezzosangue tradita dal suo amante bianco, subito dopo aver partorito il bambino frutto di quell'amore, aveva fatto a pezzi il neonato preparandone uno stufato speziato che poi aveva mandato al traditore; e quel disgraziato, senza saperlo, aveva mangiato le carni del figlio... Una storia crudele, Provisoria mai avrebbe potuto concepire un simile orrore; anzi, continuava a ripetersi: Per fortuna questo figlio esiste... forse una figlia. Provisoria sorrise, vedendo all'improvviso con gli occhi della mente l'esserino che cresceva dentro di lei: una bambina piccolissima, con i capelli neri come i suoi e il sorriso di Filippo. Nella testa le si materializzò un nome: Regalada. Sì, l'avrebbe chiamata così.

Sua zia Encarnada le diceva sempre che gli uomini vanno e vengono, solo i figli rimangono: si tienes un hijo diventi una tigre ché i figli danno forza per affrontare qualsiasi cosa. Poverette sono soltanto le donne che un figlio non lo tengono o l'hanno perso...

Si stiracchiò con un'aria da gatta. «Regalada, vuoi vedere come scrive tuo padre?» chiese Provisoria alla sua creatura. E, estratta la cartolina dal grembiule, la posò sulla pelle tesa del ventre.

Mafalda Cerutti (1932-1954)
Molto più in là
Buenos Aires, 1954

> *... e nella nebbia degli anni,*
> *e nella morte che lo raggiunge,*
> *c'è un canto uguale al pianto*
> *che ritorna dal mare.*
> *È la voce dei velieri*
> *che portarono le nebbie,*
> *sono i vecchi porti morti*
> *che si trovano molto più in là.*
>
> CÁTULO CASTILLO, *Mañana*

"Cara Teresa,
non so neanch'io perché ti scrivo stasera..." Aveva appena ricominciato la lettera per la seconda volta, dopo aver stracciato la prima bozza a pezzettini, quando un rumore di passi fuori dalla porta la bloccò. Nascose il foglio sotto una pila di biancheria da stirare. Ché Mafalda non si sarebbe sentita libera di esprimere i propri pensieri con sopà che girava per casa.

Tese l'orecchio. Silenzio. Forse era soltanto suo fratello che era andato in cucina a bere un bicchiere d'acqua, era troppo presto perché suo padre fosse già di ritorno. Ritirò fuori il foglio e scrollò la testa, rendendosi conto che quello che intendeva scrivere non era una lettera perché qualcuno come sua cugina Teresa la leggesse, ma una specie di povero testamento in cui però non c'era niente da lasciare a nessuno.

Dopo essere uscita dalla stireria dell'albergo dove lavorava, quel pomeriggio Mafalda era andata al porto. C'era un sole invisibile dietro la bruma, quando al molo d'entrata si era informata sul nome della nave che salpava per l'Europa. Sulla banchina aveva seguito le manovre di carico, mescolandosi alla gente venuta per gli ultimi saluti, coi mazzi di fiori; invidiando i fortunati che partivano e sentendosi libera di piangere fino a inzuppare il fazzoletto, senza che nessuno la tormentasse con stupide domande. All'ora prevista era suonata la sirena nel banco di nebbia, gli addetti avevano sganciato le passerelle e la nave si era staccata dalla riva. Partenze, traversate dell'oceano, bastimenti: di queste cose erano infarcite le storie che aveva sentito contare fin da piccola, perché la valle dov'era nata, laggiù in Italia, era sempre stata terra di emigranti: camerieri e cuochi negli alberghi di tutto il mondo, oppure sui transatlantici. Una terra, la sua, segnata dall'esodo dei maschi. In ogni casa, sulla credenza, lettere e cartoline: dal Canada, da San Francisco, dall'Australia, da Montevideo, posti di là dal mare, di cui le donne pronunciavano i nomi con angustia e timore, come se si trattasse di trappole misteriose che potevano inghiottirsi figli, fidanzati, mariti... Mafalda però questo l'aveva capito soltanto quando la nave su cui era imbarcata coi suoi aveva imboccato il Río de la Plata: "... una sera nebbiosa di sette anni fa, con la sirena che suonava, e io al parapetto, oppressa da una tristezza mai provata; ché fino a quel momento non avevo mai pensato a me stessa come a una persona che potesse guardare la propria vita e farne un bilancio. Avevo quindici anni, ma all'improvviso ero grande".

Ripensò a qualche ora prima, quando era rimasta immobile sul molo, la faccia rivolta verso l'imbrunire, torcendosi le mani, finché la nave non era diventata così piccola da scomparire alla vista.

Di nuovo tirò fuori il foglio e scrisse: "Sto guardando l'elefantino di pezza del mio Juan". Ancora una volta la ragazza si interruppe, posando il mozzicone di matita. Scrutò nella scarsa luce, ché dietro le finestre annottava; si arruffò i capelli scuri con un gesto stanco, odiando il vuoto della sera: sopà era andato al circolo italiano, la Clara e la Antonietta già dormivano, il Paolo incollava le sue figurine della raccolta *Las bellezas de Italia*, quel ragazzo ci faceva una vera malattia con le riproduzioni dei quadri famosi, ma tra un po' sarebbe crollato dal sonno pure lui.

Riprese la matita, lottando contro il tremito della mano. Non sapeva neppure perché si intestardisse così tanto a affrontare le spine delle parole. Forse perché Teresa non era solo una cugina ma anche la sua unica vera amica, la persona che più le era stata vicina nella tragedia del piccolo Juan. Al pensiero del bambino, le tornò alla mente l'esigua porzione del suo faccino gonfio e ustionato che usciva dalle bende. La scosse un tremito.

Umettò la punta della matita con un po' di saliva prima di rimettersi a scrivere: "Cara Teresa, nessuno è così solo come me. Ricevi questa lettera da nessuno – quello che sono adesso. Non vorrei rattristarti, mia nonna Mentina diceva sempre che ognuno deve grattare la sua rogna per conto suo, ma io non so se ce la faccio...".

Perché le parole scritte sulla carta sembravano così distanti e vuote? Mafalda sbadigliò. Suonavano le dieci, si sentiva stanca: al mattino usciva sempre di casa alle cinque per andare al lavoro, ma già si era alzata da un po' per preparare sul tavolo la colazione per il fratello e le due sorelline. Aveva un bel dirsi che doveva occuparsi di loro, che da quando la mamma era morta toccava a lei prendersene cura. Dopo l'incidente a Juanito non era stata più la stessa, le mancava l'aria.

Al lavoro si comportava in modo meccanico. L'hotel dove aveva trovato un impiego come stiratrice stava nella centralissima avenida de Mayo, ma la stireria era un mondo a parte, sotterraneo, di vapore caldoumido, di fretta e di dolori alle mani. Nelle pause ascoltava le altre inservienti chiacchierare, sforzandosi di interessarsi a qualcosa; peggio che prendere una purga.

Non sapeva spiegarsi bene perché si sentisse così apatica, forse era colpa delle medicine di cui l'avevano imbottita: la rendevano torpida, le deprimevano l'umore, sfuocandole perfino la memoria. No, questo non doveva succedere: se una perde i ricordi, non le resta più niente... Si aggrappava a piccoli esercizi mnemonici per ricostruire il suo paese in Italia, il bosco, la cascata. Ripercorrendo la strada dalla sua casa all'osteria del ponte. Cercando di risentire nel naso il profumo del caprifoglio o del fieno appena tagliato; il rumore delle pale del mulino, i cori di grilli nelle notti d'estate. Amando disperatamente quel suo paese piccolissimo, solo un pugno di case; ché, quando uno doveva uscire, lasciava le porte aperte perché tanto non c'eran mica ladri, ci si conosceva tutti. Ripercorrendo in tutti i suoi dettagli il sentiero della vecchia segheria, sotto faggi e castagni, per radure colorate di brugo; oppure, passato il folto del bosco, lo slargo di ortensie dietro la chiesa di Carcegna col suo campanile pendente. Figurandosi davanti agli occhi la verdezza del Mottarone e il celeste del lago d'Orta.

Ché Mafalda continuava a dirsi che tutto, se loro fossero rimasti là in Italia, sarebbe andato diversamente... Perché, Madonna Santa, suo padre li aveva voluti portare proprio in bocca alla disgrazia? Purtroppo queste cose erano difficili da dire alla cugina: Teresa era nata in America, e avrebbe fatto fatica a capire il furore rabbioso che Mafalda nutriva contro Buenos Aires.

"Perché vedi, Teresa, io non diventerò mai argentina. Una persona può cambiare vita, casa, amore, però anche se ti spogliano di tutto rimane qualcosa che sta in te da quando impari a ricordare, cioè molto prima di aver l'età della ragione: il midollo di un altro modo di vivere."

Per certi versi, come età e come voglia di indipendenza dal padre, Mafalda si sentiva molto vicina a Teresa; tra l'altro sua cugina era stata l'unica tra i parenti a offrirle aiuto durante la sua gravidanza di ragazza madre, l'unica che fosse andata a trovarla all'ospedale quando Mafalda aveva partorito un maschietto magro con un ciuffo di capelli neri sul capo e gli occhi infossati da vecchietto: Juanito, nato il 26 luglio di due anni prima, sotto un pianeta di malinconia e di spavento. Ché le infermiere avevano appena portato alle donne i bambini per l'ultima poppata quando l'altoparlante del corridoio si era messo a annunciare qualcosa con una voce rauca così incrinata dal pianto, che all'inizio Mafalda quasi non riuscì a capire di che si trattasse. Ma in corsia subito si erano levate grida da ogni parte: «È morta! La nostra Evita è morta!»; e poi visi rigati di lagrime, mani alle tempie, singhiozzi... Mafalda stringeva il suo Juanito al seno, stralunata, senza comprendere il perché di una tale messinscena di dolore. Certo un po' le spiaceva: Evita le stava simpatica; ché quando la nave era attraccata al porto di Buenos Aires la prima cosa che Mafalda aveva visto era stata proprio il ritratto della presidentessa, enorme, col suo bel sorriso che pareva dare il benvenuto ai nuovi arrivati.

A ripensarci adesso, Mafalda aveva l'impressione che fosse ormai infinitamente lontano quel primo pomeriggio in cui la levatrice le aveva messo in braccio il piccolo Juan: così tranquillo che neanche piangeva; lei sbottonando la camicia per dargli il seno. Le parve un presagio luttuoso l'aver vissuto il primo contatto col suo bambino in mezzo a quello strepitare di requiemmeterna, di pianti, di musica funebre dagli altoparlanti; sentendo la tenerezza della bocca di Juan mescolarsi a quell'amaro di grida femminili, quasi a ricordare a Mafalda che il suo bambino nasceva con grami auspici: figlio-del-peccato e lontano le millanta miglia da casa... Il 26 luglio di due anni prima.

Tornata a casa dall'ospedale, quell'impressione di cupezza aveva continuato a perseguitarla: lei muovendosi stranita tra i patelli da lavare, i bidoni di carbone da portar su dal cortile, il bambino da allattare.

Poi, qualche mese fa, di nuovo all'ospedale. Anche in quella occasione Teresa era stata con lei, a farle coraggio. Ché di sostegno, in quel vecchio padiglione del Pediatrico, Mafalda aveva bisogno davvero: torva, scarmigliata, distrutta dal dolore e dal senso di colpa, aggrappandosi alla manina del bambino, piccolo lembo di carne arrossata e grinzosa che usciva dalle fasciature del corpicino ustionato.

Nessun dottore parlava chiaro, ma all'improvviso, chissà come, Mafalda si era resa conto che il bambino le moriva... Aveva sempre sentito dire da sonòna Mentina che la morte arriva in veste di mietitore, incappucciato nel suo tabarro; e che un moribondo se ne accorge subito. A Mafalda bastò vedere la grossa bombola d'ossigeno, quando la portarono in corsia sferragliando per il corridoio, come se si tirasse dietro le catene di un fantasma; grossa e nera, lì ai piedi del letto, con sopra un cappuccio di tela verdescuro.

Poi, quand'era arrivato il medico, Teresa aveva portato via Mafalda. Nella saletta in fondo al padiglione dei bambini, davanti alla statua di Nostra Signora di Luján, le due ragazze si erano abbracciate strette. E Mafalda aveva pregato: "Madonna Santa, aiutami, salvamelo, Tu che sei stata mamma come me, Tu che sai perché qualcuno nasce con la camicia e altri con la malasorte torcigliata intorno al collo. Madonna di Oropa, Tu che conosci il mistero dei nostri dolori; Tu che comprendi che io non volevo quella sera, che non potevo resistere a quell'uomo, quando uno è ubriaco non intende ragioni, e comunque il bambino non ne ha colpa, anche se don Attilio dice che nessuno nasce innocente, che pesa su ciascuno il macigno del peccato originale... Ma Tu puoi tutto, anche farmi il miracolo".

Quando erano tornate di là, il piccolo Juan era composto sul cuscino, il faccino non più scosso dalla tosse. Mafalda di colpo aveva compreso che non stava dormendo: che era morto; che i respiri affannosi dei suoi polmoni di carta un'ora prima erano stati segnali d'addio; che, al fin y al cabo, il miracolo non era avvenuto. La ragazza si era seduta di schianto sulla sponda del letto, quasi incredula che tutto potesse finire così, farfugliando che chissà, forse se avesse promesso alla Madonna la sua vita in cambio di quella del bambino... Teresa le aveva carezzato la testa: «Piangi, cara, piangi che ti fa bene».

Appallottolò il foglio e strappò dal quaderno un'altra pagina. L'occhio le cadde su alcune frasi che ci aveva trascritto mesi prima, prendendole da un libretto di Evita, *La razón de mi vida*, che una compagna di lavoro le aveva regalato scrivendole anche una dedica: "A Mafalda, perché impari che una mujer es tanto como un hombre".

La colpì l'inizio di una pagina: "Nei confronti dell'umanità l'uomo non ha una questione personale come noi donne. L'uomo accetta troppo facilmente la distruzione di un uomo o di una donna, di un anziano o di un bambino. Non conosce il costo della creazione! Noi donne sì".

Probabilmente aveva ricopiato queste frasi perché era proprio quello che pensava riguardo a suo padre: ce l'aveva a morte con lui per la sua decisione di venire in America, di trascinare qui la famiglia senza tener conto del parere della moglie e della figlia maggiore. Ripensò agli ultimi mesi passati in Italia. Dall'osteria, la sera, si sentiva cantare: «E la Mèrica l'é lunga e l'é larga, l'é circondata dai monti e dai piani...»; ché era finita la guerra, i tedeschi se n'erano andati lasciandosi dietro una sfilza di morti, la gente ci aveva dentro una gran rabbia per tutti quei cadaveri che ogni tanto si scoprivano sull'alpe, in fosse dove già avevano frugato i cani. Gli uomini a brontolare che i soldi non giravano, che erano stufi di stentare portando in giro la croce all'Ascensa per la benedizione di prati, meli, segale, "afùlgure-tempestàte"; e al prete, che si lamentava delle scarse offerte alla chiesa, rispondevano sul muso: «Don Franco, di cosa devo ringraziare il Signore? che mi è caduta la manza nel burrone? che le faine m'hanno sgozzato i polli? che mia moglie mi ha fatto due figli in una volta sola, che noi non ce ne avevamo proprio di bisogno?». E il curato a rispondere che il gramo bisogna saperlo patire e che i soldi rovinano la gente.

Ma all'Agabio, il padre di Mafalda, non piaceva star lì a cinquantarla, e con malizia ribatteva a don Franco che in America la gente mangiava carne tutto il giorno, dalle nostre parti invece solo polenta-e-latte o latte-e-polenta tanto per cambiare. E la sarà anche vera che i dané fan dannare, ma quando mancano fan disperare, orcalòca: non si può passare la vita a aspettare l'anno del più e il mese del mai. Questo diceva l'Agabio, leccando la cartina della sigaretta e chiudendone i capi, pesando le parole: «Bisogna andarsene, è l'uovo di Colombo, se è poi vero che sia stato quel tale a trovare il trucco...». Gli aveva preso una gran fretta, ché ventilavano l'idea di un processo per certe morti poco chiare avvenute a ridosso del 25 aprile; e più volte era passato davanti a casa un tizio su una grossa motocicletta a fare un gesto come se portasse la mano a una pistola...

Doveva essere stata la paura a spingere suo padre a chiedere l'autorizzazione per l'espatrio. Ma ufficialmente il motivo era quello di dare una prospettiva migliore alla sua famiglia, per cui anche adesso, quando Mafalda si lamentava, sopà si metteva a gridare: «Ohé, balenga, ti è uscita dalla mente la fame che pativamo? Guarda quello che hai nel piatto, roba che in Italia neppure te lo sognavi. Non si sputa nel piatto dove si mangia!».

Certo che Mafalda se la ricordava la fame... Eppure sentiva le parole dell'Agabio come un inganno: nonostante tutto, la ragazza era sicura che in Italia era meglio: che, se fossero rimasti là a casa, somàma Pasqualina non si sarebbe sciupata di dolore per dover abbandonare il posto dove era nata e cresciuta; e la Mafalda si sarebbe sposata col Giovanni Delle Piane, sistemata bene, come si diceva al paese... insomma, tutto sarebbe stato diverso. Ché oltretutto, quando si nasce poveri, ripeteva sempre sonòna Mentina, che senso ha cambiare? se piove davanti piove anche di dietro.

Ma gli uomini sono egoisti, pensava Mafalda, non capiscono l'angoscia di noi donne quando ci tocca sbassare la testa e uniformarci alle loro decisioni. Ci passano sopra come dei carri armati. Parlano con tono di comando, e i loro discorsi è come se avessero spigoli taglienti. Ché io cerco di tenergli testa a mepà, certe sere che torna ubriaco dal circolo della Casa de Italia e trova da borbottare perché la radio accesa consuma troppa corrente. Piàntala, gli dico, mùccala, la mia voce è un ringhio di risentimento, Papà falla finita una buona volta, guardati, guarda che razza di bastardo sei diventato, un ringhio di disprezzo e rabbia e odio per la sua bocca che sa di vino e per i suoi occhi rossi e per la noia delle sue bestemmie, Papà non dovevi portarci via dal paese, Papà hai rovinato la vita prima alla mamma e poi a me.

Questo succedeva ogni sera. E alla fine, quando sopà si dirigeva barcollando verso la camera da letto e chiudeva la porta, Mafalda andava nel suo stanzino e accendeva la radio a tutto volume così da non sentire nemmeno le sue stesse urla.

"Mondi diversi, Teresa. Certi legami, quando si spezzano, ti diventano spasmo nelle viscere."

Per il Paolo, la Clara e l'Antonietta era più facile: loro erano piccoli, non si rendevano conto di quello che era successo. Anche se Paolo forse qualcosa intuiva, a volte era un po' malinconico: chiaro che non si possono nascondere certe cose quando si vive in pochi metri quadri... Comunque era un ragazzino, si era già abituato al nuovo ambiente, come del resto le bambine: parlavano spagnolo meglio del dialetto. Avrebbero dimenticato, perché non avevano fatto in tempo a affezionarsi all'Italia. Mafalda, invece, il suo paese ce l'aveva nel cuore, anche se la casa era una miseria e la terra una brancata di pietre; ma almeno, laggiù, sopra il lago d'Orta, gli anni duravano di più, procedendo dritti un giorno dopo l'altro, non scorrevano in un vortice così veloce come adesso. In questo paese estraneo Mafalda si sentiva insicura, spogliata di una identità che fin da piccola aveva creduto inalienabilmente sua. "Come ridevo della zia Filomena quando diceva che suo figlio stava in America, ma non sapeva quale. Mi divertivo a mandarla in confusione dicendole: Ma non sai che di Americhe ce ne sono due?... Ché a quell'epoca io sapevo da che parte del mondo stavo, e ogni cosa nella vita era al suo posto."

Sua cugina Teresa a volte la trascinava con sé a passeggiare per il parque di Palermo. Aveva mille curiosità sull'Italia e le piaceva ascoltarla raccontare della guerra, dei rastrellamenti dei tedeschi, dei partigiani alla macchia. Non era mai stanca di sentirla parlare in dialetto: le diceva che solo sua nonna Catterina sapeva usare quelle cadenze-lì. E allora Mafalda si buttava a contare la sua infanzia, il vino con le castagne, il pellegrinaggio alla Madonna nera di Oropa, i miracoli della Morta di Agrano; e la Teresa si metteva a ridere: «Ma è una storia uguale a quella della Difunta Correa!». Piccoli momenti di calma, ma dopo qualche ora, al ritorno, appena varcava il portone del casamento dove abitava, Mafalda si sentiva piombare addosso la vertigine della solitudine e del disgusto.

Questo, comunque, era successo tanto tempo prima; da quando l'avevano dimessa dall'ospedale, Mafalda usciva solo per andare alla stireria oppure al porto.

Si alzò dal tavolo, andò al catino a lavarsi le mani sporche dell'untume blu della matita, giocherellò col pezzetto di sapone. Nello specchietto rettangolare appeso al muro, il suo sottile naso curvo si perdeva nella scurità che stava invadendo la stanza. Avvitò la bombilla per accendere la luce e sotto l'insopportabile lampadina apparvero le lentiggini sulle guance. Guardò il tubetto di medicine, lo rovesciò con una manata rabbiosa: non avrebbe più preso quello schifo di pastiglie. Sbuffò al suo viso smunto da bambina cresciuta troppo in fretta, pensando che veniva sempre più somigliando a somà, a quella fotografia – forse l'unica – che le avevano scattato il giorno delle nozze. Sul giornaletto della Boca che aveva pubblicato la notizia della sua morte, però non c'erano foto, solo un trafiletto di poche righe: "Italiana di trentotto anni muore nel porto scivolando...". Mafalda conosceva a memoria il pezzo, ne conservava la pagina ingiallita nel suo quaderno: "... scivolando per una tragica fatalità". Tutte balle, somà era triste e stanca di vivere. Negli ultimi tempi era fuori di testa; Mafalda se ne accorgeva da come si guardava attorno con lo sguardo appannato, come se in certi momenti si sentisse un'estranea, e chiedeva: «Dov'è la nonna Mentina?». Così erano andate le cose.

Una sera, somà era venuta nella stanza di Mafalda, si era seduta sulla sponda del letto della figlia che, ormai di sette mesi, si era fatta molto pesante, con le caviglie spaventosamente gonfie; senza dire niente, solo respirando a fatica, ma lei sapeva già, sì che sapeva, cosa intendeva fare. Poi era uscita, sempre in silenzio... Ché Mafalda ancor adesso si tormentava di non aver capito che quello era un addio.

"Addii, partenze: come detesto queste parole. Il giorno che ce ne andammo dal paese, la nonna Mentina riscaldava sulla stufa il caffè di cicoria; fuori, il camioncino con i bauli già caricati ci aspettava per portarci a Genova, mia mamma con la faccia grigia, la piega delle labbra le tremava, e la nonna guardando il muro diceva: È meglio che adesso andiate, la strada l'é longa."

Il mattino dopo, alle otto, avevano suonato alla porta, insistendo. Ché Mafalda si era stupita che sua madre non andasse a aprire; e pensando si trattasse di uno di quei rompiscatole che vanno di porta in porta a vendere cianfrusaglie, non si era neppure alzata dal letto. Poi però, visto che il campanello non la smetteva e le bambine strillavano, aveva ciabattato malvolentieri fino all'ingresso, pronta a dire: La mamma non c'è, non abbiamo bisogno di niente... Alla porta c'era una guardia a annunciarle che al porto avevano ripescato una donna che dai documenti risultava chiamarsi Pasqualina Cardini in Cerutti.

La veglia funebre di sua madre l'avevan fatta in fretta e furia, ché i morti d'acqua sono tutti di un gonfiore bisénfio; la benda intorno al mento della Pasqualina non riusciva a chiuderle la mascella.

Prima sua mamma; quattordici mesi dopo, Juan: tutti e due stesi sul tavolo dell'obitorio, con gli occhi sbarrati quasi a chieder scusa dei lineamenti sfigurati.

"Povero Juanito... Colpa della vestina lunga che l'ha fatto inciampare e tirarsi addosso la pentola d'acqua bollente. O delle bambine che giocavano a rincorrersi in cucina e gli han dato uno spintone; e lui che appena si reggeva in piedi aggrappato alle sedie... O colpa mia che ci avevo la testa da un'altra parte e stavo dando lo sbianchetto alle scarpe della festa." Risentì il tonfo e l'urlo delle sorelle nell'altra stanza, un ah! enorme di spavento, terribilmente intenso, mentre a lei il cuore cominciava a battere alla pazzeresca dandole, ancor prima di affacciarsi alla porta della cucina, la certezza che fosse accaduto qualcosa al bambino... "Com'è potuta succedere la disgrazia? Un minuto di disattenzione. Un minuto solo. Perché mi tocca pagarlo così? Dimmelo tu, Teresa." Torcendosi le mani, Mafalda non riusciva a darsi pace.

Quell'inutile corsa all'ospedale. "Te la ricordi, Teresa, la febbre di Juan, quella fiamma che gli cresceva sottopelle, in gola, quel bruciarsi del corpo lento lento, quella fronte che scottava?... Perché è capitato proprio al mio bambino?"

"Da quando mi hanno dimessa, provo disgusto di tutto. Come si fa a vivere con questo senso di orrore così totale? Si può, cara Teresa, si può. Sentendo ovunque la morte." Mafalda posò la matita, sorpresa dalle sue stesse parole, e chiuse gli occhi.

Spesso, quando sopà era al circolo e le sorelline dormivano, la ragazza traversava una dopo l'altra le stanze di casa, si infilava nel povero silenzio della fotografia di somà in posa sulla credenza, vicino all'immaginetta della Madonna di Oropa. Infine si fermava davanti a quella che era stata la camera dei suoi; ora ci dormivano sopà e il Paolo. Apriva pian piano la porta, guardava il profilo del fratellino addormentato e pensava a quante ne doveva aver viste quel letto: le rabbie egoiste di sopà, lo strazio di somà, distesi per anni fianco a fianco, mutandoni di lana contro camicione di flanella, senza intendersi mai. Ché l'Agabio si sarebbe fatto tagliare un dito piuttosto che dar retta a una donna: «Sposa che piange e cavallo che suda, fals come Giuda», ripeteva sempre. Ché la Pasqualina ne aveva fatta una pelle: chiedendo sempre "compermesso" come una bambina, annuendo col capo quando lui le gridava che ci aveva la testa in pattarö, spaccandosi la cannetta della schiena dal tanto lavoro; mai una mezza giornata di riposo, neanche il dì dello sposalizio; ché – lei lo contava sempre – finito il pranzo di nozze aveva dovuto togliersi in fretta il vestito nero della cerimonia e correre in stalla a mungere la vacca.

Davanti alla foto di somà sposa novella, Mafalda ci piangeva delle volte. "... ché, se io son figlia di qualcuno, vengo da lei, non certo da mepà."

Mafalda accese la radio per ascoltare qualche canzone; si mise alla finestra con gli occhi sulle luci lontane del ponte di Avellaneda. Non capiva bene tutte le parole, ma la musica la consolava un po', ché i tanghi sembravano contare una pena somigliante alla sua.

Una campana suonò la mezza di un'ora indefinita – come corre il tempo – quasi a invitarla a ricordare tutto quello che aveva perduto: Giovanni, Juan, Giovanni, Juan, finché a forza di ripetere quei nomi tra sé Mafalda si calmò un poco... "Giovanni Delle Piane, che ci parlavamo fin da quando eravamo bambini; e in chiesa, profittando del fatto che mia mamma chiudeva gli occhi quando pregava, mi voltavo a guardarlo, ché stava nell'altra navata, tra le file degli uomini. L'ultimo autunno ci faceva piacere girulare lilòn-lilàn per i boschi, cercando un posticino per stare un po' da soli. Ma non credere, Teresa, che ci prendessimo poi delle libertà sconvenienti, ché la troppa confidenza la fa perder la riverenza, per cui detto buongiorno-buonasera parlavamo subito del tempo e della salute: se la canta la merla semm föra dall'inverna, la scarlattina o l'ammazza o la rovina... Si parlava per proverbi, limitandoci a sorriderci, con quella mollezza che intanto ci sentivamo dentro... Lui diceva: Forse un giorno o l'altro vado a lavorare con mio fratello sul bastimento, si guadagna bene e si gira il mondo; poi quand'avrò fatto un po' di soldi, torno e metto su casa... Parole così, tanto per dire: ché io non sapevo ancora che mio padre aveva nella testa l'idea di portarci qui in Argentina."

Solo nel suo stanzino Mafalda poteva sfogarsi. Ci si chiudeva proprio per questo: per tirar fuori dal cassetto i giocattoli di Juanito, per baciare la sua fotografia, ricordare la testa ricciolina, le manine così bianche e magre, la corsia d'ospedale che sapeva di disinfettante, il gracchiare triste che fanno i bambini quando stanno male. Oppure per odiare sopà.

Quanto allo sconosciuto che l'aveva messa incinta una sera, prendendola in un angolo buio del cortile per la miseria di uno sfogo di calore o di pazzia, Mafalda non provava un odio simile. Solo disgusto misto a spavento.

"Si può vivere indefinitamente così? La notte sento mia mamma piangere, chiamarmi... ma non posso rispondere perché, se lo facessi, cosa potrei dire se non che sto diventando matta come lei prima di me. Mi sveglio di colpo, sentendomi soffocare, col cuore che scalcia in gola. Ah, se memà fosse ancora viva. Ché da noi si dice: la mamma è 'na cuèrta di lana.
"Oppure sogno un'acqua scura e pastosa in cui vado a fondo lentamente."

Nelle foto del suo cassetto c'era tutto il passato da cui era stata esiliata: la casa dei nonni, la gatta Biancona, la cerca dei mirtilli sotto la cascata, il granoturco appeso al ballatoio, le gerle piene di castagne. Un paese in cui l'uomo che veniva da più lontano era il postino che saliva da Omegna in bicicletta e Domineddio aveva la faccia di un vecchio che davanti al camino raccontava favole... Un paese dove nessuno poteva sentirsi solo e la morte arrivava accompagnata dal chierichetto che suonava il campanello dell'Olio Santo alle spalle di don Franco. E poi, le canzoni di somà, il suono del dialetto, la risata gorgogliante di Giovanni Delle Piane, la debolezza della nonna Mentina che finiva sempre per contare di come il suo povero Dionisio fosse morto capitombolando in un burrone...
Prese in mano il libro di preghiere della Pasqualina, lo sfogliò lentamente: "Per ottenere qualche grazia speciale", "Per chiedere la santa Perseveranza", "Per ottenere una buona morte"... Un'immaginetta con il crocefisso e la scritta: Padre, perché mi hai abbandonato?... Anche somà a un certo punto evidentemente si era trovata sola e aveva urlato, mossa dalla stessa disperazione.
L'Agabio diceva che la moglie era stata una che i problemi se li andava a cercare col lanternino; e che la Mafal-

da era sulla strada per diventare la copia della madre. Non riusciva proprio a capire la disperazione della figlia di fronte alla morte di Juanito. Una sera era arrivato perfino a dirle: «Quel bambino, diciamola intera, è stato uno sbaglio, un incidente... Adesso è morto, e in fondo è meglio così: sei giovane, hai tutte le possibilità per rifarti una vita, no?». A sentirgli dire 'ste cose, Mafalda per tutta risposta aveva dato fuori di matto. Erano accorsi i vicini, l'avevano portata allo Psichiatrico. Due mesi d'inferno tra la puzza dei disinfettanti, le urla dei malati legati, gli insulti degli infermieri, gli sguardi vuoti delle vecchie rinchiuse da chissà quanto, lo schifo del vitto, l'orrore della cura elettrica.

Due mesi durati un'eternità. Ora però ne era fuori e tutto, apparentemente, sembrava tornato normale: dei parenti le avevano trovato un lavoro da stiratrice, suo padre si faceva vedere in casa raramente, le medicine le toglievano ogni voglia...

"Cara Teresa, sono già cinque mesi che sono fuori, ma non sono più la stessa. Oggi al porto ho pensato a cosa potrebbe provare una persona che cadesse in quella piccola striscia d'acqua sporca e oleosa, fra la pietra lustra del molo e la chiglia rugginita degli scafi, dove il mare ribolle dei motori alla partenza... Capisci, è il mio Juanito a tirarmi, è mia madre a tirarmi: mi vogliono con loro. Intendi?

"È quello che farò."

Teresa Roveda (1930-   )
Sempre grigio
La Plata, 1978

> *Chiudimi la finestra*
> *che il sole brucia*
> *la sua lenta chiocciola di sonno,*
> *non vedi che vengo da un paese*
> *che è fatto d'oblio, sempre grigio.*
>
> CÁTULO CASTILLO, *La última curda*

In genere, le ore che seguivano l'alba del giorno festivo erano le più tranquille, in strada non c'era quasi nessuno: gli ultimi nottambuli con gli occhi incatramati di sogni, qualche vecchio che non riusciva a dormire, delle beghine per la prima messa; persino i rintocchi delle campane avevano l'aria di essere un sussurro che invitava a prolungare il sonno. Ma quella mattina era l'ultimo giorno del Mundial e la città di La Plata covava l'attesa della partita con estrema tensione.

Perciò, quando verso le otto Teresa uscì a portar fuori il suo bastardino, per le vie del centro non trovò la solita atmosfera sonnolenta. Gli spazzini stavano completando il lavoro straordinario di pulizia delle strade, tirando a lustro anche il più nascosto angolino di marciapiede: era proprio un giorno speciale e, per chi se ne fosse eventualmente dimenticato, dietro le serrande abbassate le vetrine sfoggiavano bandiere, coroncine di fiori di carta, grandi cuori di cartone con la scritta propiziatoria: Argentina campeón del mundo! Incrociò un uomo di mezz'età, anche lui a spasso col cane, un barboncino grigio che inalberava un gran fiocco biancazzurro sopra il collare; l'uomo strizzò l'occhio a Teresa e, toccandosi il cappello, le lanciò una frase di auguri. Fu il primo di una lunga serie, ché ogni persona che da lì in poi le si fece incontro aveva sulla bocca l'espressione: "Crepino gli Olandesi" e naturalmente si aspettava che lei rispondesse con un sorriso complice.

All'angolo della spianata davanti alla cattedrale erano ferme tre camionette della polizia. Istintivamente Teresa provò la voglia di girare alla larga e tornare sui suoi passi; ma il cane fremeva tirando il guinzaglio, perché la passeggiata domenicale sempre si concludeva con una corsa per questi giardini: qualche volta Teresa si sedeva su una panchina a leggere un libro, dopo aver sganciato il collare di Marù, lasciandolo libero di scorrazzare per una decina di minuti.

Le venne improvvisamente il dubbio di non avere con sé i documenti; si chiese se non li avesse per caso dimenticati sul tavolo della cucina, insieme al pacchetto di sigarette. Le costò fatica reprimere il desiderio di infilare la mano nella tasca del giaccone per controllare. Meglio non compiere gesti che potessero attrarre l'attenzione. Accidenti, se almeno avesse avuto da fumare. Si raccomandò la calma. Non perdere la testa. E poi perché avrebbero dovuto fermare proprio lei? E di che potevano accusarla? non aveva mica fatto niente... E con questo? Anche contro Josef K. non c'era nessuna accusa, tranne quella di essere colpevole... Davvero un bel pensiero consolatorio.

Sfilò lentamente davanti alle tre camionette, intravide il profilo degli uomini della pattuglia, quel grugno feroce che chissà da quando era il loro volto; indovinò le loro armi alla cintola, la mitraglietta posata a terra ai piedi dell'autista. Si impose l'andatura più naturale possibile, ma con la coda dell'occhio spiava dalla parte opposta della piazza un altro gruppo di camionette. Vallo a sapere cosa cavolo ci fosse da sorvegliare in questi giardinetti: nemici della patria che alle otto del mattino scambiavano messaggi in codice con i cani a passeggio? Sembrava la scena di uno dei fumetti di Oesterheld, coi marziani in agguato.

Tesissima, imboccò una laterale della piazza fingendo di guardare con estremo interesse le bandiere esposte nelle vetrine; e intanto si frugò affannosamente le tasche, appurando con spavento che oltre alle sigarette aveva dimenticato sul serio il portafogli coi documenti. Col cuore che dava colpi alle tempie, concentrò tutta l'attenzione su un rumore di stivali che si avvicinavano alle sue spalle; ma i due militari la sorpassarono voltando l'angolo. Non era lei la persona che cercavano.

Quando l'ascensore giunse al quinto piano, la testa era così nelle nuvole che Teresa si era perfino scordata di preparare in anticipo la chiave dell'appartamento. Perciò perse un po' di tempo per cercarla, sgridando nel contempo Marù perché non smetteva di abbaiare al gatto della señora Carozzi, che da dietro la porta accanto, avendo sentito odore di cane, soffiava di rabbia.

Una volta dentro, la prima cosa che fece fu cercare le sigarette: le aveva lasciate vicino al telefono insieme al portafogli. Solo dopo averne accesa una e tirato una lunga boccata, Teresa si tolse il giaccone, appendendolo con un gesto stracco all'attaccapanni. Nonostante la giornata fredda, si sentiva sudata. In cucina tolse dal frigorifero una bottiglia di birra e se ne versò un bicchiere, lasciandosi cadere sul divano: l'aveva proprio scampata bella.

Anche questa volta è andata, si disse, carezzando la testa di Marù che le si era accucciato ai piedi. Non passava giorno senza che le capitasse di vedere uomini e donne fermati per strada dalle pattuglie, spinti verso il muro con le mani in alto, le gambe aperte per la perquisizione. Ché oramai in Argentina si viveva con la vertigine del terrore di essere stati segnati su una lista nera. Chissà forse proprio adesso qualcuno stava prendendo nota del suo nome, primo passo para un procedimiento che l'avrebbe portata in prigione o a la muerte... Teresa non faceva nessuna fatica a immaginarlo: aveva assistito più volte, impotente, a quello che succedeva a parenti, conoscenti e vicini, scomparsi da un giorno all'altro; sentendo di notte un correre sulle scale, col cuore in gola, chiedendosi se per caso non stessero venendo per lei e per Emilio; udendo con sollievo spaventoso che i colpi venivano battuti a un'altra porta; spiando dalla finestra un Ford Falcon che se ne andava portandosi via qualcun altro, un qualsiasi Josef K. che non aveva fatto niente di male.

Dalla parete le sorrise una serie di foto che Emilio aveva scattato al mare, un paio d'anni prima. Un'eternità prima, a punta Lara, con Giordano e Corazón sulla riva del Río; e la piccola Malena davanti a una enorme coppa di gelato al dulce de leche... Chissà se Cora e la bambina erano in salvo? Malena, che aveva cinque anni... Di che cosa poteva essere considerata colpevole una bambina? La gente che di notte andava a compiere sequestri sapeva il valore del sorriso di una bambina?

Ebbe la tentazione di telefonare a suo padre dall'altra parte della città, per dirgli che oggi non se la sentiva di andare a trovarlo, ma poi si diede della cretina. Non era successo niente di così importante da farle cambiare il suo programma domenicale, per cui avrebbe fatto proprio tutto come al solito. Sarebbe andata da lui con l'autobus, avrebbero pranzato insieme, e di pomeriggio avrebbe dato una sistemata alla casa: il Felice, anche se godeva ottima salute, era ormai troppo anziano, non ce la faceva a star dietro ai lavoretti più faticosi; durante la settimana si occupava di lui la señora Rosa, che abitava nello stesso quartiere, ma durante il fine settimana era sempre Teresa a accudirlo.

Doveva andare. Che cosa ci resta, quando si affonda en medio de toda esta mierda, se non le abitudini? Tanto più che con Emilio era rimasta d'accordo che lei avrebbe continuato la solita vita, senza mutare la routine a meno che non fosse necessario.

Rimise la giacca. Aperta la borsetta, tirò fuori un pettine e si diede una sistemata ai capelli. Notò qualche sbavatura di rossetto – se n'era messa un'ombra appena – attorno alle labbra. Si abbassò sul ripiano del telefono per dare un bacio alla foto di Emilio; prese in mano il portafotografia, come se cercasse qualche particolare in quell'immagine che conosceva a memoria. Quella di un assente è la peggiore di tutte le presenze... Fissò intensamente gli occhi azzurri di lui, che le restituirono uno sguardo amoroso e fermo. Se a Emilio fosse successo qualcosa, oddio, se non fosse riuscito a mettersi in salvo, lei non sarebbe mai stata capace di guardare qualcuno così. Mai più.

Era per questo che un'ora prima aveva evitato lo sguardo degli estranei? Cosa aveva avuto paura di vedere sul viso di quei poliziotti?... Che faccia avevano quelli della Gestapo? Da quale particolare del volto si poteva dedurre di aver di fronte un torturatore o un assassino? Si diceva che i più feroci cekisti fossero gente di elevata cultura, di buone letture... Teresa viveva nell'incubo che un giorno o l'altro – andando a far la spesa, portando a spasso il cane, attendendo alla fermata dell'autobus; insomma compiendo una delle solite stupide cose – l'avrebbero fermata. Solo una cosa non riusciva a immaginare: la faccia di chi l'avrebbe arrestata, chi le avrebbe dato il primo manrovescio facendole sanguinare il naso, chi avrebbe accostato alla sua carne la picana.

Sull'autobus viaggiavano pochissime persone. Col cagnolino in braccio si sistemò in una delle ultime file; si legò stretto il foulard sotto il mento perché sul soffitto era aperta una botola da cui entrava uno spiffero d'aria infernale.

Per tutto il viaggio tentò di concentrarsi su una lista di lavori da sbrigare in casa. Per esempio, doveva sistemare il tavolo di lavoro di Emilio: c'erano centinaia di disegni che traboccavano dai ripiani. Aveva tentato di farlo nei giorni precedenti ma si sentiva svuotata. Sperò che Emilio le mandasse al più presto notizie: non ne poteva più di quel silenzio che durava ormai da più di due settimane.

Alla solita fermata, Teresa scese e si affrettò verso la casa paterna che stava in un quartiere della periferia, con i viali alberati e i marciapiedi di piastrelle. Quando giunse, suo padre non c'era. Doveva essere nell'orto dei vicini, perché di là dal muro si sentiva la sua voce. Lo chiamò, affacciandosi al cancelletto che separava le due villette; la señora Hertz le offrì un caffè appena levato dal fuoco. Il padre prese il guinzaglio di Marù e le disse che avrebbe fatto quattro passi col cane.

Per un'oretta, mentre il Felice era fuori, cercò di tenersi occupata in lavoretti casalinghi che la señora Rosa le aveva lasciato: staccò le tende per metterle a lavare nel pomeriggio, riassettò il letto di papà, ripromettendosi di pulire più tardi i vetri della portafinestra che dava sul balconcino del primo piano. Nella casa adiacente erano in corso dei lavori di ristrutturazione che sollevavano molta polvere. Non ancora completato, lo scheletro del nuovo garage faceva una strana impressione a guardarlo dall'alto; soprattutto di domenica, quando i lavori erano fermi. Sopra i pilastri appena colati avevano teso alcuni fogli di plastica che sussultavano ogni volta che il vento vi si infiltrava sotto, gonfiandoli con un lungo fruscio.

Alla fine sentì con sollievo sbattere il cancello: era suo padre che rientrava. Gli chiese cosa desiderasse per pranzo. Dopo aver messo a bollire le patate, le venne voglia di chiamare sua cugina Dulce per invitarla a fare una chiacchierata nel pomeriggio, dato che di parlare di Cora e della bambina per telefono non si fidava. Tra l'altro Dulce era l'unica persona con cui Teresa se la sarebbe sentita di accennare a quanto era successo a Emilio.

Però, quando Teresa alzò la cornetta, s'accorse che l'apparecchio emetteva uno strano ronzio e non prendeva la linea. Controllò i fili, riprovò: silenzio. Buttò giù il telefono con un gesto di rabbia. Si vede che oggi non è proprio giornata, sospirò.

Accesa un'altra sigaretta, entrò in quello che era stato il suo studiolo finché non era andata a vivere con Emilio. Indugiò un momento sulla porta, guardandosi intorno, poi spalancò le persiane: a Teresa piaceva molto la luce di quest'ora, dava alla stanza l'aspetto delle domeniche di un tempo quando venivano a trovarla i suoi studenti; e si rideva, si parlava di libri, di politica, dell'Europa. Da parecchio tempo nessuno si faceva vivo: tutti convenendo tacitamente che le riunioni non si dovessero più svolgere, ché la paura di incontrare qualcuno sottoposto a indagine, e quindi di restare compromessi, oramai agiva come un forte blocco psicologico. Tantopiù che molti dei conoscenti di Teresa erano stati arrestati, finiti nessuno sapeva dove... Emilio però non era mica stato arrestato. Emilio si era messo sicuramente in salvo. Loro due avevano parlato tante di quelle volte di una simile eventualità... Era vero che da un paio di settimane non dava più notizie, ma...

Le sembrò fosse passata un'eternità da quelle domeniche tranquille in cui avevano cantato insieme, chiacchierato, riso; le restavano nella memoria immagini isolate, parole sparse. Come se la sua vita con Emilio fosse un vaso andato in frantumi e ora si vivesse nel buio, in una notte dalla logica stravolta, tra pareti scoscese e passaggi pericolosi. Strano quanto poco ci voglia per cadere dal Paradiso all'Inferno. Antes y después, prima e dopo. In mezzo una data: 24 marzo 1976. La vita traversata dalla spaccatura di quel giorno.

Dalla finestra aperta entrava la voce del televisore a tutto volume per suo padre che con gli anni era diventato tremendamente sordo. Inutile chiedergli di abbassare, non l'avrebbe neppure sentita. Una trasmissione carica di falsità mielate, un clima da pacem in terris...

Ricordò la maledetta notte di due anni prima, quando più o meno alle tre la televisione si era messa a trasmettere una marcia militare, e Emilio che stava disegnando era venuto a svegliarla, accendendo la radio sul comodino. «Ascolta! È terribile, hay golpe de estado» e una voce anonima stava in effetti annunciando il comunicato numero uno: «El país se encontra bajo el control operacional de la Junta de Comandantes Generales: Videla, Massera, Agosti». «Terra, acqua e aria: siamo a posto» disse Emilio... E poi la mattinata seguente, colectivos bloccati e perquisiti; il portiere del Colegio di Teresa le raccontò in seguito che aveva dovuto fermare qualche ragazzo sul portone: «A casa, ché oggi non c'è lezione. Via! Via!»; migliaia di camionette della polizia sembravano essersi materializzate a ogni esquina, il vento pareva ancora più freddo del solito, il cielo cupo.

Dopo quel giorno, la vita era sprofondata nell'orrore: la Storia rimettendo in scena un copione già visto, in cui qualcuno suggeriva che i morti "qualcosa dovevano pur aver fatto" per essersi meritati la tortura o un colpo alla nuca, e qualcun altro accettava la spiegazione. Todo era tan viejo...

La famiglia di Teresa era stata sicuramente aperta alle idee democratiche; era sua madre che, provenendo da una famiglia asturiana di tendenza socialista, aveva spinto suo marito Felice a staccarsi dall'ambiente fascista della Sociedad Italiana. Teresa aveva ben presenti le notizie dello sciopero nelle Asturias e dell'inizio della guerra di Spagna: quel che la radio diceva veniva commentato in famiglia da sguardi angosciati. Guernica, Teruel, la Pasionaria, el Ebro, la battaglia di Barcelona: gli echi della tragedia europea avevano accompagnato Teresa bambina facendole scoprire, a casa e a scuola, due verità contrapposte. Ma da che parte fosse il torto e da quale la ragione, per Teresa era sempre stato chiaro: l'aveva succhiato col latte materno l'antifascismo. E quando, anni dopo, era andata con sua cugina Dulce a vedere la película *Por quién doblan las campanas*, si era subito innamorata di Gary Cooper: nella sua mente di adolescente consolidandosi per siempre la romantica idea che gli eroi non potessero che essere simpatici e fascinosi.

Aveva letto delle atrocità di quella guerra sui giornali, ma a raccontare i maggiori orrori erano soprattutto le lettere che sua madre riceveva dai parenti in Spagna: Teresa la vedeva diventare triste a leggere certe notizie, in cucina si faceva un silenzio di tomba finché suo zio Eutimio sbottava in un sonoro: «Hijos de puta!». Conservava ancora quelle lettere: piene di sottintesi, le buste vistate dalla censura, certe frasi nascoste da una grossa riga nera o tagliate da finestrine fatte con le forbici.

Passò la mano sul dorso dei volumi dei fumetti di Emilio, che aveva fatto rilegare. Ne aprì uno, *L'Eternauta*; lo sfogliò lentamente, trasalendo davanti alle immagini di quella Buenos Aires sfigurata: la scena iniziale in cui il protagonista, Juan Salvo, gioca una sera a carte con gli amici, senza accorgersi che intorno la città muore sotto una nevicata mortifera... Anche del suo sceneggiatore, Oesterheld, non si sapeva più nulla; come pure delle sue figlie e del nipotino di cinque anni... Sospirò pensando che per certi libri ci si poteva anche trovare compromessi, coi tempi che correvano. «Perfino raccontare storie è diventato un reato», diceva spesso Emilio. «La nostra generazione è quella degli ultimi dei mohicanos.» Ma perché? A scuola non le avevano forse messo in mano i libri di Sarmiento, con la frase sottolineata: *las ideas no se matan*?

Contemplò con pena gli scaffali stracolmi di libri fino al soffitto: li aveva raccolti in tanti anni, letti, annotati e prestati ai suoi studenti con la speranza di trasmettere loro la passione della lettura. Perché un libro era vita, amore, libertà di immaginare. Così era stato per Teresa, fin da piccola, con i libri di casa: Dickens, Hawthorne, La Valle Inclán, Hugo. E poi con quelli scelti da lei stessa: Beckett, Joyce, Faulkner, ma in primo luogo Kafka: "Certo" rispose l'usciere "sono imputati, tutti quelli che vedi qui sono accusati". "Davvero?" disse K. "Allora sono miei colleghi, compañeros míos..."

Prese da uno dei ripiani più alti un tomo di un certo peso, *El Quijote*, in una vecchia edizione appartenuta a sua madre: con fogli ingialliti, quasi marroncini ai bordi. Ricordò l'emozione di quando, non sapendo ancora leggere, ne sfogliava le pagine semplicemente per guardare le incisioni. Eccole qui le prime immagini che l'avevano fatta sognare: il matto hidalgo sul cavallo più magro del mondo, e poi il grasso Pancho montato su un asino che doveva fare una gran fatica per sopportarne il peso, i molinos a viento su cui Teresa fantasticava spesso perché non ne aveva mai visto uno, le osterie che sembravano castelli. Quando si ammalava e era costretta a stare a letto per qualche giorno, aveva il permesso di sfogliare i libri di casa; il più affascinante era *La Divina Comedia*, il cui testo ogni tre quattro pagine era inframmezzato da illustrazioni suggestive: c'era sempre un personaggio dal naso adunco, con una lunga palandrana che gli arrivava ai piedi e una corona di foglie a incorniciargli il cappuccio; e poi, foreste di piante mostruose, laghi di fiamme, fiumi di acque nere e spesse. Ma soprattutto uomini e donne che si torcevano nudi sotto le torture inflitte da diavoloni dall'espressione malvagia. La monotonia spaventosa delle immagini era per certi versi sconcertante, ma la piccola Teresa non si stancava mai di sfogliare quelle pagine scricchiolanti che le mettevano una strana paura. Le avevano detto che il libro veniva dall'Italia, la terra della nonna Catterina; e per molto tempo la bambina era rimasta nella convinzione che l'Italia avesse quell'aspetto infernale e che tutti i suoi abitanti fossero nudi – i cattivi – o con la testa cinta di alloro – i buoni.

I libri che sua madre le leggeva in cucina la sera erano invece di tutt'altro tenore: los tres mosqueteros con la perfida Milady, il tulipano nero, l'abate Farías e il conte di Montecristo, il piccolo scrivano fiorentino... Forse era diventata professoressa proprio per l'ansia di apprendere che sua madre le aveva istillato. C'è così tanto da imparare a questo mondo, le ripeteva sempre.

Ricordò il giorno in cui aveva portato per la prima volta Emilio qui a casa, a conoscere suo padre: le disse che mai aveva visto tanti libri di letteratura e storia ammassati in una sola stanza.

«Mi piace leggere» aveva ribattuto Teresa sorridendo.

«Y vos leíste todo esto?» chiese lui incredulo.

«Più o meno.»

«Yo no podría nunca, non ce la farei mica.»

Però questa era una balla, perché Emilio leggeva anche lui tantissimo. Certo, in massima parte si trattava di libri che avevano a che fare con il suo lavoro di disegnatore di fumetti: il suo studio traboccava di volumi di disegno, di riviste e giornali stranieri.

Appeso alla parete stava un ingrandimento fotografico: uno dei primi regali di Emilio. Si trattava dell'immagine di un velorio funebre dai melanconici toni azzurrini; lui doveva averla scattata negli anni Cinquanta nel nord dell'Argentina, per poi lavorarci sopra traendone spunto per i suoi disegni.

Anche a Teresa, da piccola, era capitato di assistere a un velorio in una fattoria isolata. Per un "angelito", una bambina. Erano venuti in tanti e nel patio, tra i ceri accesi, le sorelle della morticina passavano da un ospite all'altro offrendo assaggi di asado e bicchieri di vino. In un angolo dei payadores suonavano canzoni per la piccola salma vestita di bianco:

Cuando se muere la carne,
el alma busca su sitio...

Veramente la canzone che adesso le veniva in mente era di Violeta Parra, ma quella che Teresa aveva ascoltato al velorio doveva avere cadenze simili. Nessuno piangeva, le aveva spiegato sua madre, perché i piccoli morti vanno consolati, mica intristiti. Teresa – quanti anni aveva? sette? otto? – non sapeva staccare gli occhi dalle mani della bambina morta, atteggiate a preghiera: le avevano legate con un nastro verde per mantenerle in quel gesto e sulle spalle le avevano poggiato due alucce di cartone colorate di rosa. Il visino cereo era stato ravvivato sulle guance da un po' di rossetto; gli occhietti chiari tenuti spalancati da due sottili stecchini che sollevavano le palpebre, perché vedesse bene la via per l'altro mondo.

Squillò il telefono. Ah, allora aveva ripreso a funzionare.
Era Dulce. No, oggi non poteva proprio venire, forse tra qualche giorno... Con tono volutamente indifferente la cugina le spiegò che il suo telefono per tutta notte aveva suonato in continuazione, senza che dall'altra parte qualcuno rispondesse. Alla fine Dulce non ce l'aveva fatta più e aveva staccato il ricevitore.
Questa paura ci sta rendendo tutti pazzi, pensò Teresa. Ma come si era arrivati a credere che la vita quotidiana fatta di piccole abitudini rassicuranti potesse finire di colpo e per sempre? Sembrava incredibile, ma era proprio quel che stava succedendo: suonava el timbre del telefono e si restava a fissare l'apparecchio senza muoversi, senza osare alzare la cornetta...
Quando Dulce accennò a Cora, Teresa la interruppe dicendole che anche l'apparecchio di suo padre da qualche ora faceva i capricci. La cugina si bloccò subito, avendo percepito una nota di preoccupazione nelle parole di Teresa. Le promise, comunque, di farsi viva, più tardi.

Alla tele non si parlava che dell'imminente partita tra Argentina e Olanda. Sullo schermo sfilarono le immagini dello stadio, l'elenco dei giocatori, i commenti del direttore tecnico César Luis Menotti; poi una carrellata dell'avenida de Mayo, turisti italiani all'uscita del Café Tortoni, con l'intervistatrice che chiedeva loro pronostici e quelli rispondevano che sì, senz'altro, avrebbero tifato per l'Argentina, e nel contempo ostentavano la coccarda biancazzurra all'occhiello; infine, sfaccendati in Lavalle, alzando le dita a V in segno di vittoria. Inquadrature spaesanti di una città in festa, come se questo fosse il migliore dei mondi possibili, quando invece da tempo un normalissimo gruppetto di più di tre persone in un caffè era guardato con sospetto. La voce del commentatore televisivo ripeteva che questa era la Coppa della Pace, la telecamera zoomava sul menù del Palacio de la Papa Frita bordato dalle foto dei calciatori e, di seguito, su pattuglie di soldati sorridenti. Quella tranquillità artefatta fece venire in mente a Teresa la scena iniziale del fumetto che aveva sfogliato un'ora prima, le immagini irrespirabili e persecutorie dell'Eternauta, con lo stadio del River trasformato in simbolo di morte: davvero Oesterheld era stato profeta.

Certo che la gente ha una capacità davvero incredibile di dimenticare i problemi, di trasformare la dittatura in una festa, pensò Teresa. Ma forse era sempre stato così: morti che prendevano le sembianze di angelitos, cadaveri mutati in saponette, croci travestite da svastiche... Per esempio, i campi di concentramento tedeschi: non è che la gente non sapesse – i rastrellamenti, i treni blindati che partivano, le persone che non tornavano più – ma è che nessuno voleva sapere; ché, anche messa di fronte alle prove, la gente ancora non era disposta a credere quello che non poteva essere negato... Lo stesso stava accadendo in Argentina nel totale silenzio in cui si consumava questa guerra sporca; che forse, proprio per l'assoluto tacere dei media, era ancora più terribile di tutte le guerre viste in precedenza, sebbene la tortura e la "soluzione finale" dello sterminio degli oppositori non fossero una novità... I treni blindati semplicemente sostituiti dagli aerei in volo sul Río de la Plata.

Oddio, che pensieri tremendi le venivano oggi.

Si accorse di stare parlando a mezza voce a Marù che mugolava per la fame. Tirò fuori dal frigorifero del riso e della carne, ne riscaldò un piatto per il cane. Per lei e papà era pronta un'insalata di patate e formaggio molle; comunque, non sentiva molta fame.

Chiacchierarono poco; suo padre perdendosi nei pronostici alla prossima partita eppoi nelle solite frasi fatte: che sicuramente lui l'altro anno non ci sarebbe stato più, che anche Teresa l'avrebbe capita presto o tardi cosa significasse invecchiare... Non fece caso a quello che il Felice diceva, era un'abitudine di suo padre mugugnare. Eppure, quando era andata a vivere con Emilio in centro, lui non si era mostrato del tutto scontento: dopo che lei aveva dato le dimissioni dal Colegio Nacional tre anni prima per avere la possibilità di seguire meglio il lavoro di Emilio nel suo studio di Buenos Aires, ventilando perfino la possibilità di trasferirsi nella capitale, suo padre le aveva messo per qualche tempo il muso, ma non era durato molto; in fondo, si trovava bene da solo, e la señora Rosa, che si occupava dei piccoli lavori domestici, era una donna efficiente e comprensiva delle sue piccole manie di vecchio. D'altra parte Teresa veniva da lui il fine settimana, restando perfino a dormire quando Emilio era assente per lavoro.

Del fatto che il suo compagno si fosse allontanato da casa da due settimane e non ne avesse più notizie, però, non osò parlargli: gli aveva raccontato che era andato a un convegno di disegnatori, quanto bastò perché il padre cominciasse a insistere che Teresa si trasferisse provvisoriamente da lui, perlomeno finché Emilio non fosse stato di ritorno.

«E perché?» chiese Teresa, accendendosi una sigaretta e fingendo di stare al gioco.

«Cos'hai da fare di tanto urgente in quella casa in centro? Stai un po' qui, mi fai compagnia... Qué vas a hacer? laggiù, tutta sola in quel palazzone in cui non si può parlare con nessuno. Al quinto piano per giunta... Anche il cane starebbe meglio qui: c'è spazio, c'è verde, c'è aria più pulita.»

«Non so. Forse mi esercito a diventare una vecchietta solitaria, di quelle isteriche che vivono con le finestre sempre tappate...»

«Ahah...» suo padre scrollò la testa e rise, poi prese a sfogliare il giornale. Dopo il caffè, salì nella sua camera per la siesta, come faceva da anni: partita o no, il riposo era sacro.

Guardò suo padre salire le scale. La vecchiaia è una cosa terribile, le diceva il Felice di tanto in tanto; ma di solito non si lamentava in tono lagnoso. Oggi però c'era qualcosa di diverso nell'aria: anche suo padre probabilmente avvertiva che Teresa era tesa, ma mestamente non sapeva cosa fare. Le venne un brivido: non la spaventava mica il morire di vecchiaia, anche se l'infermità fisica sarebbe stata sicuramente un problema. Quello di cui aveva paura Teresa era la morte violenta, la sorte toccata a certi suoi amici; soprattutto alcuni aspetti della tortura, con l'annientamento del proprio sé, dei propri ricordi... Mejor no pensar.

Anche Teresa aveva bisogno di stendersi; di non stare più a rimuginare sui controlli di polizia, sul fatto che quella gente conoscesse ogni suo movimento, che sapesse perfino che adesso lei era in casa di suo padre. Si tolse le scarpe e si sdraiò sul divano tirandosi addosso un plaid. La pungeva un vago malessere, quasi un bisogno di rendiconti, di ripensare alle sue giornate da sola nell'appartamento del centro, al quinto piano: grandi pulizie di casa, un disco ogni tanto, il cane per assorbire le tristezze, i libri divorati per assecondare il procedere del tempo, la cena solitaria davanti alla tele; e poi la sera a letto presto, senza nessuno da aspettare... Probabilmente Teresa avrebbe finito per accettare la proposta del padre. Che restava a fare in quella casa vuota? Sentì che Marù le veniva vicino e si sdraiava ai suoi piedi. Poco a poco si rilassò, abbandonandosi a una specie di sonno. Da qualche parte giungeva il rumore di una persiana sbattuta dal vento.

Le parve di essere in un caffè insieme a molta gente festante, con Corazón e Dulce, lo zio Eutimio e sua madre. Musica allegra, caffè con facturas appena sfornate. I volti le si confondevano intorno. Finché non compariva Emilio. Erano al mare, su una spiaggia. Emilio girava all'improvviso verso di lei il viso con un'espressione spaurita e interrogante, gli occhi enormemente spalancati per uno stecchino che ne sosteneva le palpebre. Diceva qualcosa riguardo a mostri, polipi dai lunghi tentacoli, che vivevano nascosti su quella spiaggia: comparivano all'improvviso, afferravano qualcuno a caso e lo portavano via... D'un tratto Emilio si metteva a ridere, vedendo che Teresa si era spaventata per davvero, si toglieva gli stecchini dagli occhi... «Ma dài!» le diceva «non capivi che stavo scherzando? Non esistono mostri simili. C'è niente di cui aver paura. Nada» e cominciava a baciarla con foga.

Sempre faceva di questi sogni di un mondo all'incontrario dove il tempo era all'indietro, dove conosceva l'amore vissuto e non solo quello ricordato, dove le fotografie alle pareti sorridevano e lei era, come diceva Emilio, bellissima. Strano mondo, se per incontrare le persone amate bisogna mettersi a dormire...

Rumori. L'abbaiare di Marù. Tutto d'un tratto le parve di essere la Bella Durmiente: come se tutto il suo regno addormentato si scuotesse l'immobilità di dosso, animandosi; le palpebre aprendosi incerte dopo secoli e secoli di sonno greve.

A svegliarla del tutto fu il boato di un'esplosione sorda. Le ci volle un po' per capire che l'Argentina aveva fatto goal. Evidentemente la televisione in cucina era rimasta accesa. Sentì che nelle villette vicine la gente urlava, intravide dalla portafinestra un agitarsi di bandiere al balcone di una casa dirimpetto; qualcuno doveva perfino essersi messo a battere su una pentola. Disturbati da quel chiasso insolito, dei piccioni svolazzarono inquieti, sbattendo goffamente le ali. Nella casa dei vicini risuonò l'inno nazionale, eseguito alla pianola elettrica da uno dei ragazzini.

Il telefono ancora non funzionava. Teresa fu tentata di affacciarsi nel cortile a domandare alla moglie del vicino se anche il suo apparecchio non prendeva la linea. Ma non osò disturbare l'ascolto della partita. Sentendosi combattuta anche da un oscuro sentimento di timore: la signora Hertz non le era mai stata eccessivamente simpatica, come tutti i tedeschi. Questa insofferenza di Teresa nasceva sicuramente da alcuni anni della sua giovinezza passati nel sud come maestra elementare: con l'ultima ondata migratoria dopo la seconda guerra mondiale, certe zone si erano riempite di una quantità di gente dai capelli biondi e dagli occhi azzurri, che faceva gruppo a sé parlando tedesco e mangiando würstel con pane nero; ostentando in un gelido sorriso la propria differenza europea, senza il minimo sforzo di integrarsi...

D'improvviso Kempes segnò il secondo goal argentino e la via tornò a risuonare in un'ondata festosa.

Lo squillo del telefono. Oh, finalmente... Dall'altro capo una voce sconosciuta si mise a parlare di Cora. Teresa rimase per un momento interdetta: non fece in tempo a comprendere bene, perché l'uomo parlava molto velocemente e subito la comunicazione si interruppe.

Fissò pensierosa l'apparecchio. Infine posò la cornetta e andò in cucina a prepararsi un mate. C'era qualcosa di strano. Che qualcuno parlasse di Cora a lei, era una faccenda incomprensibile. Corazón, insieme con Regalada Majna, Silvia Caretta, Laura Diodati e tante altre, faceva parte del gruppo di studenti che un tempo si riunivano il pomeriggio della domenica da lei. Dal poco che aveva saputo da sua madre Dulce, Cora aveva cercato di scappare con la bambina, via Brasile, per poi raggiungere l'Italia. C'era un giro di persone fidate che facevano capo a un funzionario del consolato italiano; un'organizzazione clandestina che portava la gente al di là del confine. A loro si era rivolto anche Emilio che si sentiva minacciato, e quelli gli avevano risposto che si poteva fare, che si tenesse pronto. Lui e Teresa ne avevano parlato a lungo, era sicuramente una decisione da prendere: le circostanze non facevano prevedere nessun miglioramento e molti amici che non si erano mai risolti a partire erano stati arrestati. Certo, andarsene era una decisione tanto difficile da prendere: le cose intorno sembravano innocenti, gli autobus arrivavano puntuali alle solite fermate, i giornali parlavano del Mundial; insomma, la vita all'apparenza scorreva normale. Ché uno si chiedeva: perché dovrebbe toccare proprio a me? Così si andava avanti un giorno dopo l'altro; anche se, dubitando che l'innocenza potesse bastare, si bruciavano lettere, disegni, vecchi ritagli di giornale conservati nei cassetti, e la notte si rimaneva svegli tremando appena si sentiva un motore avvicinarsi, riprendendo a respirare quando il veicolo si allontanava. Il più delle volte si decideva di restare perché inchiodati dalle responsabilità familiari – un genitore anziano, un bambino in arrivo, un amore appena iniziato – ma soprattutto dall'incredulità che davvero qualcuno potesse ritenere pericolosi uno studente liceale, una madre di famiglia, una ex professoressa, un disegnatore di fumetti.

Un mattino era arrivata la telefonata. Era presto, Emilio in bagno si faceva la barba. Uno di quei mattini di luce così chiara che non si sarebbe mai riusciti a credere che tutto potesse finire all'improvviso y para siempre. Teresa stava preparando il caffè, al terzo squillo aveva alzato la cornetta. «Emilio» aveva chiamato, sforzandosi di mantenere un tono di voce normale «è per te.» Aveva capito subito che era arrivata l'ora di separarsi.

L'aveva accompagnato fino alla fermata dell'autobus, come se fosse un giorno normale; lui con la solita valigetta da lavoro fingendo di recarsi all'ufficio di Buenos Aires, lei col carrellino della spesa per andare al supermercato. Non si abbracciarono quando l'autobus arrivò, perché avrebbe dato nell'occhio... Erano passati diciotto giorni, lui aveva promesso di farle avere sue notizie appena fosse stato al sicuro, ma non si era ancora fatto vivo.

Teresa credeva, voleva credere, sperava che la mancanza di telefonate fosse soltanto un eccesso di prudenza... Certo, non avere notizie di Emilio la faceva star male, ma si imponeva di restare calma: era disposta a tutto, purché lui fosse vivo al di là del confine. Come Cora... A proposito di Cora, di chi era la voce di poco prima? Cosa significava quella telefonata?

Erano tempi di sospetti: la gente veniva prelevata da uomini col passamontagna calato sul viso e spariva; e, oltretutto, visto che gli avvocati che si occupavano dell'habeas corpus davanti al magistrato cominciavano anch'essi a fare la stessa fine, era sempre più difficile presentare denunce. Anche di Silvia Caretta non c'erano più notizie, qualcuno l'aveva vista all'ESMA, il che voleva dire che non sarebbe più tornata. Di Laura Diodati la polizia aveva fatto sapere che era morta in uno scontro a fuoco con un gruppo di terroristi. Laura, che era la tranquillità in persona... Magdalena Scalise invece l'avevano vista tutti, stesa sull'asfalto, falciata da un mitra: si era trovata per fatalità in casa di amici assistendo dalla finestra all'arrivo di una squadra di uomini mascherati che aveva invaso una villetta vicina; presa dal terrore, se ne era uscita urlando e mettendosi a correre... E forse la sua morte non era stata la peggiore: chi finiva nel campo di La Perla o all'ESMA...

A questo Teresa stava pensando, quando di nuovo il telefono squillò; si avvicinò esitando all'apparecchio.

Sollevò il ricevitore: «Pronto?».

Silenzio. Poi dall'altro capo del filo una voce maschile disse che avevano trovato Emilio morto nel río.

«Impossibile! Lui è...», le parole le scapparono di bocca, solo dopo averle pronunciate Teresa si accorse della propria imprudenza.

«Perché impossibile?» chiese la voce.

«Scusi, ma chi parla?» solo adesso le era venuto in mente di chiederlo. Il sentire che l'altro riagganciava, la gelò.

Sedette sul divano, mortalmente stanca; si sforzò di ricostruire la telefonata in tutti i suoi particolari: quello che aveva detto l'uomo, quello che lei aveva risposto. Si era forse lasciata scappare qualcosa di importante? Oh Signore, fate che Emilio sia riuscito già a raggiungere il Brasile. La preghiera le uscì di bocca come un sospiro: da quanto tempo non pregava?

Si accorse che la partita era finita: arrivavano fin dentro la cucina le urla di giubilo e il clamore di migliaia di clacson. Le strade in centro dovevano essere già intasate di montagne di papelitos, scesi a nuvole dalle finestre.

Suo padre si era alzato, uscì in garage a trafficare: da anni il suo passatempo preferito era costruire modellini di palazzi famosi, utilizzando ritagli di compensato: del suo bel passato di ebanista gli era rimasta quella passione del legno, del lavorare con le mani. Ora era alle prese con la torre di Pisa.

Teresa si sentiva angustiata. Fu tentata di chiamare Dulce, per sentire almeno una voce amica. Si trattenne. Meglio non commettere altre sciocchezze. Andò a prepararsi un gin tonic, chiedendosi cosa dovesse fare. Uscire sulla via insieme ai vicini che facevano baldoria, immergersi nella fratellanza rassicurante della folla in festa? Non era roba per lei. E se la polizia fosse venuta qui a cercarla? In un lampo si immaginò le sberle, i calci, le voci insultanti – parla, puttana, dove si trova Emilio? dove sta nascosta Cora? chi li ha aiutati a fuggire? –, la casa buttata all'aria, le minacce, i libri sparsi a terra, lo spavento di suo padre... Ma perché avrebbero dovuto arrestarla? Per cercare cosa? Lei non possedeva nulla oltre ai libri, lei non aveva fatto niente... E allora? Forse che gli altri, gli arrestati i morti i desaparecidos, erano colpevoli di qualcosa?

Per un attimo si sentì nei panni di Laura che aveva solo diciannove anni, era una pianista promettente, con una voce da soprano leggero; finché un camioncino qualunque, con una vistosa pubblicità di una massaia sorridente sulla fiancata, posteggiò davanti a casa sua. La piccola Laura amante della poesia; così delicata di salute e piena di precauzioni da quando era rimasta incinta. Scomparsa, lei e il suo bambino.

O di sua cugina Fabiana, sequestrata allo stesso modo a ventidue anni; ché, un mese dopo, il suo nome fu pubblicato in una lista di dieci morti su un quotidiano locale: "Muertos en un enfrentamiento", diceva il titolo citando una fonte dell'esercito, ma sua madre, quando all'obitorio le presentarono il cadavere per il riconoscimento, si rese subito conto che la figlia era stata sottoposta a torture.

Oppure Giordano Caretta, il marito di Corazón, violoncellista, ventisei anni. O Miguel Pisoni, sedici anni, tirato giù a forza da un colectivo, mentre andava a scuola. Paolo Cerutti, quarantun anni, pittore affermato... Sentendosi una delle tante persone che in questi mesi avevano guardato con occhi d'orrore la normalità di La Plata; una dei tanti, chicas y chicos, che nella notte del 16 settembre del '76 erano stati fatti sparire, colpevoli di aver protestato per l'abolizione del tesserino di riduzione per studenti sugli autobus; desaparecidos: Horacio Ungaro, Daniel Rasero, Francisco Muntaner, Maria Claudia Falcone, Victor Triviño, Claudio de Acha, Maria Claudia Ciccioni... innocenti che sul furgoncino che li portava via sentivano per l'ultima volta i rumori di una città dove si erano sempre creduti a casa.

Come Josef K. che non aveva fatto niente di male.

Sarebbero venuti anche per lei; magari l'avrebbero fatta aspettare ancora un po' per prolungarle il supplizio dell'attesa. Non sapeva cosa fare, quella sensazione la turbò: non era mai stata un tipo indeciso. Quanto tempo era rimasta lì seduta alla scrivania? Non s'era resa conto che fuori già era buio. Chiamò: «Papà», non rispose nessuno. Lo trovò seduto nel patio, che carezzava la testa di Marù. Lo abbracciò, sentiva il bisogno di un corpo vicino.

Dopo cena il Felice si appisolò in poltrona, davanti alla televisione. Teresa controllò i catenacci della porta. Aveva deciso che si sarebbe fermata da suo padre per qualche giorno: le avrebbe fatto bene avere vicino almeno lui.

Nella sua stanza di ragazza si sdraiò vestita sopra il letto, senza neppure togliere il copriletto a fiori. Terrorizzata all'idea di essere rimasta sola: non sentire più il tepore amoroso del corpo di Emilio; non potere parlare a nessuno di come il paesaggio fosse mutato, ché dove prima c'era il suo mondo rimaneva solo un abisso di silenzio, una traccia di sangue, due righe su un giornale.

All'improvviso, di nuovo, il telefono. Lo lasciò squillare, senza osare sollevare il ricevitore. Qualcuno insisteva. Marù rizzò le orecchie, allarmato. Alla terza ripresa, Teresa decise di staccare la spina. Cuando se muere la carne, quando muore la carne... Pensò a quante donne come lei in questo momento stessero pensando a un uomo che non tornava. Poter dormire, dimenticare...

Eloisa Ramona Huenchur (1918-1980)
Non c'è addio
Chiloé, 1980

*Niente più. Non c'è addio: ché l'addio
ci faceva male all'inizio, mica alla fine.*

HORACIO FERRER, *Maria de Buenos Aires*

Nel dormiveglia avvertì il gelo della cappa di nebbia sospesa all'alba sopra l'oceano. Non il più piccolo rumore; neanche il fruscio della risacca sui ciottoli della spiaggia. Doveva ricordare a Costante di dare un'occhiata alla stufa. Nella rigida divisione di compiti con cui si regolava la loro vita in comune, spettava a lui occuparsi del riscaldamento della casa.

Tese l'orecchio per sentire se l'uomo si fosse già messo a trafficare coi suoi attrezzi sul retro della cucina, ma la casa era in bocca al silenzio. Solo a questo punto, all'improvviso, Eloisa si svegliò totalmente, rendendosi conto con un brivido che Costante non poteva essersi alzato prima di lei, come un tempo era solito fare. Ché lui non c'era più, non sarebbe più tornato.

Allora tremò, di un brivido lunghissimo che andò a trovarle fin il muscolo più nascosto.

Quando rischiarò, la foschia cominciò a squarciarsi mostrando l'acqua della baia di un'immobilità tale che pareva una laguna e un cielo calmo, immenso. Le cose acquistando volume poco a poco. Dal basso la cagna abbaiò un saluto.

Persa nella strana atmosfera di quella luce incerta, Eloisa ricordò l'alba di un paio di mesi prima, quando Costante se ne era partito. Era passato a prenderlo Juan con la sua lanchita; da lì a Angelmó, e poi Santiago, Mendoza, Buenos Aires, diosadove...

Costante si era fermato sulla scala della loro palafitta come se volesse dirle un'ultima cosa; o lo bloccò forse un piccolo chucao che dalla macchia di rovi sul limitare della foresta lanciò un acuto "huitreu" alla sua sinistra. Indice sicuro di sventura. Il verso dell'uccello comunque non parve spaventarlo; o, almeno, Costante non lo diede a vedere, perché, dopo un istante di esitazione, si affrettò verso la lanchita.

Eloisa dovette lottare con il ricordo del suo uomo che si allontanava giù per il prato, chinandosi per aprire il cancelletto dello steccato. Sentì gli occhi velarsi di lagrime. Mentre si piegava sul braciere per controllare se fosse rimasto qualche pezzo di carbone, le ossa della schiena crocchiarono. D'un tratto prese a piovere e il mondo si riempì di rumori: la foresta crosciava sotto gli scrosci fin nelle radici, la marea montava, i delfini piangevano, presagio di morte. Ma di chi?

"Sei vecchia per scalmanarti in maledizioni" le avevano detto i fondi del caffè nei giorni precedenti. "Mettiti calma, donna; difenditi dal freddo dell'inverno e non pensare più a quel traditore. Alla tua età, l'unica cosa che ti resta da fare è aspettare degnamente la morte"; ma per tale faccenda, pensava Eloisa, c'è sempre tempo, ché oltretutto la morte essendo femmina, ci si sarebbe potute mettere d'accordo quando si fosse affacciata alla porta del suo palafito.

Di nuovo il lamento dei delfini: facevano lo stesso verso il giorno che erano scomparsi i Guaos: avevano preso il mare per inaugurare la loro lanchita nueva, in una calma così profonda che si sentiva un cane abbaiare sull'isola di fronte; eppure quando la foschia si diradò verso mezzogiorno l'imbarcazione era vuota, scomparsi tutti quelli che c'erano a bordo. Come inghiottiti dal nulla. La gente del paese diede la colpa al Caleuche, la nave invisibile che si favoleggiava vagasse nella nebbia portandosi via tutti i malcapitati in cui si imbatteva. Ché a Chiloé, col Pacifico a diretto contatto di estese foreste di sequoie e con la nebbia che in certe ore lingueggiava su ogni cosa, ogni stranezza sembrava possibile e fiorivano leggende per tutti i gusti: da quelle marinare sulle sirene-pincoyas dalla cabellera rossa a quelle boscherecce popolate da nani dagli appetiti insaziabili.

Che umido faceva. Davanti alla stufa accesa Eloisa si alzò il poncho e la gonna sulle cosce scarne, per far penetrare più in fretta il calore nel suo corpo irrigidito dall'aria gelida dell'alba. Tossì, sentiva una grande acidità alla bocca dello stomaco: probabile che la fuga di Costante l'avesse fatta ammalare, perché Eloisa non aveva mai sofferto il freddo, c'era abituata, dato che da sempre aveva vissuto in Patagonia, prima nella Tierra del Fuego, adesso a Chiloé. Sua madre da ragazza era partita coi fratelli proprio da quest'isola, per andare serva in una delle estancias dalle parti di Punta Arenas, presso un allevatore inglese di pecore. E lì Eloisa era nata.

Era l'epoca – i primi decenni del secolo – che lo stretto di Magellano sembrava una appendice dell'impero britannico; e da qui le era venuto il nome di Eloisa, non propriamente patagonico: era stato un irlandese a mettere incinta sua madre e a scegliere di battezzarla in questo modo. A dirla intera, comunque, il nome completo era Eloisa Ramona; e per sua madre, come pure per i compatrioti di Chiloé, lei era Ramona e basta. Costante però, anche in questo, si era dimostrato un bastian contrario: l'aveva chiamata col primo nome fin dall'inizio.

Costante l'aveva conosciuto trent'anni prima; era stata la passione per gli uccelli a farglielo incontrare, proprio qui a Chiloé dove lui era impegnato in un lavoro di rilevamento per conto di una compagnia nordamericana che conduceva ricerche forestali sulla costa. Anche lei nel frattempo da una decina d'anni era venuta a vivere qui sull'isola, dopo aver abbandonato lo stretto di Magellano, spinta dalla nostalgia di vedere la terra dei suoi avi.

Chiloé l'aveva subito affascinata con il suo singolare accostamento di oceano e foreste, e con quel senso di magia che si avvertiva ancora radicato nelle antiche tradizioni perfettamente conservate, mentre nella zona di Punta Arenas, dove Eloisa aveva vissuto fino a allora, il passato non andava oltre le memorie personali della generazione che l'aveva preceduta. Insomma l'isola l'aveva conquistata, per cui si era decisa a rimettere in sesto un palafito appartenuto da sempre alla sua famiglia, sulla costa nordoccidentale.

Essendo una donna sola, mantenersi non era stato facile, ma Eloisa era brava nel lavoro di catturare gli uccelli: sicché venivano da ogni parte, perfino dalla terraferma, a commissionarle certe prede; a volte anche degli stranieri.

Le trappole aveva imparato a costruirle da piccola; Domingo, un vecchio chilote che viveva nell'estancia in cui lavorava sua madre, gliel'aveva insegnato, prendendola spesso con sé, perché lei, magrolina e leggera, riusciva a disporre trappole dove il vecchio non poteva arrivare: per esempio, su certi rami sottili che pareva potessero reggere solo il peso di un uccellino, oppure intrufolandosi sotto l'ammasso di rovi spinosi che ricoprivano il sottobosco delle foreste del sud.

Col tempo era diventata un'esperta: conosceva le abitudini di tutti gli uccelli, sapeva imitarne i versi e, se non li amava, comunque li rispettava, invidiandone soprattutto la capacità di volare che ai suoi occhi costituiva il maggior segno possibile di libertà.

A Chiloé la gente si era ben presto abituata a vederla vagare per i sentieri della foresta, sfangando anche nei giorni di pioggia per andare da una trappola all'altra con la cagna al seguito. Ché il lavoro più delicato di Eloisa consisteva nel togliere dai lacci o dalle panie vischiose gli uccelli che si dibattevano atterriti; fatica non da poco, perché le bestie da immobilizzare a volte erano di grandi dimensioni o incattivite dalla paura, ma Eloisa ci riusciva sempre, parlando loro ora dolcemente ora con tono minaccioso. Poi metteva gli uccelli in un sacco legato stretto, in cui poco a poco per la spossatezza si calmavano. A quel punto il grosso del lavoro era fatto.

Le varie comunità le pagavano un tanto per la cattura di ogni tiuque notturno, un esserino dall'aspetto così innocente e indifeso con le sue piume arruffate color caffè, ma capace di portare col suo piruì, piruì, piruì disgrazie a càntari. Come pure per ogni concón catturato, ché anche questo uccello era temuto come annunciatore di morte.

La donna però poteva procurare anche uccelli utili, come i chirríos o le cotutas che sapevano predire il tempo; oppure i memoriosos: «Ché» spiegava Eloisa ai suoi clienti «se si passa una piuma della loro coda tra le sopracciglia si tiene a mente tutto quel che è necessario». Quelli che comunque le venivano maggiormente richiesti erano gli uccelli che sapevano avvertire col loro verso della presenza di uno stregone nei paraggi; a Chiloé tutti avevano un isterico timore dei brujos, le porte delle abitazioni venivano costruite perfino con cachupae, un legno ritenuto molto efficace contro gli stregoni... Naturale che in un ambiente così tenacemente superstizioso i portafortuna non bastassero mai: perciò Eloisa preparava per gli uccelli della buona sorte una gabbia larga e comoda e andava a istallarla sull'albero che riteneva più appropriato, vicino alla casa che aveva bisogno di protezione. Il traffico le rendeva bene, dato che in cambio riceveva birra, tessuti di lana, agnellini.

Tempi beati quelli, in cui viveva come una regina; ché Eloisa mai aveva sentito la necessità di sposarsi col primo che la guardasse, per non restare zitella.

Tuonò, mentre la pioggia ondava sul tetto. Eloisa mise a bollire un pentolino di latte. In cucina, sulla mensola, c'erano ancora la pipa di Costante, le scatole di tabacco, la radio che amava ascoltare la sera.

La repentinità della sua partenza aveva lasciato ricordi di lui dappertutto. Non c'era stato per Eloisa il tempo di prepararsi, di mettere in ordine. Ma un giorno di questi doveva decidersi a buttare tutta quella roba, far proprio piazza pulita: la presenza vuota di quegli oggetti la faceva star male. La vecchia giacca da lavoro, per esempio, era ancora appesa a un gancio all'ingresso della cucina; e così pure il poncho colorato che lei aveva tessuto per Costante.

Sospirando si sedette su uno sgabello: com'è che Costante aveva cominciato a farle la corte?

All'inizio veniva di domenica, una volta al mese: diceva che amava la caccia agli uccelli, che suo padre in Italia gli aveva trasmesso la passione di impagliarli. A quel tempo Eloisa aveva trentacinque anni: una faccia bruna e larga con zigomi piuttosto sporgenti e naso carnoso. Bella proprio non si sarebbe potuta dire, ma nell'agilità del suo piccolo corpo di mezza india c'era una certa grazia sensuale, da animale selvatico. Lui sembrava pago di stare a ascoltarla, era molto gentile, le portava piccoli regali da Puerto Montt; e, anche se manteneva le distanze senza dar molto di sé, le dimostrava interesse. Eppoi aveva un viso ossuto e delicato, che a Eloisa non dispiaceva, soprattutto quando gli occhi grigi e furbetti si illuminavano di un sorriso.

Così erano passati quattro o cinque anni. Alla fine Costante le aveva fatto la proposta di impiantare insieme un'attività in grande: lei avrebbe procurato gli uccelli, lui li avrebbe imbalsamati. Sosteneva che ne aveva abbastanza del lavoro per i norteamericani.

A quella proposta, che a tutta prima le era parsa piuttosto balzana, Eloisa non disse di no. Si aspettava che un giorno o l'altro lui le offrisse di regolarizzare la loro situazione trasformandola in una convivenza stabile con la benedizione del prete, ma quella proposta di lavoro l'aveva colta di sorpresa, lasciandola con la lingua legata. Certo la lusingava che lui avesse pensato a lei come "socia di affari", ma il fatto era che poco a poco Eloisa si era innamorata di quell'italiano: guardarlo eseguire con meticolosità il lavoro di ricostruzione del piumaggio degli uccelli la riempiva di ammirazione. Comunque era contenta che lui abbandonasse il lavoro per i norteamericanos: quella gente trattava le foreste in così malo modo. Ingratitud de las ingratitudes: piantavano alberi e poi, quando cominciavano a crescere, li tagliavano, solo perché era il momento che il legname saliva di prezzo, per poi ripiantare alberi ma sempre con la cagna intención di tagliarli un'altra volta y otra vez y otra vez...

Così era nata la convivenza con lui. Costante aveva ingrandito il palafito facendone una vera casa e dissodato una lunga striscia di terreno dalla foresta alla baia. E per trent'anni i due avevano condiviso lavoro e letto.

Era stata una vita in comune non senza problemi, dato che nessuno dei due era un giovincello; e, via via che il tempo passava, Eloisa si era rassegnata a non occupare un gran posto nel cuore di Costante. Del resto, ci era voluto poco perché lei si rendesse conto che lui amava soltanto se stesso: era un allegrone, ma gli piaceva tutto superficialmente e, non appena lei cercava di colmare la distanza che sentiva fra loro due, chiedendogli quello che una donna deve esigere dall'uomo che ama, Costante sembrava fare marcia indietro. Non che non gli piacesse far l'amore con lei; ma, finito l'atto, si disinteressava di lei per giorni e giorni.

Invece Eloisa era proprio l'opposto: ché già quando, ancora ragazzina, un uomo l'aveva presa la prima volta, si era resa conto che quel modo di dire tanto in uso, "lui la fece sua", era completamente errato nel suo caso, perché il fare l'amore non la espropriava del suo corpo; anzi, era la situazione in cui maggiormente sentiva la carne appartenerle in modo totale. Sicché le mancava il non poter condividere con lui lo stesso entusiasmo per il letto; gli aveva dato di nascosto infusi di corteccia di latué con raspadura di osso di unicorno, ma non era cambiato granché nel desiderio di lui.

Ricordava che Dulce, la cognata di Buenos Aires, aveva più volte accennato nelle sue lettere ai dissapori con suo marito di cui aveva scoperto i tradimenti: ché il fratello di Costante aveva avuto una figlia da una indianina. Epperò quelle solite frasi che si dicono in questi casi – "gli uomini non si accontentano della solita minestra", oppure "i maschi son cacciatori" – Eloisa non le aveva mai trovate vere; o perlomeno non adatte a tutti gli uomini: sicuramente non appropriate nei confronti di Costante.

No, lui era tutto di un'altra pasta rispetto a suo fratello Felipe: Costante non l'aveva mai tradita, come erano soliti fare i bianchi che lavoravano nell'isola e farfalleggiavano da un'india all'altra, usando mille precauzioni per non contrarre legami di natura in qualche modo permanente, per poi darsi alla fuga se la ragazza restava incinta. No, Costante era incapace di qualsiasi passione nei confronti del sesso femminino; faceva l'amore con Eloisa, sì, ma senza allegria: lo sfogo brutale di un momento, y nada más. A volte a lei veniva addirittura da pensare che Costante sentisse molta più passione per le bestie di quanta ne avesse mai provata con una donna. E, al fin y al cabo, le uniche occasioni in cui Eloisa aveva sofferto gelosia riguardavano tutte gli sguardi e le parole dolci che lui rivolgeva agli uccelli rinchiusi nelle gabbie.

Comunque il loro sodalizio lavorativo aveva marciato a gonfie vele: Costante era proprio un mago nell'imbalsamare, e i tedeschi della costa avevano preso a affidargli molte commissioni. D'altra parte lui non le faceva mancare niente, eppoi a suo modo sapeva anche essere gentile. Però Eloisa ci soffriva quando lo vedeva estraniarsi in un mondo tutto suo, senza badarle. La sera si sedeva a mangiare con una concentrazione che sempre la stupiva: senza dire una parola, solo guardando nel piatto. Soltanto alla fine della cena, quando Eloisa scaldava il caffè, si lasciava andare contro lo schienale della sedia e buttava là, come per caso, qualche breve osservazione sulla giornata appena trascorsa.

Figli non ne erano venuti, e forse era meglio così.

La vasta cucina dava su una larga veranda sostenuta su palafitte. Finalmente spioveva. Fattasi sulla porta, Eloisa contemplò in silenzio il mare lambito dalla luce delicata del solicello appena comparso. I boschi e i prati, di un verde molle e lucente, fumavano. Tempo incerto.

La cagna uggiolò sotto la scaletta d'accesso. Eloisa le lanciò dall'alto un tocco di pane secco; poi, fattasi forza, andò nella stanza da lavoro di Costante, che stava sul retro della casa.

Appena entrata, la colpì sgradevolmente l'odore degli escrementi delle bestie in gabbia: da un paio di settimane anche il lavoro le era venuto a noia, non aveva voglia di occuparsene, limitandosi a gettare agli uccelli di tanto in tanto un po' di cibo, per ritornare subito in cucina, senza mai fermarsi a parlare come faceva prima; ché le bestie, soprattutto quando sono in cattività, hanno bisogno piuttosto di attenzioni che di mangiare.

Erano nove adesso gli uccelli in gabbia, degli splendidi esemplari, tra i quali c'era un cormorano nero che Costante chiamava Otelo. Nome meritato perché si trattava di una magnifica bestia a cui mancava solo la parola. E forse chi avesse saputo disporre le orecchie secondo il vento ne avrebbe potuto cogliere il fiato parlante.

Provò odio per quegli uccelli: le ricordavano Costante e il suo abbandono. Aveva sperato che col passare dei giorni il tormento si sarebbe calmato; e invece era il contrario: più il tempo scorreva e più pensava con disperazione al vuoto che l'aspettava; e, se riusciva a distogliere i pensieri dalla cupa prospettiva del futuro, finiva con lo sprofondare nell'angoscia dei ricordi.

Si asciugò col braccio una lagrima che le scendeva sulla guancia. Non era mai stata felice con Costante. C'erano stati periodi, per esempio, in cui si sentiva così trascurata che doveva buttarsi in qualche stupido e gravoso lavoro, come zappare il campo, per allontanare il desiderio di fare qualche sciocchezza... C'erano stati giorni in cui si metteva a spaccare legna. Il gesto dell'accetta che si abbatteva sul ceppo a volte bastava a sfogarla. Lo faceva con rabbia, sentendo i rami urlare. Quanto più vigorosamente eseguiva l'incombenza, tanto più avvertiva la soddisfazione di far qualcosa a pezzi. Ma in altri momenti aveva avuto bisogno di qualcosa di ancora più forte, di provare addirittura il dolore su se stessa; tenendo, per esempio, una mano sopra la fiamma di una candela fino a bruciarsi imprecando.

All'inizio aveva pensato che l'indifferenza di Costante nei confronti del sesso fosse effetto di una qualche stregheria: a Chiloé in casi simili se ne dava la colpa alle fiuras, strane creature dei boschi di solito incattivite per la propria bruttezza di nanerottole, che incontrando frente a frente per strada un uomo bello e vigoroso potevano lanciargli un maleficio capace di togliergli tutte le voglie che normalmente i maschi esibiscono a letto. Eloisa sapeva che, per contrastare questo male, esistevano le antiche ricette magiche della sua gente, la cui competenza in disgrazie aveva accumulato un grande sapere di erbe: rivolgendosi a una machi avrebbe potuto con un filtro magico costringere Costante a amarla. Ma l'idea dell'incantamento rimase per lungo tempo in Eloisa come un desiderio astratto senza trovare uno sbocco di corporea consistenza.

Cercava infatti di essere ragionevole, si diceva che in fondo viveva una situazione materiale invidiabile; a volte, quando lui tornava dal mercato di Puerto Montt con un bel taglio di stoffa, sentiva nel petto il batticuore della gratitudine. Ma era dura rimanere in quel limbo di passioni che lui non voleva condividere.

Andò alla fine da una vecchia medicona che aveva fama di molta sapienza, la quale le consigliò di fare un gran falò con le rame verdi della chaura; «Ché» le spiegò «con i sibili che quella legna emette quando viene bruciata, la fiura si spaventa». Per cui Eloisa era stata tutta la notte a mettere sul fuoco tocchetti di quell'arbusto, a pungerne i pezzi con un lungo ago per farli gemere. Risultati però non ce ne furono: i due continuavano a dormire insieme, ma Eloisa aveva l'impressione che il corpo di lui non le desse calore. La vecchia, dalla quale era tornata per comunicarle l'esito, le spiegò che se il rimedio aveva fallito significava che erano in ballo potenze ben più grandi, che stavano di là dal mare da cui Costante era venuto.

Successe per caso, un mattino d'estate che era andata a raccogliere mariscos, col suo cestino di mechay fiorito, perché i frutti di mare se ne stessero bene al fresco fino al suo ritorno a casa. Non andò proprio sulla spiaggia: ché quella zona lei l'aveva "seminata" in onore delle Sirene, padrone del mare, cospargendola di una mistura di apio silvestre, malva, radici di chau-mán, formaggio e alloro, di modo che in futuro ne venisse una messe più abbondante di vongole e cozze; epperò non era ancora scaduto il tempo rituale di un anno, in cui bisogna lasciar riposare la spiaggia. Ragion per cui Eloisa si limitava a aggirarsi tra gli scogli ai bordi della zona, staccando dalla roccia datteri e chiocciole di mare. Udì venire qualcuno a cavallo, lei era celata da una roccia e il cavaliere non poteva scorgerla. Si accorse che era Costante dal colore della camicia, gialla a quadri blu, che lei stessa gli aveva cucito. Per un attimo era stata tentata di saltar fuori da dietro lo scoglio, lanciando un grido per farsi riconoscere; poi qualcosa le aveva detto di star giù, di tacere. L'uomo era venuto avvicinandosi, guidando il cavallo sulla lunga spiaggia sabbiosa che la bassa marea aveva lasciato sgombra, conducendolo al passo fin sulla riva quasi volesse giocare con le onde.

La baia estaba calmadita, fin troppo; Eloisa taceva spiando, senza capire cosa ci facesse lì il suo uomo, dato che le aveva detto che sarebbe andato a Ancud per un impegno urgentissimo. Cosa cercava? La donna per un attimo si sentì avvampare dalla gelosia, pensando che Costante avesse una tresca con qualche ragazzotta dei dintorni. Vide invece venire dall'altra parte della baia la lanchita di un conoscente: la barca accostò alla spiaggia, Costante smontò da cavallo e i due si misero a camminare sulla riva, fumando sigarette e chiacchierando.

Quello che ascoltò della loro conversazione – si erano seduti nelle vicinanze degli scogli dove lei stava acquattata – le spaccò comunque il cuore: apprese che Costante aveva deciso di tornare in Italia, senza consultarla, che aveva mandato a preparare certi documenti al consolato, che aveva intenzione di vendere i terreni acquistati a Chiloé... Eloisa restò senza fiatare, la fronte gelata. Le girava la testa: era tornata al palafito, piangendo. Ah, allora era questo che stava tramando. Quel fintone. Bugiardo come Giuda. Mostro. Ma lei l'avrebbe tenuto in mala paga...

Attese che Costante, dopo essere rientrato, le comunicasse la sua decisione, ma quella sera lui si comportò come se niente fosse, tanto che Eloisa si chiese se per caso non fosse stato tutto un sogno quello che aveva ascoltato sulla spiaggia. Tutta la notte attese, sicura che all'alba si sarebbe risolto el misterio. Perché l'inganno del proprio uomo siempre es un misterio. Invece niente, passarono i giorni.

Quella conversazione udita di nascosto le si era piantata nell'anima come una spina. Però il destino le venne in aiuto, ché, proprio una settimana dopo, Costante cadde da cavallo, per cui dovette mettersi a letto. Eloisa non stava in sé dalla gioia: immobilizzato, lui era completamente in suo potere. La donna aveva fatto scaldare certe pietruzze in un pentolino, e ne aveva usato il fumo per fargli sudare la gamba; poi gli aveva sistemato con pazienza le ossa fratturate, bien arregladitas.

Idiae! se era felice Eloisa! ché per lei era un'occupazione piacevole darsi da fare intorno a Costante, spalmargli la gamba di chiara d'uovo batida, cambiargli le bende, portargli un bicchierino di pisco, sapendo di averlo tutto per sé, distraendosi nelle chiacchiere dei vicini che venivano a trovare il malato. Se lui era cupo, lei rifioriva, soprattutto quando qualcuno arrivava con la chitarra e si faceva, intorno al letto di Costante, una serata di festa: la musica aveva sempre incantato Eloisa, perché le tirava fuori qualcosa che di solito rimaneva sconosciuto a tutti, compresa lei stessa. Nel canto si liberava delle paure che normalmente celava sotto il sorriso educato, di quel tipo di solitudine che spesso le stringeva il petto come una morsa. Quanto aveva cantato quell'inverno in cui Costante giaceva a letto con la gamba steccata.

Guardò con rabbia le casse degli uccelli e finì col prenderle a calci, furiosamente. Una guauda gracchiò: huac, huac; un piccolissimo chucho le rivolse uno sguardo di rapina rabbioso; il diucón roteava i suoi occhi rossi dando per protesta forti colpi di becco contro la sua gabbia.

Udì che la cagna, di sotto, prendeva a ringhiare sordamente. Bestiaccia! adesso ci si metteva anche lei... Eloisa decise che ne aveva a basta degli uccelli di Costante. Borbottando tra sé male parole, aprì gli sportelli uno dopo l'altro e uscì dal locale. All'esterno, dalla finestra, stette a osservare quel che succedeva: gli uccelli stupiti tiravano fuori il capo, sortivano dalle loro cassette scrutandosi con occhi folgoranti, battendo sul pavimento le pesanti zampe unghiute. La garza cuca era la più spaventata: fu la prima a essere attaccata dagli altri e fatta fuori a beccate e colpi d'artiglio; poi la lotta divenne generale: un viluppo di carne e becchi e penne che si contorcevano in un solo nodo. Le piume volavano per aria, sangue e viscere imbrattavano pavimento, carne ancora viva, becchi rossi. Eloisa fremendo rimase a assistere alla confusione dolorosa di quel massacro, come se si trattasse della punizione di Costante: punendolo, punendosi, sì, sì.

La cagna sembrava intuire cosa stava succedendo sopra la palafitta, nello stanzino di lavoro, e si scalmanava abbaiando. Eloisa la zittì con voce dura di catarro e di rabbia.

L'ultimo uccello rimasto in vita, Otelo, il cormorano nero, zoppicava, visibilmente ferito; un occhio strappato gli pendeva dall'orbita destra. La donna chiuse le imposte, per non vedere più. Agli spargimenti di sangue, perfino di quello umano, Eloisa c'era abituata: all'epoca degli scioperi, quand'era bambina, di sangue indio ne aveva visto scorrere in gran quantità; ché da qui forse le veniva la cupezza che era la nota dominante del suo carattere. Ma ora sentiva inspiegabilmente nausea per quel massacro di uccelli, che pure aveva voluto.

Nella sua stanza si sdraiò per un'oretta. Si sentiva sfinita. Fuori di nuovo pioveva. Il rumore cullante dell'acqua sul tetto. Le parve che i vestiti emettessero dall'armadio un debole fruscio, ma appena percettibile, quasi identico al silenzio. Ci doveva essere una fessura nel soffitto, una goccia scendeva bagnando il pavimento. L'aggressività del freddo sul suo corpo stremato aveva un odore di muffa.

Passarono delle donne sul sentiero in cima al prato. Neanche una si volse verso la sua casa o lanciò un grido di saluto. Nessuno dei vicini aveva fatto domande sulla partenza del Costante dopo tanti anni. Come se tutti avessero saputo da tempo che la storia sarebbe andata a finire così, non c'era bisogno di chiedere o spiegare. Paese di merda, imprecò tra i denti Eloisa pensando alle facce chiuse della sua gente; un paese che non faceva domande se poteva farne a meno e non si stupiva di nulla. Sulla lingua le rimase una voglia intensa di male parole: palabras de hombre, che solo agli uomini stan bene in bocca. Grigia e finita, così si sentì Eloisa: come una vecchia a cui nulla più poteva succedere.

Però una patata caduta mentre la stava mettendo in pentola le annunciò visite. Ma di chi? Da quando Costante era partito non si era fatto più vivo nessuno. Ché una donna abbandonata è come se avesse la peste.

Basta, doveva tirarsi su, reagire.

A volte, negli anni passati, lui aveva accennato al suo desiderio di tornare in Europa, diceva di soffrire di nostalgia.

Lei ribatteva ogni volta: «Guarda che, se tu te ne vai, io ti seguo!».

«Eccome?» rideva lui, sfrontato.

Per tanti mesi, dopo l'incidente a cavallo, non ne aveva parlato più. Poi, quando ormai Eloisa se n'era dimenticata, all'improvvista Costante si era presentato un giorno con la gran notizia: «Torno in Italia, voglio rivedere mia madre»; pareva un po' imbarazzato, come se cercasse scuse. Aggiunse che si era comprato un biglietto per un passaggio in nave, da un porto brasiliano; ché, per ironia della sorte, nonostante tutto il suo amore per gli animali dotati di ali, Costante aveva paura di prendere un aereo.

Eloisa non aveva risposto niente.

Lui forse si era perfino stupito della sua mancanza di reazione. E allora era tornato a spiegarle i motivi della sua decisione; e si scaldava in ripetizioni, s'imbrogliava con lunghe frasi che lasciava in tronco... Può darsi perfino che i primi giorni Costante avesse avuto paura che Eloisa si vendicasse, magari lo avvelenasse con qualche bebida;

perciò si era dilungato a mostrarle che con la vendita di alcuni terreni le avrebbe assicurato un vitalizio, che non doveva preoccuparsi per il futuro, che avrebbe sistemato per bene le cose prima di partire.

Nelle due settimane successive, mentre Costante terminava di imballare la sua roba, la rabbia di Eloisa covava in sordina. I giorni passavano senza che la donna gli rivolgesse la parola; e a un certo punto anche lui smise i suoi goffi tentativi di giustificazione. Erano divisi e oppressi, ciascuno in una tetra confusione.

Prima che lui salisse sulla lanchita su cui il loro amico Juan aveva caricato i bagagli, Eloisa avrebbe voluto parlare, scongiurare che ci ripensasse; ma tacque: non le era rimasta neppure una speranza che potesse farle vibrare il cuore.

La sera, dopo che lui fu partito, la donna si recò da un vero brujo, un vecchio corpulento che viveva in una stamberga su un'isoletta dell'arcipelago. Lo trovò che preparava cena, mescolando sul fuoco un intruglio dall'odore acre. Gli pose sul tavolo un'offerta in denaro e la foto di Costante. Il vecchio le rivolse una faccia fosca, quasi priva di espressione, per cui Eloisa si affrettò a dire: «Voglio fargli yeta: che soffra e che non arrivi dall'altra parte del mare».

Il brujo si grattò il mento. «Gettare una maledizione su un essere umano è faccenda grave» disse cupamente.

«Lo so» rispose secca Eloisa che, sentendosi scrutata con curiosità, si accorse di avvampare sulle guance.

Allora il vecchio si accostò al tavolo, afferrò la fotografia e, stringendo gli occhi, invocò la maledizione su Costante: «Huecuvú, diavolo dell'oceano, puniscilo. Che quest'uomo non arrivi mai dall'altra parte del mare!».

Eloisa vide la fotografia dissolversi in una fiammata e un filo di cenere scorrere tra le dita del brujo, ma le parve sangue nero che gocciava.

«Ricordati della moglie di Lot» disse il vecchio, mentre la donna si rimetteva il cappello di lana prima di uscire a affrontare il vento della sera.

«Come sarebbe a dire?» chiese Eloisa, accigliandosi.

«Una che volle tornare sui propri passi e fu tramutata in sale» ridacchiò il brujo. «Non puoi più cambiare il corso degli eventi: quel che è fatto è fatto.»

Solo allora a Eloisa piombò addosso la coscienza di essere ricorsa per la prima volta nella sua vita a una magia che non veniva da Dio. Uscì nella scurità che era precipitosamente scesa sulla baia, sentendosi come se avesse traversato un bagliore accecante.

Era inquieta. L'opacità ossidata del mare liscio e piatto dava l'impressione che l'universo intero fosse diventato deserto. L'aria sentiva forte di salmastro. Eloisa si riscosse. Dal pantano una cotuta cantò: fillorruiz, fillorruiz, ruiz..., il bel tempo stava tornando. E lei sarebbe andata a seminare patate. Scese la scala del palafito e si diresse verso il terreno che aveva dissodato. La cagna la seguì scodinzolando.

Entrò a piedi nudi nel suo campicello; ai quattro angoli interrò un tubero che aveva trattato con una pasta di ricci di mare e polvere di conchiglie. Stava terminando il giro del campo coi saltelli rituali per snervare la terra, quando all'improvviso si vide comparire davanti il fantasma di Costante, la sua alma en pena, livida e torva. La patata aveva avuto ragione a annunciarle un arrivo inaspettato...

Con un dolore lancinante, Eloisa ebbe la certezza che il suo uomo era morto. Lo seppe con quel saber profundo, sin pensamiento, che le era proprio.

Il cielo velato di un biancore smorto. Messasi a sedere sulla scala del palafito, Eloisa si sentì mancare il fiato all'idea della morte di Costante. Perché se n'era andato via da lei che era la sua costola? Contemplò, come aveva fatto infinite volte nella sua vita, le gaviotas nane. Ce n'erano a migliaia sugli scogli a quell'ora, a guardare l'oceano coi loro grandi occhi tondi, così che la spiaggia sembrava una formicolante massa viva; attendendo l'alta marea per andare a dormire. Come aspettano le anime dei non-più-vivi, perché solo quando la marea monta compare la barca del caronte Tempilcahue che le traghetterà verso l'eterna pace.

Il sordo rancore che l'aveva riempita per tante settimane, ossessionandola, era all'improvviso svaporato.

L'uomo che è nato da donna ha poco da vivere,
e d'una miserabile vita.
Non fa in tempo a crescere,
che subito è falciato come un fiore...

I versi della canzone mapuche dei morti le salirono alle labbra senza che se ne accorgesse.

Soffiava un vento freddo. Eloisa rientrò in cucina, dove però la stufa si era spenta. Si sistemò sulla poltrona di Costante, pianse stringendosi nel poncho colorato del suo uomo – colores y figuras che aveva inventato per lui, contro le male fantasie – e cercò di seppellirsi nel calore della lana e in un sonno di piombo.

La riscosse il silenzio della nebbia. Calcolò che potesse essere medianoche; la commosse la muta bellezza della casa a quell'ora. Non un uccello cantava, non un soffio di vento. Pareva che il mondo fosse in attesa. Bene, era un tempo adatto al passaggio del Caleuche, il barco incantato.

Gli sarebbe andata incontro. Sulla riva avrebbe chiamato con quattro fischi un caballo marino; per ingraziarselo, avrebbe portato con sé un cestino di alghe, in particolar modo luche e cochayuyo di cui quella bestia magica è ghiotta. L'avrebbe pregato di portarla fino alla nave incantata che passa al largo nelle notti di nebbia e raccoglie le anime dei disperati. Giunse le mani in preghiera, come quando era bambina: Signore del cielo, della terra e del mare, se non è destino che io e Costante viviamo insieme, almeno permetti che come difuntita io lo raggiunga nell'aldilà.

Nella tenebra azzurrastra della spiaggia, nel fruscìo della marea che pareva un tremolio di ossa liquide, Eloisa sciolse la lingua e parlò al caballo marino che invisibile galoppava tra le onde. Per i nodi delle sue dita, lo invocò: por los nueve nudillos de los dedos de cada una de su mano.

Poi sparse le alghe in circolo sulla spiaggia. Entrò in mare: l'acqua gelata le sciaguattò nelle scarpe, dandole brividi così profondi da provocarle convulsioni di vomito. Tossiva, provando ribrezzo di quel mare nero e di ciò che stava per fare. Riudì negli orecchi la risata del brujo: "Ricordati della moglie di Lot". Allora strinse i denti e si inoltrò dritta, lentamente, sentendo la carne che si faceva ghiaccio. Provò la sensazione di una silenziosa e attenta presenza nelle tenebre. Qualcuno la stava osservando... Chi? il brujo? l'anima di Costante? O era Dio che aveva lasciato i suoi cieli e invisibile si stava chinando su di lei? Dio aveva avuto pietà della moglie di Lot?

Camminò ancora qualche metro a braccia alzate, rigida, la testa rovesciata all'indietro a guardare il cielo. Mormorando: «Sono qui, Costante, vengo».

Sulla riva restò la cagna che ululava spaurita nel buio.

Nelida Cerutti, poi Fornara (1946-1999)
Il silenzio è la paura
Buenos Aires, 1988

> *La solitudine è la paura*
> *che si tesse tacendo,*
> *il silenzio è la paura*
> *che ammazziamo parlando,*
> *è paura il coraggio*
> *di mettersi a pensare*
> *all'ultimo viaggio...*
>
> ELADIA BLÁSQUEZ,
> *El miedo de vivir*

Se gliene chiedo un altro goccio, non penserà che sono una sfacciata? Guardi, señor Caretta, è stata una giornata proprio piena di emozioni. Prima di tutto, stamattina, con quella matta che gridava per strada la storia di Lot e dei dieci giusti... Allucinante. Un presentimento di lutto, di tragedia. Ma semmai gliela racconto dopo... Poi, oggi pomeriggio, se l'immagina? Ero lì a tirar fuori dai cassetti la roba estiva, per preparare le valigie... sa, andiamo in vacanza a Punta del Este, con i Bagnasco; be', certo lei non li conoscerà: sono amici di vecchia data della famiglia di Gabriel, mio marito... E all'improvviso mi arriva quella telefonata: «Pronto. Sono la Clara» è bastata questa frase per precipitarmi nel panico. Capisce? Mia sorella Clara: un passato che per decenni ho tentato di dimenticare... Non so neppure dove abita la Clara. Deve fare la cameriera in una pensioncina nella zona del Congreso, mi sembra di ricordare.

Allora, le stavo dicendo, tiro su la cornetta e sento: «Pronto, sono la Clara», con una voce così bassa che m'ha stupita. Sa, in fondo, per me la Clara è rimasta sempre la bambinetta che era quando mi hanno portato via da casa. I contatti con la mia famiglia nei primi anni sono continuati, anche se sporadicamente, ma poi li ho troncati del tutto quando mi sono fidanzata. Paolo gliel'avrà ben spiegato, no? quale fosse la nostra situazione dopo che la nostra sorella maggiore andò fuori di testa...

Santiddio, com'è difficile da dire... La negazione del mio passato è stato il prezzo da pagare per entrare a far parte della cerchia di Gabriel Martínez. Perché adesso me ne sto vergognando? A quel tempo, quando mi fidanzai, la rottura mica la sentivo come un peso, tanto più che con la Clara e il Paolo ci avevo vissuto solo pochi anni. Anzi, mi consideravo la più fortunata delle ragazze: sposare un ricco giovanotto di buona famiglia, per giunta con il fascino della divisa, era stato da sempre il massimo dei miei sogni.

Non è mica stato facile venir fuori da quel disastro di situazione che era casa nostra. Paolo ha avuto l'agio di vivere nell'ambiente dell'arte, dove si respira un'altra mentalità, certe cose non contano, la famiglia uno se la può buttare alle spalle quasi con facilità ché i nomi d'invenzione funzionano più di quelli veri. La mia fortuna, invece, è stata quella di essere stata presa in affidamento da una famiglia di lontani cugini che, dopo che la Mafalda si buttò nel fiume, mi portarono via da quella gabbia di matti per occuparsi della mia educazione; ero ancora una bambina, otto anni appena... Via dalla miseria e dalle cinghiate di mio padre... Di sicuro Paolo gliel'avrà raccontato, no? Insomma, così è avvenuto il mio cambiamento di cognome, dato che nei documenti l'apellido di Fornara si è all'inizio affiancato al mio e poi, com'è come non è, da una trascrizione all'altra l'ha completamente sostituito. Come se fossi nata una seconda volta. Senza contare che alle medie mi è praticamente piovuta dal cielo la raccomandazione per entrare in un ottimo collegio, dimodocché m'è toccata in sorte un'educazione che se non era di prim'ordine poco ci mancava; tanto più che in seguito me la sono affinata per conto mio, imparando dalla vicinanza di ragazze che venivano da famiglie danarose. Lingue straniere, pianoforte, e durante le vacanze inviti nelle estancias delle mie compagne di corso... Be', le risparmio i particolari che di sicuro non le interessano. Tanto più che ho l'impressione di stare facendo la figura della cretina, capitata così all'improvviso senza neppure annunciarmi...

Non so bene come comportarmi con quest'uomo che mi osserva con curiosità, mi sta studiando, chissà se gli faccio orrore o pena, gente del suo tipo possiede antenne particolari, dicono.

«Pronto, Antonietta? Sono la Clara»... m'ha detto mia sorella e sono rimasta di sale, ché da tanto di quel tempo nessuno mi chiama così. È perlomeno dall'epoca in cui facevo le mie prime clases de equitación nell'estancia della mia amica Patricia Perrier... Con una cavallina tanto docile che si chiamava Doradilla per il suo colore. Roberto, il fratello di Patricia, la legava con una lunga corda fissata a un palo e mi obbligava a girare in tondo. E io a ubbidire: ben dritta, le briglie impugnate nella sinistra, la destra sulla sella, le ginocchia strette sui fianchi, solo la punta degli stivaletti infilata nelle staffe. Questo me lo ricordo ancora; e che tutto mi girava intorno: la bestia, il prato, gli spettatori. Ché spesso, mentre io e Patricia saltavamo le siepi, venivano a guardarci gli amici di Roberto... Roba da tuffo al cuore per la paura di figuracce: sperando che il trotto risultasse armonioso, che il berretto non mi rotolasse per terra; ma poi – Incrocia le dita, ragazza! – riuscivo sempre a infilare dei salti perfetti.

Perché ci tenevo a farmi notare da quelli che in collegio chiamavamo la "bella gente". Tipi come Gabriel Martínez, che nelle presentazioni faceva sempre un piccolo inchino e mi chiamava: «Señorita Nelida...». Accidenti, sognavo davvero alla grande a quell'epoca.

Vede, señor Caretta, io detestavo il mio nome. Antonietta è così sciatto, ordinario. O perlomeno mi sembrava a quel tempo... Avrei tanto voluto chiamarmi con un nome più moderno: non so, Blanca, oppure Perla o Claire... Così mi sono cambiata il nome in Nelida. Suonava meglio.

Non ce l'avrebbe da offrirmi anche una sigaretta? Sa, sono uscita di casa così di corsa che...

Perché sto così male? È per il disordine di questo appartamento? Per la fine di Paolo?... Oppure è il ricordo di poco fa, quello del mio primo incontro con Gabriel a casa dei Perrier, a avere questo nonsoché di doloroso; anzi, di tremendamente ridicolo? Ché in quei primi tempi, quando Gabriel faceva ancora l'Accademia Militare, i miei rapporti con lui si riducevano al fin y al cabo a noiose passeggiate a cavallo. Solo dopo mesi lui si decise a portarmi alla sua estancia; naturalmente per farmi vedere i suoi purosangue: un allevamento in cui i puledri ricevevano attenzioni che una persona mai si sarebbe sognata... Corse, carriera: solo questo pareva interessare Gabriel. Per il resto un ghiacciolo; eppure questa freddezza di carattere invece di allontanarmi da lui in un certo senso mi attraeva; tanto più che Gabriel allora era davvero bello, i capelli nerissimi, gli occhi chiari, la mascella da macho. Solo le mani erano brutte, corte e tozze; ma anch'esse mi divennero poco a poco familiari e, come ogni suo difetto, dopo un po' finirono per piacermi.

Probabile che a farmi capitolare sia stata quella casa che sfoggiava una ricchezza che mai avevo intravisto, neppure nei sogni... Certo l'etichetta rigida dei pranzi dai suoi era tombale; non era un piacere parteciparvi, ma fui brava a adeguarmi, tutta un sorriso: ché ho sempre avuto intuito e una capacità camaleontesca di adattarmi agli ambienti nuovi. E poi la convivenza con Gabriel mi ha abituato a reagire in modo convenzionale, son cose che non restano senza conseguenza sul carattere, quando si passano anni vicino a un militare...

Mi scusi, señor Caretta, sono sconvolta.

È bella questa stanza, davvero. E quelle tele sul cavalletto sono di Paolo?... Ah, anche lei dipinge. Bene. Voglio dire, deve essere un'esperienza straordinaria... È così interessante la vita di un artista, no?

Mica come la mia, fatta di niente, della noia di serate interminabili passate davanti alla televisione, di sbadigli e di rabbia vicino a un uomo che non condivide con me neanche il minimo pensiero, che non mi dice buonanotte quando spegne la luce o buongiorno quando si sveglia. La tristezza di certe sere di domenica, il giorno più triste della settimana, quando a cena ci diciamo cose con voce estranea, senza parlarci davvero: lui taglia il bife con accanimento, e intanto si lamenta che i figli non sono a tavola. Graciela è andata con la Mabel al cinema, Hernán è a studiare a casa di un suo compagno, tento di spiegargli. E lui a questo punto comincia a blaterare, velenoso: «Sembra che questi figli mi evitino. Ma sono io che porto a casa lo stipendio, io che mantengo i loro capricci, le loro pagliacciate. E allora pretendo, almeno la domenica sera, di sedermi a tavola con quella che dovrebbe essere la mia famiglia!». E io costretta a parlare d'altro, di un invito di Fanny per esempio; per far finta di non aver sentito che ci ha chiamato parassiti...

No, la mia vita non è molto interessante. Due figli: Hernán che ha diciott'anni e Graciela che ne ha sedici. Tutti e due in un'età difficile, sa, cominciano a uscire di casa, e poi non vanno d'accordo col padre. Vede, Gabriel non li sa prendere per il verso giusto: con Graciela trova da dire perché si mette il rossetto, mastica la gomma e ha l'"okay" sempre in bocca. Mi dica lei se è possibile arrabbiarsi per questo!... Ma il peggio è col maschio, dice che è uno smidollato, ogni minima cosa è motivo per un rimprovero. *Ce l'ha con Hernán perché non ha voluto saperne dell'Accademia Militare.* Capace di imporgli, per una sciocchezza, la punizione di trecento flessioni finché le braccia non gli diventano di sasso... E invece è un così buon ragazzo il mio Hernán: si è iscritto a Lettere all'Università. Sa, è un tipo un po' sulle nuvole, come me... In fondo credo di aver sempre passato più tempo a immaginare che a vivere. Gabriel dice che ho la testa piena di fantasticherie, una banderuola che va dove soffia il vento. Lui invece è tutto d'un pezzo: sa sempre cosa vuole, e non cambia mai parere. Di quelli che mai un dubbio. Una roccia.

Come fa una banderuola a essere sposata con una roccia? Non glielo so dire. È successo. Dicono che quando si è innamorati si è ciechi, e forse è vero: l'amore è qualcosa che inganna. Anche se una volta – eravamo proprio sul punto di sposarci – c'è stato un momento che ho avuto nettissima l'impressione di essere sul punto di commettere uno sbaglio.

Osai contraddire Gabriel sulla stanchezza del cavallo che stava montando, e lui andò su tutte le furie, mettendosi a urlare: «Cervello di gallina! Sólo yo entiendo de caballos! Cosa ne vuoi sapere tu? In Italia quell'ubriacone di tuo padre trafficava anche in purosangue?». Ci rimasi di sasso, ma continuai a sorridergli... Mancava una settimana al matrimonio, quando fece un'allusione volgare all'ambiente disgraziato in cui ero nata... e certo Gabriel doveva conoscere ogni particolare della mia vita, figurarsi se non era andato a indagare. Ma che usasse quelle informazioni per mortificarmi, mi diede un brivido... Non so, ebbi come l'intuizione del suo carattere violento, sotto la maschera della freddezza. Averlo visto all'improvviso cambiare faccia – le vene del collo tutte gonfie, gli occhi brillanti di qualcosa che non era solo aggressività, ma vero rancore, voglia autentica di fare del male – per una pequeñeza tanto insignificante, mi fece proprio paura.

Bella e oca, così lui voleva la sua donna; e io mi dovevo conformare al ruolo. Cosa che appunto feci... Per istinto di sopravvivenza? Non so; è che non sono mai stata capace di reagire con fermezza ai suoi attacchi.

Ci fu d'altra parte anche l'intervento della mia amica

Fanny che mi consigliò di passar sopra a quell'episodio: «*Lascia correre: gli uomini bisogna prenderli in un altro modo. Tattica ci vuole*».

«*In certi momenti Gabriel mi fa paura: è di mentalità così ristretta...*»

«*E allora?*»

«*Pretende che io abbassi la testa, non porta rispetto a nessuno che non alzi la voce...*»

«*No te olvides que es hombre; e in più un militare.*»

Insomma, erano già pronte le pubblicazioni, il vestito, i testimoni; e passar sopra all'umiliazione che mi aveva inflitto era comunque la cosa più pratica da fare... E poi io non sono coraggiosa.

Alla fine gli anni passano, i sogni svaniscono; si diventa più chiusi, più soli: i figli cominciano a avere la loro vita... Sa che una volta un pittore mi fece un ritratto? No, non Paolo. Fu prima del matrimonio; regalo di nozze di mio suocero. Lei non ci crederà, ma a quel tempo ero proprio carina. No no, lei è molto gentile, ma io lo so di essere molto cambiata...

Certo che quest'uomo ha degli occhi che... come se sapesse che tra un uomo e una donna non può esistere un legame, fosse pure il più spirituale, se uno dei due non è disposto a "toccare" il corpo dell'altro, a guardarlo con ammirazione. Questo molti uomini, perfino quelli sposati, non lo capiscono; lui invece lo sa, con naturalezza: sa che mi deve guardare, non avere paura di parlare di fascino e luminosità, rendere omaggio con gli occhi a quello che resta della mia bellezza di un tempo, farmi sentire come uno di quei vecchi quadri magari un po' rovinati dall'incuria che però, se sapientemente illuminati, sanno ancora mostrare il tocco dell'artista... E quell'aria con cui misura le parole, così dolce e timida, in contrasto con l'acutezza degli occhi. La grazia delle sue mani... A dieci anni una vicina di casa mi diede lezio-

ni di ballo; una signora svizzera di mezz'età, faceva la commessa in un negozio di dischi ma un tempo, in Europa, era stata ballerina non so in che teatro: spostava il tavolo della cucina e mi mostrava le posizioni dei piedi, si reggeva con una mano alla maniglia della credenza come se si trattasse di una sbarra degli esercizi, io indossavo le mutande lunghe di lana, con la faccia da ragazzina sognante, i capelli legati indietro a coda di cavallo, tutta concentrata a memorizzare la prima posizione, coi due piedi del tutto rivolti verso l'esterno ma su una linea retta, adesso spingi la sinistra in avanti, bene, ripeti un'altra volta ancora, diceva la signora Franzi, senza piegare il ginocchio, brava così, devi tirare fuori la grazia che c'è in te... Eh, se lei mi avesse visto da ragazza.

È incredibile che io sia qui: non solo a parlare di mio fratello con questo sconosciuto, ma anche a chiedermi: Chi era Paolo per me? Non so se anche gli altri che hanno avuto una famiglia sfasciata da piccoli – abbandonati, dati via, adottati... – si sentano a volte così strani come me. Certo che io di queste cose non ho mai parlato a nessuno, men che meno quando ero una ragazza e stavo in collegio... La mia famiglia d'origine è sempre stata per me un argomento doloroso, spiacevole, perfino vergognoso.

La mia vita è stata sempre e solo maschera, molto prima di Gabriel.

Eh sì, si cambia, señor Darwin... Posso chiamarla così? È un nome singolare il suo... Lei ci crede ai presentimenti? Io sì, stamattina me lo sentivo che doveva succedere qualcosa. Glielo stavo dicendo già prima: ero con la Fanny in centro per un aperitivo, stavamo ferme a un semaforo, quando da nonsodove sbuca fuori una donna, una di quelle coi fazzoletti bianchi in testa, che al giovedì sfilano per protesta in plaza de Mayo... Ha alzato la mano chiedendo attenzione, nessuno di noi la guardava, e ha detto: La sapete la storia di Lot? Una volta l'angelo della Giustizia scese nel mondo perché Dio aveva deciso di distruggere una città piena di stronzi fetenti. Così Lot gli andò incontro e lo implorò: Non farlo, per favore, aspetta; se riesco a trovare dieci brave persone, risparmierai la città? L'angelo sospirando rispose che sì, per amore di dieci l'avrebbe lasciata sopravvivere. Allora Lot per precauzione, ché lui conosceva il marcio del posto dove abitava, chiese: E se ne trovo solo tre? L'angelo sospirò nuovamente, ma disse che sì, per amore di tre l'avrebbe risparmiata. Lot di nuovo all'attacco: E se ne trovassi uno solo? L'angelo anche questa volta acconsentì. Ma Lot non riuscì a trovare neppure un giusto in quella città cinica e corrotta... Il semaforo è diventato verde, sono scattata in avanti con un senso di liberazione. Ma alle mie spalle la voce della donna col fazzoletto tuonava: Buenos Aires è il nome di quella città. Neanche uno di voi, non dico dieci o tre, neanche uno che si fermi a ascoltare la storia delle mie due figlie scomparse e a chiedere giustizia per loro... Ci sventolava davanti la foto di due ragazzine, è stato terribile mi creda. Sono tornata a casa con un nervosismo tale... Epperciò, quando al telefono una voce ha detto: «Pronto, sono la Clara, tua sorella» ha aggiunto. «Si tratta di nostro fratello Paolo, che è desaparecido undici anni fa. Mi stai ascoltando, Antonietta?»

Vede, le sembrerà strano, ma io non sapevo con precisione che Paolo fosse... desaparecido. O meglio, lo sapevo nel cuore, me lo sentivo.

Quella notte di undici anni fa, quando Gabriel tornò a casa col viso tirato dalla rabbia, gli occhi proprio da matto. Entrò in camera nostra come una furia, io ero già a dormire; prese a scuotermi e a riempirmi la faccia di sberle. Poi mi si buttò sopra cercando di prendermi a forza. Lottai a morsi e a calci, finché lui tirò fuori dalla tasca la pistola d'ordinanza e cominciò a urlare: «Ti faccio saltare il cervello, lurida cagna! Te e tutta la razza di degenerati da cui provieni. Vi fotto tutti, uno per uno. Vi spacco il culo. Vi tiro fuori tutto il marcio di cui siete fatti...». Non l'avevo mai visto così. Tentavo inutilmente di divincolarmi... Poi Hernán bussò alla nostra porta, spaventato; fu questo che mi salvò, credo. Gabriel tirandosi su i pantaloni andò in bagno, poi uscì da casa. Non scappai, non feci nulla, non avevo neanche la forza di piangere.

Dopo un paio d'ore era di ritorno. Un altro uomo, con gli occhi lucidi di scuse, un mazzo di rose in mano, la voce che implorava: «Perdóname, Nelida... Baciami, perdonami». Mi raccontò che aveva dovuto arrestare mio fratello, che la cosa l'aveva sconvolto, che cercassi di comprenderlo. Una girandola di pensieri oscuri nella mia testa: mio fratello in prigione, la distruzione della mia famiglia che continuava, e soprattutto il viso stravolto di Gabriel che mi accusava: «Tu saresti capace di provare pietà per qualsiasi delinquente, comunista o invertito che fosse».

«Si tratta di mio fratello, Gabriel, come posso rimanere indifferente...»

«Siamo in guerra, Nelida: a questo devi pensare!»

«Ci sono legami che...»

«Ma di che razza di legami parli! Quel marciume di famiglia dove sei nata ti ha corrotta così a fondo che non capisci la differenza tra una persona sana come me e un verme come tuo fratello?»

Avrei voluto ribattergli: "Y vos, qué sabés vos? Che ne sai tu, Gabriel, di cosa ha significato per Paolo venir su in una famiglia di immigrati? Io stessa posso solo immaginarmelo, ché io in quella casa ci sono rimasta ben poco, ma i ricordi che ho sono tremendi...". Lui buttato in ginocchio davanti a me a chiedermi di perdonarlo e io a carezzargli la testa, affondando le dita nella massa morbida dei suoi ricci scuri, lasciandomi intenerire dai suoi baci, trovandogli delle attenuanti – Gabriel non è un bruto, solo che non può compromettersi con la pietà, è l'ambiente in cui lavora che lo rende così duro – "siamo in guerra" me lo ripete sempre, oddio, sono io che devo cambiare se non voglio perdere Gabriel, una moglie deve sempre stare dalla parte del marito, questo fa parte dei miei doveri, guarda cos'è successo quando mia ma-

dre si è ribellata alle scelte di mio padre, è diventata pazza,
perché non dovrei riuscire a vivere come mio marito esige da
me, senza farmi coinvolgere dal passato, da quella storia an-
tica di immigrati italiani che l'Argentina ha fatto impazzire
perché non possedevano istruzione o soldi per difendersi, in-
vece io e Gabriel siamo diversi, in fondo che c'entro io con
mio fratello, quasi non lo conosco, potessi vivere così, in su-
perficie, senza memoria...

«Tu pensi troppo» mi disse Gabriel «y cuando te ponés a
pensar diventi brutta, Nelida, ti vengono le rughe. Le donne
non son fatte per pensare.»

Ma io non ho mai smesso di ricordare gli insulti di quella
notte. Gli erano scappati, disse. E credo che fosse proprio co-
sì: ché lui pensava davvero le cose che aveva detto, cioè che
io venissi da una famiglia di degenerati, ne era sempre stato
convinto, ma fino a quel momento l'aveva tenuto ben na-
scosto: la frase gli era "scappata".

Seppi da mio marito che avevano arrestato Paolo. Di
più non mi volle dire.

E io non indagai. Avevo paura di perdere Gabriel. Fu
allora, però, che cominciai a ripensare alla mia famiglia, ai
miei primi anni, ai racconti di mia sorella Mafalda; e soprattutto a quest'America in cui mio padre aveva creduto
di trovare una terra disposta a dimenticare le colpe, a ricevere con atteggiamento amorevole perdenti venuti da ogni
dove. Per Gabriel è facile, la sua famiglia vive qui da più di
un secolo; lui può calpestare questa terra sentendosi a casa. Per la mia gente è stato diverso: una disperazione, una
fatica, un'esperienza di estraneità... Mia sorella e, ancor
prima, mia madre non hanno retto l'impatto; la loro storia
però la sento lontana, in fondo a quei tempi io ero così piccola... Invece la morte di Paolo me duele come una culpa:
gli ho voltato le spalle. Forse avrei dovuto intervenire con
Gabriel, compromettermi.

Gliel'ho già detto, Darwin, il coraggio non è una mia dote. *La differenza tra me e tanta altra gente è che io non mi so-no messa in gioco. Io pensavo a salvare il mio avvenire con Gabriel. Qualsiasi pretesto per eludere il pericolo, per di-menticarmi degli altri, per isolarmi nella mia porzioncina di mondo; come i concittadini di Lot, quella donna aveva ragio-ne stamattina. Al massimo, ogni tanto piangevo tra me e me. Amavo davvero così tanto mio marito? Non so, non so più.*

Ma ci ho pensato spesso, *esa maldita costumbre de pen-sar,* a Paolo in questi anni: me lo vedevo davanti ogni vol-ta che sentivo parlare di arresti, di desaparecidos. *Nudo, le mani legate dietro la schiena, a occhi bendati. Peggio che un ricordo vero e proprio: l'immagine ossessionante di Pao-lo, moltiplicata per migliaia di copie all'infinito. Potevo fi-gurarmi la cella con Gabriel in divisa a impartire ordini a un prigioniero col viso di mio fratello: «In ginocchio, ver-me, chiedi perdono a un patriota che ripulisce il paese dai parassiti».* Mi sono informata di nascosto, ho fatto do-mande in giro, ma cautamente. Guardi cosa le sto venen-do a dire... lei certo queste cose le sa meglio di me. Ma per una donna nelle mie condizioni era una situazione spaventosamente nuova. Quel tremendo odio che sentivo in Gabriel, per esempio; e il fatto che anch'io, se mi fossi messa contro di lui, potessi esserne il bersaglio. Mi faceva paura che potesse far del male ai ragazzi, che ormai sono grandi, a volte gli tengono testa, soprattutto Hernán. Per esempio, una sera a cena i ragazzi hanno commentato una notizia della televisione sull'eventualità di una messa sotto accusa della Giunta Militare, e Gabriel è esploso: «Allora non avevamo un nemico visibile da combattere. Il nemico poteva essere un fratello – e qui ha guardato me. Un fratello, un amico, chiunque. Individuarlo e eli-minarlo era nostro dovere di patrioti...». Quando Gabriel urla a questo modo, mi pare di vedergli negli occhi una scintilla di follia. *Come quando Hernán si è rifiutato di en-trare all'Accademia e Gabriel mi ha accusato che era colpa mia: «Con la tua mediocrità, le tue carezzine e i dolcetti*

Havanna, m'hai rovinato un figlio: ne hai fatto un finoc-
chio!*».

Di nuovo mi chiedo: Chi è Paolo per me? Il ragazzino che
mi faceva saltare sulle ginocchia quand'ero bambina e mi
prestava le sue matite colorate perché pasticciassi un po' su
un foglio... Un uomo dalla faccia di ragazzo che vidi una volta sul catalogo di una mostra alla Boca... Uno sconosciuto
che non è né vivo né morto, ni enterrado en ninguna parte,
quasi inghiottito in una sorta di limbo, morendo per l'eternità senza fine; magari, come si sente dire, buttato da un aereo nel Río de la Plata, col nastro adesivo sugli occhi, le mani mozzate.

Vede, sarà per il fatto di aver cambiato famiglia da piccolina, ho sempre sentito la vita come una gran truffa.
Non ho chiesto io di nascere, di finire in Argentina, di essere adottata...

Non sto dicendo tutta la verità. Non è che per anni ho
covato senza successo la mia ribellione nei confronti di
Gabriel; è, piuttosto, che sono codarda e egoista di natura,
che ho imparato fin da piccola a non dare mai peso ai sen-
timenti, a cancellarli; come se soltanto avere un'apparenza
rispettabile fosse l'essenziale. Non ho mai pensato seria-
mente al significato del mio silenzio, alla menzogna dentro
la quale vivevo, ai segreti degli altri che mi passavano a lato. Solo per qualche istante, quando Gabriel mi parlò la
prima volta di Paolo, ebbi un lampo di spaventosa luci-
dità: che questa non era guerra ma orrore puro, che dovevo ribellarmi, lasciare in qualche modo un segno. Però
non mossi un dito.

Qualche giorno fa mi è capitato di sentire per caso alla
radio un'intervista riguardante certi episodi di quegli anni.
Stavo riordinando degli oggetti su una mensola della stanza di Graciela e ho acceso la radio; forse si trattava di una di
quelle stazioni-pirata che si dice stiano sorgendo da tutte le

parti in città... *Oddio, Graciela ascolta quei programmi-lì, se suo padre lo sapesse...* Una voce rabbiosa e sarcastica che parlava della legge dell'"Obbedienza dovuta": «Sulla base dell'articolo uno di questa legge, si presume che i militari non siano punibili per crimini commessi nel periodo della dittatura, perché agirono da subordinati. Questo è molto grave: la legge di Obbedienza dovuta è, dal punto di vista giuridico, un istituto estraneo alla tradizione del Diritto occidentale. Una legge che nemmeno Goebbels si sarebbe sognato di vedere scritta sul Codice Militare tedesco». Ho quasi avuto voglia di spegnere, perché sapevo che mio marito era in bagno a farsi la barba, ma in quel momento la radio ha cominciato a fare nomi di ufficiali implicati nella tortura: tutta gente che conoscevo di persona, perché amici di Gabriel. Mi sono bloccata con la mano a mezz'aria.

En qué país vivimos? me lo dica lei. Io non so più. Ho provato a parlarne a Gabriel; gli ho anche raccontato che in giro si comincia a parlare della faccenda di bambini strappati alle madri prigioniere politiche. Avrei voluto che lui mi rassicurasse spiegandomi che erano tutte sciocchezze, basse menzogne di propaganda comunista, ma lui è andato su tutte le furie e mi ha risposto in malo modo di non impicciarmi in affari di politica che non potevo capire. È stato grossolano, quasi volgare. *Come se avesse gridato di nuovo: «Sólo yo entiendo de caballos». Io muta, sopraffatta, sentendo che il dolore cresceva...* Poi è fuggito nel suo studio sbattendo la porta; senza terminare di cenare... È vero che lui detesta i dopocena in poltrona, dice che non son cose da maschi; preferisce il club degli ufficiali, i cavalli, il poligono di tiro per rilassarsi; ma da un po' di tempo se ne sta rinchiuso nel suo studio per intere serate. A far cosa, non lo so.

A volte, ripensandoci, Gabriel mi pare un enigma. Ché tante volte mi verrebbe da chiedergli: "Chi sei?".

Grazie, Darwin, un po' di mate lo bevo volentieri. Ho la gola secca. Sono le troppe sigarette che ho fumato questo pomeriggio, una dietro l'altra; mi hanno lasciato un gusto amaro in bocca; tanto più che a pranzo non sono riuscita a mandar giù nemmeno un boccone. Dopo la telefonata della Clara ho avuto voglia di chiamare qualcuno. Sono rimasta a lungo vicino all'apparecchio, senza decidermi. Non so, forse mi ha disgustato la vista di tutte quelle vetrinette che abbiamo in anticamera – con le medaglie di Gabriel, le sue pistole, i diplomi... Eppoi telefonare a chi? In fondo non saprei con chi parlare. Quanto alle amiche, nessuna di loro conosce la mia vera storia. A chi mai potrei raccontare la faccenda di Paolo? Forse ai miei figli...

«Hanno trovato degli amici di Paolo in una fossa comune, vicino a La Plata. Gente che era scomparsa insieme a lui» ha detto la Clara. «Ci sono le ammissioni di quelli che li hanno seppelliti lì...»

Sa, ho visto molti anni fa dei quadri di Paolo in una galleria di San Telmo. Doveva guadagnare bene a giudicare dai prezzi che avevano le sue tele. A vedere la mostra naturalmente ci sono andata da sola, perché mio marito non prova simpatia per l'arte e gli artisti, *un'attività troppo poco maschia per lui, "degenerati che portano este mundo a la ruina". La decisione di Hernán di dedicarsi alla Storia dell'Arte l'ha mandato in bestia.*

Che Paolo fosse scomparso l'avevo sentito dire, ma non avevo creduto alla sua morte: nella mia mente Paolo era rimasto il ragazzo dolcissimo che, quand'ero piccola, mi prendeva in braccio e inventava per me, che ero tanto paurosa dei temporali, la favola di una bambina che si nutriva di lampi... No, non ci potevo credere che avesse fatto qualcosa di veramente grave, insomma pericoloso per lo Stato; che fosse stato arrestato e...

Ho chiamato Gabriel in ufficio. Sapevo che si sarebbe arrabbiato, ma dovevo assolutamente dirglielo. Quando il segretario mi ha passato la comunicazione, gli ho raccontato quanto avevo appena sentito da Clara. Dall'altra parte della linea lui non ha detto una parola. Ho pensato di non essermi spiegata bene, sono tornata a ripetere tutta la storia.

«Lo so» ha detto la voce di Gabriel, asciutta asciutta.

«Sapevi cosa?» faccio io.

Di nuovo silenzio.

«Mia sorella mi ha detto che hanno trovato una fossa di prigionieri politici; gente amica di Paolo... Tu lo sapevi?»

Sa che cosa mi ha risposto? «Non capisco perché ti agiti tanto, Nelida. Tuo fratello era feccia... È crepato come si meritava quel...»

Ho messo giù la cornetta sull'insulto volgare che è uscito dalla bocca di Gabriel. Mi sono trascinata come un'ubriaca fino alla camera da letto. Nell'armadio della biancheria ho cercato la rivoltella che lui mi ha regalato per la mia sicurezza personale, un paio d'anni fa. La tengo nascosta lì, a portata di mano per ogni evenienza. Ho guardato l'arma nelle mie mani sudate, inebetita. Ho provato a mettermi la canna in bocca, poggiandola contro il palato. Quel disgustoso sapore metallico. M'è venuto da vomitare. Finché sono crollata sul tappeto piangendo come una bambinetta con una crisi di nervi, ché anche per ammazzarsi ci vuole coraggio...

Mentre mi infilavo la giacca, il telefono ha continuato a squillare a lungo. Ma non ho risposto.

Quest'uomo qui davanti a me ha amato mio fratello, queste mani l'hanno carezzato, questi occhi hanno pianto per lui, chissà se un giorno qualcuno mi amerà davvero, mi accetterà per come realmente sono.

Non so neanche come ho fatto a arrivare alla macchina. Devo aver sceso le scale di corsa, fuori di me, il cuore mi scoppiava in gola. Ho aperto la portiera, mi sono seduta al volante. Con la testa in una confusione tremenda. Non sapevo che fare, dove andare; ho acceso una sigaretta per darmi tempo.

La Clara mi aveva dato l'indirizzo della casa di Paolo; sì

insomma, di questa casa. Ero combattuta, mi dicevo: che senso ha precipitarmi a San Telmo? Mi continuava a rimbombare nella testa il tono sprezzante di Gabriel. *"Un culattone, Nelida. Ecco cos'era il tuo Paolo. Un maledetto invertito. Bacato come tutto il resto di quella tua famiglia di..."* Mi girava la testa. Ma come si permetteva Gabriel di dire certe cose? Che ne sapeva lui di Paolo, delle pene d'inferno che tutti in casa avevamo patito col padre violento che avevamo... Ho sentito che dovevo venire, trovare la casa, vedere, constatare coi miei occhi. Ché io sono un po' come san Tommaso, quello de las evidencias. Da Palermo a qui, non so neanche quanto ci ho messo, traversando ogni incrocio con gli occhi appannati di lagrime.

Ho capito subito che la casa doveva essere questa. La facciata aveva un'aria così abbandonata. Ha presente quelle piante selvatiche attorcigliate ai colonnini del balcone che dà sulla via? Mi son detta: dev'essere qui. Non so, davano l'idea di una solitudine contagiosa... Al portone non c'era il citofono, ma il cancello era accostato. Ho spinto chiedendo permesso. Silenzio. Il passaggio che dava l'accesso al cortile era vuoto.

Certo il patio doveva essere bello quando non c'era ancora quella foresta di erbacce; anche se, devo riconoscerlo, è una vera festa di colori e forme. Non avrei mai creduto: forse un luogo lasciato senza cure all'inizio si incupisce, però, superata questa prima fase, tutto riprende un altro ordine, più libero, no?... Sono belle le due palme che servono da sostegno a quei mazzi di campanelle rosse; pure i bambù: paiono fare da sipario al putto di pietra; e i gerani: vere e proprie piante, anche se io li libererei di tutta quell'erba intorno... Mi scusi, mi intrometto e non dovrei. In fondo è casa sua e lei può fare come vuole.

E adesso ci lavora lei? Perché non mi fa vedere qualcosa di suo, Darwin... Gliel'ho già detto che è curioso il suo nome? veramente insolito... Ah, gliel'ha dato suo padre perché era un anarchico: a lei il nome di Darwin e a suo fratello quello di Giordano in onore di un eretico bruciato dalla Chiesa cinquecento anni fa! Ma va'... Dev'essere un bel tipo suo padre, dico sul serio.

Ma guarda quella Madonna appesa alla parete, con il mantello a trapezio... Lo sapeva che ne avevamo una immaginetta uguale a casa, quand'ero piccola? Veniva dal paese dei miei, quando ancora stavano in Italia; mia sorella mi aveva detto che c'era un santuario tra le montagne, dove la gente andava in pellegrinaggio a chiedere la grazia a una Madonna nera.

Non si preoccupi se piango. Non so perché non sono mai venuta prima, perché non ho cercato Paolo prima che... Mi hanno abituata troppo a lungo e coi metodi più convincenti alla stupidità di rinchiudermi nel mio guscio. Inibizioni, compromessi, e alla fine il timore se nos convierte en una segunda naturaleza. Verdad? Ma oggi tutto è finito. Vero, Darwin?... È come se da molti anni questa casa mi attendesse. E finalmente eccomi qui. Questa Madonnina... Vede, Darwin, io non mi ricordo quasi niente dei miei primi anni, ma il particolare di quel quadretto ce l'ho ancora fisso in mente. Credo proprio che si tratti della stessa immaginetta che Mafalda teneva appesa vicino alla credenza... Cosa c'è scritto? Ricordo di Oropa... Lo sapevo! è proprio quella. Ma chissà perché Paolo l'ha conservata?

Ah, sì!? Paolo ha fatto parecchi quadri su quella Madonna? Me li farebbe vedere?

Tutte queste tele sono varianti, verdad? Qui le ha dipinto sulle guance file di lagrime, in quest'altra le ha fatto le mani poggiate sopra uno stiletto infilzato al centro del petto, e l'avenida 9 de Julio sullo sfondo... E questo invece... è stupendo, non è d'accordo? *La Madonna bruna seduta come una donna stanca su una panca davanti a una casa di montagna, questi colori pastosi e intensi, una di quelle case in cui sarebbe bello rifugiarsi, forse in Italia ne esistono ancora davvero di posti così, se il mondo fosse come questo quadro non ci sarebbero guerre o desaparecidos.* Paolo era credente? Io no. Anche questo è uno dei motivi per cui io e Gabriel abbiamo sempre litigato. «Non tirare in ballo Dio, Nelida. Vos jamás supiste lo que es Dios» mi ha detto un giorno Gabriel a cui avevo rinfacciato la mancanza di "carità cristiana"; perché lui va a messa tutte le domeniche, ma ha un cuore che non conosce pietà. *«Tu non hai mai saputo cos'è Dio» mi ha detto... E forse è vero che non so niente di Dio. L'immagine che ne ho è così vaga: risale ancora alla mia infanzia, quei primi anni terribili di obitori e cimiteri. Da allora per me Dio, il tempo, la morte, si identificano in un medesimo doloroso mistero.*

La Vergine di Oropa finita nelle tele di Paolo, ma guarda... La sa la storia di questa Madonna Nera? Che domanda. Certo che non la sa. E come potrebbe, venuto su con un padre anarchico... A volte, quando mia sorella Mafalda ci metteva a letto la sera dopo averci fatto recitare le preghiere, ci parlava di quel santuario miracoloso che stava in cima a una montagna. Se vuole, le posso raccontare quella storia, Darwin...

Socorro López (1927-1994)
L'altrui ferita
Vista Alegre, 1991

La gente ti avvicina col suo fardello di dolori
e tu l'accarezzi quasi con un tremito;
ti fa male come se fosse tua l'altrui ferita...

HOMERO MANZI, *Discepolín*

«Chiama Corazón» aveva detto Eusebio con una voce lontana, consumata dalla fatica del respirare. Socorro gli aveva preso la mano tra le sue. Dita rugose e livide, quasi traslucide; in rilievo le grosse vene azzurre dove la vita si ostinava a correre. Sull'anulare smagrito la fede d'oro ballava, troppo larga ormai. Ma la stretta della mano era ancora incredibilmente forte; e la voce – "Chiama Corazón" – diceva desiderio, volontà: non si poteva non tenerne conto, anche se ciò che reclamava sembrava irraggiungibile come l'erba voglio.

«Chiama Corazón» aveva ripetuto Eusebio, e Socorro aveva ubbidito, sebbene non fosse per niente d'accordo col marito. Che senso aveva mandare un telegramma a una nuora che mai avevano conosciuto? Negli anni in cui era vissuta con Giordano a Buenos Aires, Corazón neanche una volta aveva trovato il tempo di venire a conoscerli, sempre c'era stata una scusa: la gravidanza, poi la bambina piccola, poi l'università da finire, gli impegni politici; infine, dopo la tragedia, se ne era scappata in Italia con la piccola Malena e là si era poi ricostruita un'altra vita. In fin della fiera, per Socorro restava una sconosciuta che mandava a Natale gli auguri e due notizie stentate, a cui però Eusebio rispondeva sempre con entusiasmo. Socorro non aggiungeva la sua firma ai saluti; no, lei ce l'aveva con la nuora, oscuramente la incolpava della morte di Giordano: ché, se quei due avessero abbandonato Buenos Aires quand'erano ancora in tempo, se fossero venuti qui in Patagonia, forse Giordano sarebbe stato ancora vivo.

Ma la voce di Eusebio era stata implorante: «Chiama Corazón» e non si può trascurare il desiderio di chi va a morire. Perciò Socorro aveva spedito il telegramma: poche parole, per dire che Eusebio era grave e voleva conoscere la nuora. E Corazón, incredibilmente, aveva risposto che sì, sarebbe venuta insieme con la figlia.

Uno degli amici era andato a prendere Corazón e Malena a Neuquén. Per questo adesso Socorro andava su e giù, dalla stanza di Eusebio al salone del camino: la sconvolgeva l'idea che nuora e nipote fossero lì lì per arrivare, che quell'alone di irrealtà di cui le due erano sempre state circondate stesse per venir meno.

Qualcosa che somigliava a un peso doloroso le si insinuò poco a poco nel punto più gelato del petto. Corazón, la ragazza che aveva allontanato Giordano dalla sua casa; Malena, la nipotina... Nel silenzio assoluto della camera del malato, alla fioca luce gialla della lampada sul comodino, la sensibilità di Socorro si acuì con tale ferocia che il cuore accelerò.

«Chiama Corazón» bisbigliò di nuovo Eusebio, aprendo le palpebre.

«Sta per arrivare. Calmati» gli rispose stringendogli la mano. Le fece un po' male il brillio di desiderio così evidente negli occhi del marito. Poi le dita di lui la lasciarono, il braccio ricadendo spossato sulla coperta di lana gialla col disegno di una carovana di lama azzurri, che lei aveva tessuto tanti inverni prima; quella stessa coperta sotto la quale si erano abbracciati tante volte in cerca di calore, nelle terribili notti di dolore quando se ne erano andati Silvia, Giordano e infine Darwin.

L'odore acído, di malattia, che emanava dal marito le ricordò per contrasto l'Eusebio forte come un toro che aveva conosciuto ai bei tempi di cui erano testimonianza i "quadretti" – così li chiamava il marito – appesi sulle pareti della stanza. C'era una vita intera dentro quelle immagini. Primo fra tutti, il passato italiano, da cui Eusebio aveva dovuto fuggire: la foto dei membri della sezione anarchica dei muratori di Busto Arsizio, col fazzoletto nerorosso al collo e il viso serio delle grandi occasioni; poi il ritratto all'imbarco della nave in Francia. Quando l'occhio le cadde su quella foto, Socorro non poté trattenere il sorriso al pensiero che tutti quelli che erano stati ospiti di Eusebio si erano sentiti raccontare da lui più di una volta le peripezie di quel lontano viaggio: di quando, per esempio, il commissario della nave ebbe da dire sui suoi documenti e lui replicò che preferiva sbarcare a Marsiglia piuttosto che prendere la tessera del fascio; per cui aveva continuato la traversata su una nave francese. Accanto, era appesa la prima foto che gli avevano scattato a Buenos Aires, coi capelli rapati appena dopo essere uscito dall'Hotel de Inmigrantes; di seguito, le immagini della sua attività di capomastro nella costruzione di dighe sulle Ande: il gruppo delle maestranze e degli ingegneri, il ritratto di Primo Capraro eseguito poco prima che si suicidasse, l'estancia delle signorine Jones, quelle diavole sempre col fucile in mano... Socorro avrebbe potuto raccontare di ogni fotografia la storia precisa; e lo stesso avrebbero potuto fare Giordano o Darwin, ché, di ciascuna delle persone raffigurate, in famiglia avevano ascoltato centinaia di volte le vicende dalla bocca di Eusebio che era buon raccontatore, tanto più convinto che la memoria fosse la cosa di maggior conto nella vita.

E ora Corazón e Malena sarebbero arrivate, avrebbero guardato i "quadretti", si sarebbero fatte narrare le stesse storie...

Come se avesse avvertito il corso dei suoi pensieri, Eusebio aprì gli occhi e le sorrise. Di colpo Socorro sentì che le paure che da ore la devastavano cominciavano a dissolversi, mentre il marito le carezzava la mano. Forse l'incontro con nuora e nipote non sarebbe poi stato tanto terribile, quién sabe.

Udì lontano il clacson della jeep di Macario: stavano arrivando. Prima di alzarsi per andare a accogliere gli ospiti, strinse di nuovo la mano di Eusebio. Quel contatto fisico voleva essere una rassicurazione, un modo per dirgli: Nessun pericolo, ce la farò... Aspettò dietro la finestra che la jeep salisse gli ultimi tornanti e posteggiasse dietro casa. Poi si fece alla porta.

La prima reazione fu di sorpresa. Quella non poteva mica essere sua nuora! Dov'era andata a finire la ragazza che Socorro aveva conosciuto sulle fotografie di Giordano? l'alone di forza dei suoi capelli rossi?... Anche se sapeva che gli anni passano per tutti – calcolò rapidamente che Corazón doveva avere suppergiù quarant'anni – non si aspettava di trovare questa donna col viso triste e i capelli grigi. E quella ragazzona dalla testa semirasa era dunque la figlia di Giordano, la "piccola" Malena.

Dunque tu sei la donna che il mio Giordano ha scelto – pensò Socorro – la sua metà, la sua ombra. E tu, invece, la figlia del mio Giordano. Il vostro Giordano...

Guardò con aria di rimprovero nuora e nipote. Sperò che provassero almeno una puntura di rimorso per aver impiegato tanto tempo a farsi vive.

«È stato lui che ha voluto così. Mi ha detto: Chiama Corazón» disse Socorro, sospingendo la nuora e la nipote verso il letto in cui Eusebio giaceva rimpiccolito dalla malattia e dalla fatica di morire. Si chinò sul marito scostandogli una lunga ciocca di capelli bianchi che gli era ricaduta sulla fronte affebbrata. «È arrivata tua nuora, c'è anche Malena» sussurrò.

Le palpebre di Eusebio si alzarono appena; a fatica il vecchio abbozzò un tentativo di sorriso, torcendo la bocca in cui la dentiera si era fatta troppo grande per le gengive consumate. Strascicò qualche parola di saluto. Poi chiuse gli occhi come se il guardare le nuove arrivate l'avesse esaurito.

Corazón e la figlia si sedettero a un lato del letto; Socorro si piazzò dall'altra parte, di fronte a loro. Tutte e tre guardando il moribondo e restando a lungo in silenzio; ma era come se si parlassero, un po' sulla difensiva, di fronte per la prima volta a una parte sconosciuta della propria vita.

«Gli dava pena irse de la vida senza conoscervi» disse Socorro, sentendo che le parole le venivano semplici, quasi facili.

Sedute nel pomeriggio che cresceva, le tre donne fissavano il petto di Eusebio che si sollevava e tornava a abbassarsi rumorosamente, nella respirazione faticosa. Avvertire la presenza delle altre due dava a ciascuna uno strano senso di conforto in una muta comunicazione. Eusebio tra loro, girava gli occhi dall'una all'altra, borbottando i loro nomi, come se li dovesse imparare.

«"Chiama Corazón" mi ha detto. Aveva sete, si agitava nel letto, entre dormida y despierta; mi ha serrato il polso stretto stretto e mi ha detto di mandarti un telegramma. Quasi un ordine» spiegò Socorro. Avrebbe voluto aggiungere: questa è la stanza dove è nato Giordano, il letto in cui l'ho partorito, il soffitto che lui ha visto come prima cosa quando ha aperto gli occhi. Ma tenne quei ricordi per sé, non li avrebbe condivisi con nessuno; men che meno con una sconosciuta, anche se nuora.

Più tardi, dopo che Eusebio si fu assopito, Socorro mostrò alle due ospiti la casa, la luce che entrava dalle grandi finestrate sulle montagne. Stanze solide, erette lentamente con i pietroni del pedregal vicino, con grandi travi di cipresso: il camino con la bandiera dell'anarchia era per Eusebio, la grande cucina per Socorro, la stanza a oriente per Darwin col cavalletto e le tele da dipingere, le camere sotto il tetto per Silvia che aveva disposto sulle mensole i suoi libri italiani; infine, il locale di Giordano, un po' isolato per suonare in tutta tranquillità.

Era come se spiasse Corazón. Guidandola nel labirinto di stanze e volgendosi verso di lei per cercare sul suo viso la sorpresa che la vista della casa di Giordano le provocava. "Guarda com'era mio figlio quando ancora mancava tanto perché tu entrassi nella sua vita" avrebbe voluto dire, ma si trattenne come per un moto di gelosia: ché l'archeologia dell'anima di un figlio è uno di quei segreti che una madre fa fatica a condividere con altri.

Una casa costruita perché ci fosse posto per tutti, tant'è vero che sulle pareti della sala del camino, dove Eusebio amava sedersi la sera a leggere a voce alta vecchi giornali alla moglie che lavorava al telaio, c'era spazio anche per le più profonde radici: al centro, infatti, insieme ai ritratti dei genitori italiani di Eusebio, troneggiavano le foto degli avi mapuches di Socorro, come la "regina" Duguthayen, con la fascia di lana tra i capelli e il poncho chiuso da una fibbia sul davanti; tra le altre, spiccava un'immagine di cui Eusebio aveva voluto l'ingrandimento: un ritratto di gruppo dei capi caciques deportati cent'anni prima nel lazzaretto dell'isola-prigione di Martín Garcia, nella regione del Tigre. Perciò, quando si entrava in quella stanza, si avvertiva nel profondo di essere inseriti in un'unità di vita, in una misteriosa continuità coi tanti destini che si erano incrociati nella tierra de las manzanas.

«Ma adesso questa casa sembra addormentata» sospirò Socorro. «Si sente che manca Eusebio. Ché mai a mia memoria, proprio mai, sono stata insieme a ospiti davanti al camino senza che mio marito fosse al centro della situazione, raccontando, spiegando, fumando il sigaro. Voi due forse non ve ne accorgete, ma per me l'assenza della voce di Eusebio svuota tutto di senso... E se ne sta andando, lui che sembrava que fuese a estar siempre, eterno come queste montagne, indifferente al paso del tiempo.»

Fuori, risplendeva la verdezza dell'orto che Socorro aveva ottenuto ripulendo una lunga striscia di terra dalle pietre, sminuzzando le zolle con le dita. Intorno si stendeva lo steccato che Eusebio aveva costruito tagliando legna con una sega a motore che funzionava a nafta. Tutto pulito e ordinato, come a lui piaceva; e, oltre il recinto, i meli e i peri su un versante protetto dal vento freddo della Patagonia, come un'oasi nel deserto: non per niente il nome del luogo era Vista Alegre.

In cucina c'era una foto che ritraeva Eusebio con i figli mentre dipingevano di bianco lo steccato: tutti e tre coi pantaloni sporchi di macchie di tintura: Darwin – bambino di sei sette anni – alzando il pennello come fosse una bacchetta magica; Giordano, il più piccolo, seduto su un masso quasi fosse il direttore dei lavori. Tutti e tre ridendo, ignari della possibilità che Corazón e Malena potessero esistere in futuro.

In casa ci fu per tutta la sera un'aria insonne, un nervoso senso di attesa. Socorro non voleva staccarsi dal letto di Eusebio, da quella mano scheletrica e fredda che stringeva tra le sue cercando di scaldargliela e che si passava sul viso bagnandola di lagrime; da quella voce che sussurrava il suo nome.

A un certo punto la mano di lui restò inerte; los ojos abiertos non la stavano più guardando: Eusebio se n'era andato senza lasciare a Socorro il tempo di rendersene conto; tanto dolcemente che alla donna rimase soltanto lo stupore che la morte fosse qualcosa che poteva avvenire a nascondoni, quasi in segreto. L'affare di un momento, inavvertibile come il tremolio di una foglia su un ramo.

Poi vennero i rituali pratici del lutto: vestire il cadavere prima che diventasse rigido, preparare il catafalco, accendere le candele di veglia. Socorro chiuse nuora e nipote fuori dalla porta, volendo fare tutto da sola. Solo quando la vestizione di Eusebio fu terminata, si prese un momento di sosta e guardò la figura che giaceva immobile nel letto, col vestito scuro delle occasioni di festa e il fazzoletto nerorosso dell'anarchia al collo. Il fatto che non sembrasse più Eusebio le fu d'aiuto. Quello non era suo marito: era in ogni altra parte della casa, ma il morto disteso davanti a lei era mica Eusebio...

Sentì freddo, contemplando il cadavere. Pensò alle ore che avevano passato insieme in quel letto, intrecciando i piedi gelati; alle notti che ci avrebbe passato da sola, d'ora in poi, provando lo stesso brivido che sentiva da ragazzina: il freddo delle antiche case di montagna dai muri di pietra, il freddo che cola dalle foto dei morti appese alle pareti, il freddo dell'intuizione terribile che niente è eterno, tutto invecchia e alla fine muore.

Era mattino. Dalla cucina venivano rumori attenuati di conversazioni a bassa voce, di pentole e piatti. Corazón aveva preparato del caffè per gli ospiti rimasti a vegliare. Malena scribacchiava su un quaderno vicino al camino acceso. Quando si accorse dell'entrata di Socorro, si alzò, le andò incontro per abbracciarla.

La vecchia bevve il caffè, sorrise ai conoscenti che continuavano a arrivare. Salutò anche il prete venuto dal paese vicino; da semplice amico, perché Eusebio, coltivando una sua personale religione di libertà, non aveva mai frequentato la chiesa.

E adesso veniva la parte più difficile: il funerale senza neppure un figlio intorno; ché l'Ernestino, il figlio italiano mai conosciuto perché Eusebio era partito due mesi prima che nascesse, se l'era portato via un cancro quand'era ancora giovane; Giordano e Darwin, i figli argentini, non c'erano più, il primo scomparso nel '76 nella lotta politica, l'altro morto l'anno prima in uno stupido incidente d'auto; la nipote Silvia, figlia dell'Ernestino, desaparecida come Giordano. Solo una nuora e una nipote restavano, venute da lontano con el avión. Se Socorro avesse potuto aggrapparsi alla presenza di Corazón e Malena per farsi forza... Ma come potevano aiutarla? loro due, quasi desconocidas, spaesate tra le reliquie della vita di Socorro... E lei che non sapeva dire la propria stanchezza, la durezza della solitudine a cui si sentiva destinata. Eppure, quando poco prima Malena le si era avvicinata chiamandola "nonna", Socorro si era sentita rimescolare; spiando, indagatrice, nella memoria lontana per trovare nei lineamenti della ragazza quelli di Giordano che proprio a quell'età se n'era partito per andare a studiare al Conservatorio. Ché per Socorro quel figlio era rimasto sempre così: giovane, con la sua inclinación a la melancolía, la sua devozione a questa casa e a questi luoghi dove non era potuto tornare a riposare come ora suo padre. Giordano col suo sorriso delicato da ragazzino, di cui si intravedeva un'ombra sulle labbra di Malena.

I presenti contemplavano con ammirazione Socorro, ancora bella e altera nel portamento, nonostante le rughe profonde scavate dal dolore sul viso indio. Colpiva la sua vitalità, il confronto col corpo di Eusebio composto nella bara, slavato e smagrito dalla lunga estenuante malattia. Impressionava vedere come lui avesse un aspetto tanto più vecchio; forse anche Socorro, che se lo stava bevendo con gli occhi lucidi, si sentiva quasi colpevole per non averlo protetto a sufficienza dalla furia degli anni. Eppure la loro vita insieme era stata lunga e serena, come el fluir de un gran río.

Gli occhi della donna si posarono sul condor con le ali blu, dipinto sull'armadio che stava in fondo alla stanza; Eusebio spesso le confessava che gli sembrava che si muovesse nelle notti di luna. Si avvicinò, carezzò la figura con la punta delle dita. "Vola, vola anche per me" avrebbe voluto dirgli.

Chiusero la cassa, ricoprendola con la bandiera anarchica tirata giù dal camino. Così lui aveva deciso.

Erano venuti molti indios dal villaggio vicino, vestiti di baietta, senza cappello. Quattro uomini sollevarono la bara avvolta nel drappo nerorosso. Socorro li seguiva appoggiandosi al braccio della nuora.

Viviamo e moriamo, pensò: cose naturali, ché non c'è nulla da piangere quando si muore come Eusebio ha fatto, nel proprio letto e con la propria donna al fianco. Avrebbe voluto essere capace di dire queste cose a Corazón, perché la morte di Eusebio stava insegnando a Socorro qualcosa del dolore che indovinava nella nuora: lo strazio di una moglie a cui era stato strappato un uomo da un giorno all'altro, senza avere il tempo di dirgli addio, di perdonargli le grandi e piccole colpe che a volte adombrano la vita di coppia. Ché la sorte di Corazón per la prima volta le parve quasi peggiore di quella di Giordano.

Cantò una donna con toni altissimi, poi un uomo coprendosi la testa col mantello, facendo una voce fessa; alternandosi.

> Dove sei andata,
> mia colomba,
> dove ti sei nascosta?...

Socorro ripeteva dentro di sé i versi della canzone, come un'eco. Le parve che le montagne tremolassero davanti ai suoi occhi. Le nuvole correvano basse, e forse era meglio così: un cielo azzurro nel giorno dei funerali di Eusebio avrebbe avuto un che di insopportabile.

Quando il canto terminò, Socorro ringraziò a voce alta chi aveva voluto accompagnare nel suo ultimo viaggio don Eusebio Caretta, venuto dall'est, da un paese di là dal mare quando ancora la terra era giovane, e poi cresciuto tra queste montagne che lui aveva amato. «Era l'epoca in cui la carneficina degli indios si era appena conclusa» volle ricordare Socorro «e gli ingegneri pagavano un tanto a scalpo ai "cacciatori" che eliminavano quei mapuches che non volevano saperne di andarsene dalle valli delle dighe. In un primo tempo, un tanto per un paio di orecchi; più tardi avevano avanzato la pretesa degli occhi, per essere sicuri che la liberazione del territorio dagli indios fosse completa. "Matanza"... la carta geografica è piena di villaggi o fiumi a cui è rimasto questo nome terribile.» Tacque un momento, per riprendere fiato: non aveva avuto in mente di fare una vera orazione funebre, ma sentiva che doveva parlare. Soprattutto per Corazón e Malena: ché questo era il luogo dove Darwin e Giordano e Silvia avrebbero dovuto essere sepolti, qui in questa terra di manzanas gravida di storie, pronta a offrire la felicidad di affacciarsi alla finestra a guardare la valle coi pendii dove i meli fiorivano nelle oasi tra le rocce che avevano lo stesso colore delle case. Una terra dove Eusebio venuto da lontano aveva messo felicemente radici; una terra che avrebbe accolto anche Corazón se solo lei si fosse resa conto che il suo posto era qui, in Argentina: qui era nata, qui stavano i suoi morti.

Socorro guardò la buca che era stata scavata, trasse un lungo sospiro e continuò: «È stato allora che tu, Eusebio, hai lasciato il lavoro alle dighe: le stragi a cui eri costretto a assistere ti ripugnavano. Così te ne sei venuto quaggiù, nel deserto, dove c'erano le quattro case del mio villaggio. È in questo modo che ci siamo conosciuti. Ché io ricordo tutto, Eusebio. Fin dalla prima sera che accendesti una lampada davanti alla finestra e poi rimanesti nel buio a aspettare se io spegnevo la fiamma o se accendevo un altro lume da accostare al tuo. Oppure la sera successiva, quando sei venuto da noi, davanti ai miei fratelli riuniti; quando hai infilato la destra nella tasca della giacca a tirarne fuori una scatolina, per poi mostrarmela tenendola nel palmo della mano. E io che immediatamente mi sono sentita le guance avvampare, perché subito ho indovinato che avevi comprato un anello per me, che avevi intenzione di chiedermi in sposa. Eri così sorridente e gentile, pieno di straordinari progetti, di cui io facevo parte...», la voce le si incrinò per un attimo, ma proseguì: «La tua vita, Eusebio, è stata tutta un dimostrare che quello di cui ciascuno di noi ha bisogno è soltanto sapere che ci abbiamo provato, che non abbiamo pensato soltanto al nostro comodo, che abbiamo cercato di dare un senso alla vita; e che succederà ancora, altri lo faranno dopo di noi».

Porse il badile a uno degli uomini che avevano portato la bara. A turno ciascuno tirò palate di terra nella fossa che presto fu colma. Il silenzio del deserto all'improvviso parve diverso.

La sera ci fu il gran banchetto, per vivi e morti. Tutt'intorno a sé Socorro sentiva molto forte la presenza di Eusebio: niente a che fare con la cupa squietezza dei fantasmi, ma il conforto di sapere di aver esaudito l'ultimo desiderio del marito. «Chiama Corazón» le aveva detto, per richiamare la nuora al suo posto, alla sua terra. E adesso rimaneva un'ultima cosa da fare, per completare l'opera.

Tirò fuori una cassetta. Raggruppate in una cartelletta legata con un nastro rosso c'erano le lettere che Eusebio aveva ricevuto dall'Italia, con le notizie del figlio Ernestino appena nato; le piccole, intime, informazioni con cui la prima moglie lo teneva al corrente: il tal cugino si è sposato, il fratello partito militare, il bosco venduto, l'offerta al parroco per un ufficio di morti. Le avrebbe regalate a Corazón, insieme alle lettere di Giordano e a un mucchio di ritagli di giornali e volantini che citavano episodi dimenticati della caccia agli indios. Centinaia di foto con i nomi e le date sul retro: Socorro era sempre stata molto metodica, quasi una maniaca dell'ordine. Sfogliò il contenuto di alcune buste, sbalordita dalla precisione dei suoi ricordi più lontani, quelli di cinquant'anni prima, per esempio, mentre le capitava più facilmente che le sparisse di mente dove aveva messo gli occhiali o le chiavi. Si mise a tirar fuori dal mucchio alcune fotografie a caso, compiacendosi di riuscire a identificare subito persone, luoghi, date: il giorno in cui i figli avevano preso il diploma, la festa per la costruzione del tetto, l'arrivo di Silvia alla stazione di Neuquén, il bel cavallo Sultán – nero con le quattro zampe bianche – venduto quando la svalutazione li aveva lasciati poveri in canna. C'era anche un disegno di Darwin che un tempo stava appeso nella stanza di Silvia: una bambina in un prato di fiori mostruosi, intenta a carezzare con mano timida il resto della gamba spezzata di un uomo, come si trattasse di un oggetto orribilmente incantato; con occhi assorti in una prematura comprensione della vita... Darwin e i suoi disegni profetici; ché quando l'avevano arrestata, Silvia era incinta di quattro mesi. Chissà se l'avevano lasciata partorire; se il bambino, o la bambina, viveva da qualche parte, se conosceva la propria storia...

"Portati via queste cose, così almeno ti ricorderai di noi" avrebbe detto Socorro a Corazón. "Per tutti quelli che vissero in questa casa non c'è castigo peggiore che el olvido..." Le piaceva l'idea di forgiare un altro anello nella catena delle generazioni. Un filo della storia condivisa che l'avrebbe unita a Corazón e al Giordano sconosciuto che l'aveva amata e scelta; e, attraverso Corazón, a Malena, l'ultima dei Caretta.

L'orologio sopra il camino andava all'incontrario: Malena lo guardava affascinata. «Dev'essere montato in modo sbagliato» disse. Socorro sorrise, pronta a raccontare ancora una volta la storia dello strano orologio.

«Apparteneva al cacique Inacayal» disse, indicando la foto di una maschera mortuaria appesa a fianco dell'orologio. «Fu deportato a tradimento alla capital con i suoi, dopo che l'ebbero spogliato di tutti i beni: cavalli bellissimi e gioielli degli avi. Ma il delitto peggiore quelli del governo lo commisero quando, arrivati a Buenos Aires, i cacicchi prisioneros furono separati dai figli, bambini piccoli.»

«Perché? Cosa ne fecero?» chiese la nipote.

«Li assegnarono a familias argentinas che desideravano bambini da adottare.»

Malena e Corazón lanciarono un'occhiata torva all'orologio. «Come coi bambini dei desaparecidos» sussurrò la ragazza.

La vecchia annuì, poi continuò: «Privados de sus niños y sus amigos, Inacayal e pochi altri furono portati in una colonia penale, su un'isola del delta del Tigre. Quanto tempo vissero lì non ricordo, ma fu una prigionia lunga, sempre a sognare le loro montagne, finché venne la decisione definitiva del governo: con la proibizione perpetua a ritornare nella región de las manzanas... Fu allora che il cacicco smontò l'orologio per rimontarlo all'incontrario: voleva costringere il tempo a tornare sui suoi passi... Poi ci fu un professore, un dottorone di quelli importanti, che lo conobbe e, provando pena per lui, lo portò con sé a La Plata, dove quel tale dirigeva un museo. Lo vedete lì, Inacayal, su quella fotografia, seduto en una silla de anciano sotto un gran colonnato. A volte gli veniva un accesso di collera e si metteva a trattare gli argentinos da gringos traditori. "Io capo" gridava "bianchi tutti ladrones, matar a mis hermanos, rubare i miei cavalli e la terra che mi ha visto nascere... Adesso io prisionero, io disgraziato."».

Corazón e la figlia ascoltavano, silenziose. Gli occhi di Socorro parevano più grandi e lucidi: vi si potevano vedere i lenti pomeriggi di La Plata, Inacayal che percorreva rabbioso il colonnato del grande atrio del museo, aspettando che il tempo corresse all'indietro, che gli eucalipti del parco sparissero e intorno spuntassero i meli delle sue vallate.

«E non tornò più qui in Neuquén?» chiese Malena con l'ansia nella gola.

La vecchia sorrise; ché, si sa, i giovani sempre vogliono che las historias abbiano un finale, buono o cattivo che sia, un final tan claro como su principio, almeno un'apparenza di senso, una morale... Anche se, in realtà, pochissime storie finiscono del tutto. «Successe che una sera, sulla scala monumentale dell'ingresso, davanti al Padre Sole che tramontava, Inacayal si strappò le vesti dei bianchi invasores de su patria, fece un inchino verso il sole e habló palabras desconocidas, con furia, mentre i gringos si tenevano prudentemente a distanza, senza osare interromperlo. Così morì Inacayal, ripetendo che il tempo era tornato indietro. Quella appesa lì è l'immagine della sua maschera funebre...» E a guardare i lineamenti della mascarilla poggiata alla parete, si restava colpiti dall'espressione di piacere e di soddisfazione che era fissata nei lineamenti di quel volto. Per Socorro, ogni volta che la guardava, era inevitabile pensare che il vecchio Inacayal doveva aver trovato il modo di tornare indietro alla sua terra de manzanas. Sì, en la realidad muy pocas cosas finiscono del tutto.

Silvia Caretta (1951-1976)
Pena del bandoneón
Nella selva salteña, 1967

I tuoi tanghi sono creature abbandonate
che traversano il fango del vicolo,
quando tutte le porte sono chiuse
e abbaiano i fantasmi della canzone.
Malena canta il tango con voce rotta,
Malena ha la pena del bandoneón.

HOMERO MANZI, *Malena*

La jeep procedeva a velocità sostenuta lungo il sentiero. Il motore ruggiva; Silvia ne avvertiva il rombo fin nei denti, la testa ne rintronava. Qué dolor de cabeza. La ragazza si sentiva inquieta, tesa. Claro che doveva esser così. In primo luogo, la sera prima, mentre era in auto, aveva visto levarsi dal margine della strada una fiammella grigiazzurra che dondolava a fior di terra, avvicinandosi. Doña Gabriela che reggeva il volante si era subito fatta il segno della croce e, urlando: «Luz mala!», aveva accelerato con furia, finché la fiamma non era stata più in vista. Più tardi, arrivate a destinazione, mentre si prendevano un mate le aveva contato le svariate disgrazie che la luz mala porta a chi la incontra: a sua cugina il matrimonio era andato a monte, suo padre aveva avuto un'epidemia tra il bestiame; alla zia Francisca si ammalò il bambino di meningite... Silvia ridacchiò tra sé nervosamente. E a lei oggi cosa mai sarebbe successo?

Ma non potevan esser stati soltanto i racconti svagolati della sera prima – proprio da matti, ne' – a metterle addosso l'ansia che le chiudeva lo stomaco. Probabilmente era l'effetto di quella strada impervia, tutta curve e dossi, più sentiero che altro. Insomma, un'inquietudine assolutamente comprensibile: in fondo era la prima volta che faceva un viaggio da sola così lontano dalla capitale. Da quando era in America – quanti anni? due? più o meno – non era mai uscita dalla provincia di Buenos Aires, nove mesi in collegio e l'estate da certi lontani parenti di sua madre a La Plata... Questo trovarsi a viaggiare da sola per luoghi sconosciuti in certi momenti le dava un profondo senso di libertà, ma d'altra parte le faceva paura. Probabile che la colpa fosse del fatto che si trovava in macchina con uno sconosciuto. Be', José forse non avrebbe dovuto definirlo così, dato che era il moroso di sua madre... Ma come poteva chiamare altrimenti un uomo che le era stato presentato soltanto la sera precedente?... Aveva sbagliato a non insistere con Cora, perché la accompagnasse. Cosa ci faceva qui da sola?

In fin della fiera, poteva darsi che la sua irrequietezza fosse semplicemente dovuta al sedile della jeep, così scomodo, mezzo sfondato e bitorzoluto com'era. Chissà a che trasporti era mai servito.

Silvia aveva scoperto che poteva alleviare il fastidio poggiandosi più a sinistra, ma in questo modo finiva addosso a José. E lei non voleva. Già la notte prima, quando lui era venuto a prenderla da doña Gabriela per portarla a nord dove abitava sua madre, la ragazza aveva provato un certo disagio per la maniera insidiosa in cui l'uomo la guardava. Si era sentita presa alla gola dal suo sguardo insistente e si era stretta le spalle tra le braccia, quasi vergognandosi di sentirsi seminuda nel leggero vestitino di cotone troppo corto. Sì, aveva provato un sentimento animoso, a cui forse eccessivamente si poteva dare il nome di odio, ma che di certo gli si avvicinava. Per giunta – colpa del fondo stradale che la jeep stava affrontando – il corpo di Silvia veniva lanciato contro José a ogni curva, con regolarità esasperante; e ogni volta l'uomo le strizzava l'occhio, sorridendole ambiguamente...

Cora, Cora, perché non sei venuta con noi? Tu sì che con una delle battute che sono la tua specialità sapresti mettere al suo posto questo stronzo.

Aveva la pelle bruna, José, i capelli neri arruffati, gli occhi azzurri e sicuri. Mica brutto per la sua età, pensò la ragazza: la quarantina portata con spavalderia. Dal sedile di fianco Silvia ne osservava di sottecchi il bel profilo. Eppure a lei quell'uomo dava una nervosità dolorosa. Si chiese se la causa di quell'antipatia fosse soltanto il fatto che si trattava dell'uomo che sua madre stava per sposare.

Dio, come fa caldo. Che stracchezza. Som propri straccu, ha detto papà quattro ore prima di morire. Era così fiacco; la voce debole, un sussurro; e sudava. L'ultima volta che gli stetti vicino. Mi diede, mi dà la mano. Mani senza forze, pell'e ossa, pallide, scosse da brividi di freddo. Quasi quasi ho paura a stringerle. Papà che mi comprava lo zucchero filato alla fiera di San Martino; io che gli do un bacio con la bocca piccicosa, le mani impiastrate che stringono il bastoncino fasciato di zucchero rosa. Papà che al pomeriggio della domenica usciva con me a fare una passeggiata nel bosco e mi elencava i nomi delle piante: Questa è una roverella, questo un castagno, invece la robinia non è una pianta delle nostre parti, viene dall'America... Papà che la sera, nel suo studio, ascoltava musica al buio. I suoi occhi mi guardano da un'immensa distanza. Nessun interrogativo, perché conoscono tutto. Dicendo semplicemente: Sono tanto stanco. So che mi vuol bene, quasi come alla mamma, ma con quel dolore del diavolo nel ventre, che speranze posso nutrire nel suo affetto? Non lasciarmi sola, papà. Con quella tenaglia là dentro – cancro del colon – come posso pretendere che si ricordi di volermi bene? Una debolissima luce in fondo ai suoi occhi. Non posso far niente per lui che dice: Son proprio stracco. Dunque il mio amore non vale un fico secco, perché non serve a salvarlo. E in fin della fiera, a cosa serve Dio? Perché mi sembra d'essere così svuotata, debole, impotente? L'odore dell'ospedale mi prende la gola, mi mette mal di testa. Papà, dimmi qualcosa. Silvietta, non c'è più niente da dire, son proprio stracco.

Che brutti pensieri le venivano. Silvia cercò di evadere in qualcosa di cui non ci fosse memoria, distraendosi in quel paesaggio in fondo così nuovo per lei.

«Vuoi fumare?» le chiese José.

«Non fumo.»

«Non ci credo» la contraddisse lui ridendo. «A tutte le ragazzine della tua età piace fumare quando la mamma non c'è.»

Adesso la sfotteva pure... Silvia era rossa e seccata che lui sottolineasse la sua bambinità; vero che lei fino a tre anni prima aveva dormito abbracciata al suo orsacchiotto di pezza, guercio da un occhio; ma questo segreto José mica lo sapeva, né mai l'avrebbe saputo. Per questo alla fine la ragazza accettò una sigaretta; lui le porse la sua perché la accendesse. Silvia si poggiò allo schienale sgangherato, tirando boccate amare. Rabbiosa.

Eppure come tutto sembrava straordinariamente vivo quel mattino: la boscaglia ostentava il suo color verdenero, frusciando e torcendosi nel vento. Il sole creava arabeschi sul cofano della jeep. Due grandi uccelli dalle code rosse e frementi volavano bassi, uno dietro l'altro. Silvia si sorprese a sorriderne infantilmente; volentieri avrebbe parlato delle proprie emozioni con qualcuno – scriverò a Cora appena arrivo, le racconterò tutto... – ma a José neanche una parola: le era antipatico, la intimidiva. Scosse le spalle per sgranchirsi dalla sua posizione scomoda. «Manca ancora tanto?» chiese, interrompendo il silenzio.

«Be', sì...» rispose l'uomo, sorridendo di nuovo. «Chica, dobbiamo essere amici noi due», le prese il mento tra le dita.

Lei ebbe un soprassalto e si scostò in modo brusco. José, quasi messo in allegria dal rifiuto di Silvia, sparò una parolaccia.

Provava un senso di estraneità profondo a tutto quello che le stava succedendo. Le venne in mente il viaggio in nave dall'Italia, due estati prima; la sera in cui sull'oceano apparvero le stelle della Croce del Sud. Sui ponti della Giulio Cesare, la gente era tutta accalcata ai parapetti, gli occhi al cielo, aspettando che il crepuscolo scendesse. C'era un silenzio quasi di preghiera, ché in un certo senso pareva di sentire il battito di quei cuori in attesa. Poi, d'un tratto, un grido unanime, corale, perché le quattro stelle erano spuntate. «Le vedi?» le aveva chiesto un amico di sua madre. «Laggiù, un po' inclinate. Basta seguire i "puntatori": Alfa e Beta Centauri, da quella parte...» e le aveva offerto perfino il binocolo, senza accorgersi che Silvia gli aveva fatto segno di no con la testa. Ricordò la rabbia con cui l'aveva sentito continuare, come se niente fosse: «In qualsiasi momento dell'anno, la linea che congiunge la stella più alta con la base della croce indica costantemente il polo sud celeste». Silvia si era sentita frastornata, respirando la notte in quella folla che rumoreggiava applaudendo una piccola croce di stelle. Avrebbe voluto soffocare le voci, si sentiva così sola: i sudamericani che le stavano intorno salutavano il loro mondo e lei si accorgeva di essere una straniera sotto quel cielo estraneo. «Che assurdità, tutta 'sta scena per quattro stelle» aveva detto sbadigliando, con voce sufficientemente alta perché la giovane donna che le stava affianco alla murata della nave la potesse sentire. L'altra si era voltata di scatto, poggiandosi poi all'indietro mentre si accendeva una sigaretta; quindi, con voce incolore – ma gli occhi sembravano lucidi di esaltazione – le aveva ribattuto: «Chica, si vede che non sei mai stata lontana da casa. Sei troppo piccola per capire cosa voglia dire tornare nel luogo dove si è nati...».

All'imprevista una discesa al cui fondo si scorgeva un ponte di legno, gettato su una gola profonda. José spinse al massimo il motore, come se avesse per scopo la distruzione della jeep o volesse fare prendere a Silvia un bello spavento; quasi intendesse punirla. Ogni cosa sembrò ondeggiare: la boscaglia parve inclinarsi e Silvia dovette chiudere gli occhi, sentendo nel contempo crescere il rombo spaventoso del fiume. «Che fracasso fa» disse ansimando, più che altro a se stessa. Aprendo gli occhi, vide l'auto imboccare il ponticello. Le assi trasversali, usurate dal tempo, scricchiolarono paurosamente. Da accapponare la pelle.

Il luccichio delle rocce della gola, che il torbo dell'acqua non specchiava, e il suono iroso delle travi che saltavano al passaggio della jeep le parvero durare un'eternità: questa la devo proprio raccontare a Cora, non ci crederà...

Quindi ripresero a salire, rasentando un villaggio di capanne con bambini magri a giocare nella polvere rossa. Donne dal viso di bambole brune, con trecce nere che scendevano sulle spalle, sollevarono appena gli occhi per guardarli passare. Immobili come statue.

Silencio largo.

«Che miseria» disse Silvia all'improvviso. «Ma non si può far niente per questa gente?»

«E che vorresti fare?» rise José, scoprendo i denti. «È la vita.»

«Trovo assurdo questo modo di dire. In fin della fiera, cosa significa?» Madonna, com'era insopportabile...

«Tutto.»

«Nada.»

«Puede ser, chica.»

Silvia trasalì: José le aveva posto una mano sul braccio.

Finalmente si fermarono a mangiare; nel pentolino del pranzo doña Gabriela aveva preparato patate, fagioli neri e frittata. Da bere, birra calda. Peccato. José si mise a armeggiare nel motore che nell'ultimo tratto di strada aveva fatto le bizze.

Silvia ne approfittò per aprire il suo quadernetto e cominciare a scrivere a Cora.

"Mi vengono continuamente memorie strane, Cora, però no sé bien sobre qué. Abbiamo traversato villaggi di miseria inimmaginabile: donne e vecchi che guardano nel vuoto. Cosa si proverà a essere nati in questi posti? Perché mi passano per la testa 'sti pensieri? Ognuno ci ha la sua croce, diceva mia nonna; ciascuno si trascina dietro il suo mondo di ferite, di desideri incompiuti, di paure, rabbie o cicatrici, quel che avrebbe voluto essere e la poca cosa che è. Come me che, pensa e ripensa, giro sempre attorno agli stessi pensieri. Le solite visioni – chiodi fissi – che mi rotolano negli occhi: mia madre che sto per vedere dopo più di un anno, la copertina di un disco dei Beatles, mia nonna che recita il rosario, naturalmente papà all'ospedale, Alberto Lupo nei panni del dottor Manson... Come ho sempre girato intorno a me stessa, credendomi al centro di tutto – la vie en rose, o qualcosa di simile – quasi che il mondo iniziasse e si concludesse con me. Ma forse è inevitabile, Cora: cosa ne sappiamo noi due del mondo che sta fuori dalle mura del collegio? A scuola si limitano a rimpinzarci la testa con le gesta di Martín Fierro. Te das cuenta? Però io e te siamo in grado di dire che c'è stato il colpo di Stato di Onganía solo perché ci hanno avvisato che era in vigore il coprifuoco e di notte abbiamo sentito sparare; ma non c'era neppure un professore disposto a rispondere alle nostre domande...

"Il moroso di mia mamma sta trafficando col motore, mi pare che abbia quasi finito, dal rumore che la jeep fa adesso sembra che il problema sia risolto. Beata questa macchina. Qualsiasi pasticcio, le basta un meccanico, un

José qualsiasi. Ma a me, quando i miei pensieri si ingrippano, non c'è chi possa darmi un'aggiustatina. Nessun dottor Kildare che sappia dire la parola giusta. Mettiamo che... No, adesso basta."

José abbassò rumorosamente il cofano del veicolo, si sbottonò i pantaloni e pisciò sul margine della strada, dove un grosso uccello azzurro e grigio saltellava, con l'andatura goffa e stupida delle galline. Silvia aspettò che lui finisse, voltando la testa per l'imbarazzo.

Si rimisero in viaggio. L'uomo disse con aria soddisfatta: «Hai sentito, Silvietta, come fila adesso la jeep?».

Silvia passò l'ora successiva a guardar fisso nella fodera del cappello, tenuto davanti al viso per proteggersi. I rami della boscaglia battevano infatti sul davanti della jeep con ritmo maligno.

All'improvviso sentì che José le carezzava il braccio. La ragazza ebbe un brivido, ma non disse niente. Poi le dita di lui risalirono percorrendole il collo; ridiscesero sulla pelle tiepida a sbottonarle la camicetta. Il cuore le batteva all'impazzata; gola chiusa. Arrivata al seno, la mano di José si allargò per riempirsi il palmo. Il contatto fu per Silvia una scossa violenta.

Eppure anche allora non disse nulla, lasciandolo fare, seppur con disgusto. Certo comprendeva bene cosa quei gesti volessero dire: era ingenua nei suoi sedici anni, ma mica stupida. Fin da quando era piccola sapeva che la razza delle donne, come diceva sua nonna, si divideva in due: le serie e le puttane; e quest'ultima categoria designava quelle su cui si appuntavano i desideri degli uomini – «perché gli uomini son tutti maiali, ne'» ripeteva sua nonna – epperciò non restava loro che perdersi. Del resto lo insegnavano anche certi libri; *Anna Karenina*, per esempio. L'aveva letto due mesi prima e le era rimasta la certezza che essere femmina fosse un'esperienza pericolosa, esposta all'umore dei maschi. E, se poi ce ne fossimo dimenticate, ci stanno i tanghi a ricordarcelo... Vero, Cora?

José tutt'a un tratto fermò la jeep. Afferrò Silvia per le spalle, rovesciandole indietro la testa, per baciarla sulle labbra e sulla gola. Lei tentò di svincolarsi, poi, accorgendosi di non poter farci niente per la disparità delle forze, si arrese, lasciandolo fare in silenzio. Solo quando lui le fu sopra, lanciò un urlo. Di spavento epidermico, di orrore.

Sua madre venne incontro alla jeep, festosamente. Abbracciò Silvia, stringendola forte: «Come sei cresciuta» disse. «Eh già, gli anni per voi ragazzi passano in fretta.»

Silvia si sentì sul punto di piangere. Si staccò da lei per guardarla bene: sua madre era più bella di come se la ricordava: pelle abbronzata con piccole rughe intorno agli occhi, corpo magro nei pantaloni attillati, le unghie delle mani laccate di un rosso vivo, i capelli biondissimi legati all'indietro a coda di cavallo. La donna si mise a parlottare con José, ridendo.

Più tardi un giradischi suonò un tango. La voce di Tita Merello cantò:

> Decime Dios dónde estás,
> que me quiero arrodillar...

Sua madre e José lasciarono il loro whisky e si misero a ballare sulla veranda. Silvia li osservò trovandoli all'improvviso sgradevoli, perfino brutti: José, un mostro di ipocrisia, sua madre, un'estranea con le rughe fin dentro il cuore. Li odiò con furore, entrambi, nell'aria improvvisamente incrudita dalla notte che scendeva. Ascoltava, quasi assente.

Pazzesco. Che tontería de negocio è la vita. Adesso chiamo mia madre e le dico cosa mi ha fatto il "suo" José. È da un pezzo che ho una voglia rabbiosa di interromperli, di urlare, ma ogni volta che mi sembra di aver trovato le parole più crudeli, adatte a ferirla maggiormente, ci rinuncio. No, non ne sono capace. Sento la gola chiusa... Quando il disco finirà. La chiamerò da parte e glielo dirò. Son sempre stata un'indecisa io; una firla-furla. Fin da piccola mi han sempre preso in giro per questo. Come quella tal volta in quella merceria di fianco al duomo, un antro scuro con gli scaffali di bottoni e passamanerie, che arrivavano fino al soffitto; con i commessi che si arrampicavano come scimmie su scale di legno, per raggiungere i cassetti più alti. Dài, Silvia, scegli di che colore vuoi il nastro per i capelli, dice mia madre. Avrò avuto sì e no sette anni. Una vera festa di colori per gli occhi. C'era un giovane antipatico a servire dietro il banco. Ti decidi? insiste mia madre. A me piacerebbe quello giallo canarino, ma anche quello rosso papavero, o magari quello viola coi riflessi sbarluscénti. Però bisogna scegliere. E in fretta. Allora? chiede ancora mia madre, sbuffando. E io mi metto a piangere. Il commesso antipatico ride. Ce n'è di stronzi al mondo. Mi ricordo ancora quella ghigna. Che figlia stupida, conclude mia madre: Cosa caragni a fare?... Sempre stata così. Indecisa, paurosa. Sempre a vergognarmi, come se in ogni caso fosse colpa mia. Ma quand'è che smettono di ballare quei due?

Rabbia. Come quando, i mesi scorsi, in collegio arrivavano ogni tanto cartoline con una frase sempre identica: "Besos, mamá". Mai nient'altro. Nella mia testa, molta nebbia. Cora, perché non sei qui? Se fosse possibile dimenticare, come dice la canzone, arrodillarse, inginocchiarsi. Un po' di pace. Senza nessuno intorno.

Guardò l'orologio da polso. Le otto e mezzo. Quei due si eran messi a ballare un altro tango. Si sentiva come oppressa dal battito dei piedi sull'impiantito; le sembrò che le loro gambe si intrecciassero con il ritmo del suo dolore. Chiuse gli occhi per non vederli. Esclusa, si disse; io appartengo alla razza degli esclusi e odio tutti. Seduta su una sedia dura e scomoda, la cui impagliatura le si conficcava nelle cosce sotto il vestito leggero, provò nella gola il sapore di polvere che dà la tensione nervosa. Ogni oggetto in quella casa estranea le sembrò brutto, carico di angoscia.

«Cos'hai?» chiese sua madre, accorgendosi del silenzio della ragazza. «De verdad, Silvia, non ti capisco. Cosa c'è che non va?»

«Si è stancata durante il viaggio. Tante esperienze nuove... Vero, Silvietta?» rispose per lei José. Quelle parole cariche di sottintesi assunsero un tono repellente negli orecchi della ragazza. Tutto era accaduto così in fretta quel giorno, fino a quel momento non aveva avuto quasi il tempo di pensarci. «Se fai uno scandalo» le aveva detto José in tono spavaldo «tua madre ti chiude per sempre in quel collegio; e in più la Renata me la sposo lo stesso, perché lei è pazza di me.» Poco ma sicuro.

«Ma quell'uomo deve stare per forza qui?» chiese rabbiosamente a sua madre.

La donna la guardò con aria di rimprovero: «Sai bene che José e io ci stiamo per sposare. Te l'ho anche scritto, un paio di mesi fa».

«Me ne frego.»

«È così che rispondi a tua madre?»

Mia madre, già. La donna che mi ha messo al mondo, eccetera eccetera. Bel colpo parlarmi di gratitudine. Sicura, signora madre, che la vita sia tanto bella da doverle essere grata? Basta. Se mi dice un'altra volta Silvietta, urlo. E poi perché si è messa a guardarlo così, in questo modo adorante? Cosa ci vedrà mai in quest'ometto, in questo porco? Perché resta qui davanti a me sorridendo? Che se ne vada, entri una buona volta in casa, sparisca. Non posso sopportare di vederla così, con quegli orecchini che lui le ha portato in regalo. Via. Che mi lasci sola.

Le costava fatica continuare a affrontare la loro presenza. Era sfinita; inoltre, in quel momento si sentiva spaventosamente sporca.

«Voglio fare una doccia.»

«Guarda che qui l'acqua calda non c'è» spiegò sua madre.

«Fa niente.»

«Come vuoi.»

Silvia si avviò rabbiosamente verso l'interno della casa.

Fu un sollievo l'acqua gelata, il trovarsi fuori dagli sguardi di sua madre e di quell'uomo odioso.

Nello specchio si vide miserevolmente magra; i denti le battevano come se morisse dal freddo. Le venne, a contemplarsi così, un riso nervoso: ah, se quello fosse stato un giorno come tutti gli altri, uno dei giorni del collegio a Buenos Aires, di un mese prima; o un'eternità prima. Di quei giorni in cui non capitava mai niente: le lezioni, i compiti insieme a Cora, i libri scambiati, le chiacchiere su quando sarebbero state grandi... Su, si disse, adesso non fare l'isterica, Silvia.

Doveva riuscire a bloccare il magone che le stringeva la gola. Sua nonna ripeteva sempre: Se brucia, soffia... Per qualche minuto ancora, il getto d'acqua fredda continuò a frustarla formandole rivoli sui piccoli seni e sul ventre.

Mentre si rivestiva, risentì la risata di José; come una mano diavolesca che le artigliasse l'orlo della camicia. Le scese un brivido lungo le cosce.

Più tardi, affacciata alla finestra sotto un milione di stelle che la guardavano senza curiosità, tentò di sopportare il fastidio delle zanzare. Ma a tormentarla di più era il ricordo del sapore di José nella sua bocca.

Piegata come un arco nell'amaca mal sistemata, il suo corpo di quasi donna, che dondolava nel vuoto, le sembrò quello di una morta. Col dorso della mano si asciugò lagrime di rabbia. Ma in fondo che era accaduto di strano? «Gli uomini sono dei maiali»: sua nonna gliel'aveva ripetuto fino alla noia, prima ancora che Silvia avesse l'età della ragione... Tenías razón, abuela. Non credere che non abbia capito. He entendido lo fundamental.

"Cora carissima, tutto sottosopra stasera. È come davanti a una bilancia pesapersone: ci monti sopra e l'ago per un momento impazza, fa alcuni giri vorticosi, quindi si ferma: ché quello lì è il tuo peso, quello che sei. Uguale per me, con 'sto pensiero che m'obbliga a tirare le somme: bella mia, hai sedici anni, è febbraio, millenovecentosessantasette, giovedì, e degli uomini hai imparato quanto basta, lo fundamental. Chi ha detto che questa è l'età più bella dovrebbe essere coperto di sputi.

Le venne in mente all'improvviso una storia che Cora le aveva raccontato: di sua zia Martinita che, giovanissima, era stata rovinata da un parente, e poi era finita male...

Per un attimo, nel dondolio dell'amaca, le sembrò di provare una specie di dolce e cinica tolleranza verso tutto e tutti. Cosa c'era ormai che non avesse già visto, fatto, saputo? si chiese.

Forse avrebbe dovuto scrivere a suo nonno, andare da lui in Patagonia. Sì, lasciare mamá e quelle sue storie che sapevano di sporco; fuggirsene lontano, in capo al mondo... Una falena batté le ali inutilmente, follemente, vicino alla lampada ancora accesa. Silvia la compatì e le tornò una voglia improvvisa di piangere, come quando si riconosce in ciò che accade a qualcun altro la propria malasorte.

Sì, sì, sì, che stanotte me toca a mí.
No, no, no, que mañana te toca a vos.

Lo diceva sempre Cora: mal comune, consuelo de tontos.

Martinita Colombo (1919-1965)
Sfiorì amando
Buenos Aires, 1939

Di ogni amore passato porto le ferite,
ferite che non si chiudono e sanguinano ancora.
L'errore di aver vissuto a occhi ciechi
cercando inutilmente la gioia dei miei giorni.
Mi resi conto tardi che alla fine
si vive ugualmente mentendo.
Compresi troppo tardi che la mia illusione
sfiorì amando.

JULIO SOSA, *Tarde*

Sono rimasta a lungo ieri sera nella stanza da letto, quasi totalmente al buio; solo dalla porta a vetri veniva un po'
di chiaro per la luce rimasta accesa in salotto. Avevo chiuso il finestrone che dà sul patio dei vicini: sa com'è, era sabato, e nonostante piovesse, avevano preparato il solito
asado, se ne sentiva venir su l'odore, mi metteva nausea.

Ascoltavo dei camioncini passare per strada – le ultime
consegne prima della festa – e il russare profondo del-
l'Alfonso. Più tardi, dietro la vetrata del balconcino che
dà su Arévalo, sono stata a guardare piovere: quell'acqua
fina e continua – niente lampi, niente tuoni; roba che
quando comincia non smette mai, e al mattino uscendo si
trova tutta la strada che è un'unica pozzanghera di fango;
"pancècca" la chiamerebbe Papà. Davanti ci sta un albero del paradiso, comincia adesso a mettere le foglioline.
Sono rimasta a osservare l'acqua come sgocciolava tra i
rami, come infradiciava i frutti secchi che cadendo si son
depositati sul balconcino da mesi e che non ho mai sco-
pato via. Ultimamente, sa? non mi viene voglia di fare

niente in casa. L'Alfonso ha sempre sostenuto che sono pigra. Ma è mica pigrizia, mi creda. Piuttosto sfinimento, indifferenza a tutto.

Detto da lui, poi, fa proprio ridere: quand'era in casa l'Alfonso mica si teneva pulito. Lavarsi neanche gli passava per la testa, e se non intervenivo io, andava a letto senza neppure cambiarsi la biancheria. Poi, quando gli veniva il ghiribizzo di prendermi, era violento, un vero animale. Del resto, succedeva di rado negli ultimi tempi. Da un anno aveva altri interessi per la cabeza: diceva che la mia carne non era più fresca,

già, il tempo è passato su di me, anche se ancora non capisco dove fu il primo errore, so soltanto che la vita non è come la sognavo, ai tempi in cui il mio più forte desiderio era diventare grande al più presto.

L'ha vista la stanza, no? Oltre il letto non c'è nient'altro, tranne un candeliere sul comodino, la corona del rosario appesa al muro; ma fino a un anno fa c'era un bel comò con la specchiera, che avevo trovato da un rigattiere di Niceto Vega e avevo passato un buon mese a ripulire e rimettere in sesto; ché quando abitavo coi miei a Rosedal, avevo mio zio Felice che faceva il falegname e qualcosa ho pur imparato anch'io a furia di stare a osservarlo nella sua bottega.

Le altre stanze, le ha viste? Semivuote, tranne la prima, appena sopra le scale, dove stanno ammassati tutti quei cavalli a dondolo; vengono da una giostra che l'Alfonso doveva mettere in piedi con un amico, nel parque di Palermo; ma poi non se n'è fatto niente: fracaso total.

Eppure un tempo, i primi mesi che abitavamo qui, le cose mica andavano a questo modo. Era un amore di appartamento, col mio lavoro di dattilografa avevo firmato cambiali per comprare mobili decenti. Davanti alla vetrata a riquadri colorati che dà sul patio avevo sistemato vasi di campanelle rampicanti. Faceva allegria il solo guardarle. E l'Alfonso era sorridente, certe volte mi abbracciava, faceva il pagliaccio, mi chiamava la sua "bambina". Poi lui cominciò a immischiarsi in qualche faccenda mica tanto per la quale. O forse così aveva sempre vissuto: già ai tempi in cui stava a Rosedal ospite dei miei, correva voce che i soldi di cui aveva sempre ben fornito il borsellino non fossero proprio puliti. Questa volta si trattava di affarucci di pubblicazioni di tanghi; mi spiegò che era stato truffato da un socio che aveva violato non so che legge, lasciandolo poi nei guai. E io, tonta, a credergli e perdonarlo. Poi venne la faccenda dello spaccio di banconote false. Però sempre qualche scusa la riusciva a trovare, per farsi passare come vittima: davanti a me, in ginocchio, a promettermi che non sarebbe più successo. Poi ancora... Ma è inutile continuare, cose che lei saprà già.

Sono stati tre anni di litigi continui e non solo per questioni di soldi, ma anche per tradimenti; anni di gelosie e di minacce di andarsene, un mese sì e un mese no. E intanto, in questo tiramolla, i debiti suoi da pagare crescevano; dovetti rimandare indietro i mobili più belli perché i soldi non bastavano più, e l'appartamento si ridusse a quel buco che ha visto. Il pianterreno l'abbiamo dovuto subaffittare a una famiglia di gente venuta dalla provincia; è solo con quei soldi-lì che sono riuscita in quest'ultimo anno a arrivare a fine mese. Y ahora...

adesso sono incinta e non sono ancora riuscita a decidermi, come abbia fatto a cascarci non lo so, Carla continua a ripetermi che dovrei farmi vedere dal dottore da cui anche lei è andata l'anno passato, dicono sia un'operazioncina di mezz'oretta, ma io non voglio, anche se capisco che sarebbe meglio così, che senso avrebbe adesso un bambino dall'Alfonso...

Rimasi un anno a aspettarlo mentre lui era in prigione. Non potevo lasciarlo, perché la mia amica Carla dice che non si può abbandonare un uomo quand'è a terra, anche se si tratta di un buonaniente come Alfonso. Ero quasi decisa a lasciarlo: che andasse al diavolo, appena se ne usciva dal carcere; ma poi non osai farlo. Lo misero fuori, per buona condotta o lo sa Dio perché, ma ogni settimana c'era sempre qualche guardia alla porta,

che vergogna, rivivere l'esperienza dei poliziotti dentro casa, già era avvenuto con Papà quella famosa mattina che lo portarono via in manette, e la polizia se ne stette col camioncino davanti all'almacén per un giorno intero, così che i vicini ebbero tutto il tempo che volevano per sparlare.

Martinita stava seduta rigida, aspettando che l'uomo la invitasse a continuare. Sulla scrivania era posata una lampada la cui luce bianca la colpiva in pieno viso; non era una sensazione sgradevole, tutt'altro; se ne sentiva quasi riscaldata.

L'uomo, invece, sedeva in una specie di penombra, lambito solo di striscio dalla luce. Nei lineamenti incerti si distinguevano però gli occhi chiari, di un colore grigiazzurro. Da lui emanava qualcosa di impersonale che in qualche modo la rassicurava.

Mica sempre è stato così. Ché, per l'Alfonso, sono fuggita di casa per amore, tre anni fa. Era il fratello di mia madre. Sa com'è: lo zio che ho adorato da quand'ero bambina, quello che arrivava a Natale con una bambola e un paio di scarpette bebè di vernice; sempre con una caramella in tasca per consolare i miei pianti, con una parola affettuosa quando mi vedeva ingrugnata o in lagrime.

Com'è cominciato tutto, non so. È successo e basta,

con i primi gesti impacciati con cui, quando mi passava vicino, mi sfiorava il braccio, una sera afosa, i miei in cucina a sbraitare come al solito, e noi due soli in mezzo alle vampate di caldo che salivano dalle pietre del patio, «Quando sono vicino a te, perdo la testa» mi disse in un sussurro afferrandomi il polso. «Non mi è mai capitato con nessuna. E adesso non tirarmi fuori che sei mia nipote... Balle. Io ti voglio. Puoi anche non rispondermi subito, ma ricordati: ho quasi cinquant'anni, Martinita, non posso permettermi di aspettare troppo», quella voce bassa, così vicino al mio orecchio, che sentivo l'umido del suo respiro affannoso, avvertendo all'improvviso un formicolio caldo partirmi dal braccio dove lui mi stava toccando, mentre il tempo si faceva lento, pesante, e zio Alfonso alzava una delle sue grandi mani per carezzarmi i capelli; poi mi afferrò per la vita e mi strinse a sé, sentivo l'odore della sua acqua di colonia, sulla guancia il morbido della sua camicia stirata da mia madre.

Per un anno andò avanti con un inferno di sotterfugi, la fatica di trovare una scusa per restar sola con lui, gli incontri in qualche vicoletto di periferia, lontani dal nostro quartiere. Sempre con il cuore in gola per la paura. A casa, quando ci mettevamo a pranzo, era una pena essere costretta a stare con gli occhi abbassati e il martellio nel petto. Per non dare nell'occhio. Se i miei avessero solo sospettato qualcosa, chissà che diavolo a quattro. Ma Papà a quell'epoca aveva ben altro a cui pensare. E Mamá pure.

Le carezze dell'Alfonso, i suoi baci, i discorsi d'amore che sapeva farmi.

Diceva: «Non ti piacerebbe venir via con me?».

«Dove?»

«Potremmo andare dovunque. Al mare, per esempio. Ti piacerebbe il mare? Es hermoso, con le onde e i gabbiani...»

E io che mai ero uscita da Rosedal, rispondevo: «Sì, sarebbe tanto bello».

La voce dell'uomo si insinuò quasi con timidezza nel suo fantasticare. Quando Martinita se ne accorse, lui doveva stare già parlandole da tempo.

Per questo, quando mio zio Alfonso mi propose di fuggire, lo seguii. Lo amavo. Poi, però, l'ho già detto come andò. Dopo un paio di mesi ero pentita, ché già avevo capito cosa sarebbe stata la mia vita. Miseria e botte. Dopo appena un anno conoscevo il mio pollo: un uomo debole e violento insieme. Poi, quando venne fuori dal carcere, le cose si misero anche peggio. Io a spaccarmi la schiena in un postaccio come dattilografa, lui in panciolle a letto; quand'era stufo di starsene in casa, andava fino al caffè dell'angolo a comprarsi le sigarette, a bere un paio di birre o a spennare qualcuno a carte. Almeno avesse dimostrato un po' d'affetto. Un corno. Era un egoista, e perdipiù manesco ogni volta che si ubriacava. E lo faceva sempre più spesso negli ultimi tempi. Se si fosse trattato solo di questo, avrei continuato a sopportare,

no, non potevo continuare a sopportare, tanto più che aspetto un bambino, non potevo, non sono più la bambola che l'Alfonso pretendeva che fossi, lo straccio da prendere a calci e poi buttare in un canto,

ma mi tradiva, l'ho già detto. Con tutte le puttane che incontrava nel salone da ballo in cui andava col suo amico Fabio il sabato sera. Un porco, ecco cos'era. L'ultima che aveva raccattato, la Guadalupe, ha la macchina e l'accompagna a casa quando il locale chiude; si è fatto portare più di una volta fino al nostro portone, senza nessun pudore; capisce? E io sempre citto mosca perché, se solo avevo rimostranze da fargli, mi pestava.

Lo amavo, capisce?

L'uomo annuì, senza mostrare né sorpresa né disapprovazione; sempre intento ad ascoltarla, a guardarla con quegli occhi freddi, di un colore fra il blu e il grigio, il colore più riposante che Martinita avesse mai visto. Quelli dell'Alfonso erano blu, ma tutt'altro che riposanti. Taglienti come le parole con cui la feriva, come gli spintoni con cui la sbatteva a terra.

Martinita pensò alla frase appena pronunciata: "Lo amavo". Strano, averla detta così tranquillamente. Per mesi si era tormentata, avvilita, buttando in faccia all'Alfonso la sua disperazione, urlando rabbiosa che lui le faceva schifo. E invece dentro di lei l'amore si conservava intatto, manco se n'era accorta... "Lo amavo": ecco, finalmente la frase era uscita dal segreto in cui era stata acquattata per mesi, non poteva sopportare più a lungo di doverle strisciare furtiva nella mente, era venuta allo scoperto. Lei l'Alfonso continuava a amarlo. Le parole erano venute fuori, erano vere.

La sera prendo da un po' di tempo un sonnifero, e al mattino, quando mi alzo, mi sento tutta intronata, come se ancora fosse notte. Vedo buio, una strana sensazione che mi pesa, mi schiaccia il capo, non so. Un'ombra spaventosa che divora la stanza; una fatica, come se stessi reggendo il mondo intero sulla schiena. Spesso vomito,
come sarà questo bambino? mio Dio, un cucciolino goffo con la faccia dell'Alfonso, oh no, adesso mi sta tornando la nausea, mi toccherà rimettere di nuovo,
ogni mattina, appena apro gli occhi, vedo i vestiti di lui gettati là di malagrazia sulla sedia, le tende che dovrei decidermi a tirar giù e lavare, le ragnatele negli angoli. E ho voglia di urlare.

Tirò fuori le ultime parole quasi ansimando; con lo stesso senso di vergogna e di paura che aveva provato entrando in quella stanza. Martinita guardò l'uomo che scriveva, il movimento tranquillo della penna sul foglio le sembrò così naturale, così appropriato tra quelle pareti silenziose, quasi rassicurante. Dove si trovava? Il mondo ordinario – le liti con l'Alfonso, le beghe coi vicini, le bollette da pagare – tutto le parve così lontano.

Da tanto tempo lui non mi cercava più come una volta. Diceva che si era stancato, che mi ero inacidita, che avevo perso ogni attrattiva. Cominciò perfino a dirmi chiaramente di tornarmene a Rosedal, dai miei.
Quando doveva incontrarsi con la Guadalupe, si faceva il bagno, si profumava, si imbrillantinava capelli e baffi; mi

faceva perfino lucidare le scarpe e stirare la giacca. Usciva di casa fischiettando e delle volte mi chiudeva dentro, per pura malignità.

Senza contare la cattiveria con cui in presenza di estranei sparlava di me. «La cicciona» diceva; e era la definizione più gentile. Oppure, «Balena», «Palla di lardo»; perché in questi tre anni mi sono ingrassata, ho messo su un mucchio di chili, non so neanch'io come: ho sempre fame, torno dal lavoro e comincio a mangiare, lo aspetto di notte e mangio... «Tutto quello che sai fare è mangiare e aprire le gambe» mi urlava dietro,

senza contare la scenata che m'ha fatto quando gli ho detto che ero incinta, le frasi ripugnanti con cui mi ha apostrofata,

mi faceva ribollire il sangue con i toni di voce pungenti che ostentava quando mi rivolgeva la parola. Se mi rivoltavo, le sue parole di derisione: «Se vuoi, quella è la porta: puoi tornartene da dove sei venuta... Io ti trattengo mica».

Ma come potevo io, disonorata, tornare a casa? Con che faccia, mi dica? Mia madre mi avrebbe ammazzata. Sicuro come il Natale,

tanto più adesso con questo bambino, che ne sarà di me?

Rivolgermi a mio fratello che vive a Mendoza, non ci pensavo nemmeno, quel mangiaostie con la puzza sotto il naso. No, ero senza vie d'uscita.

Il gran senso di stanchezza la riafferrò; non aveva più voglia di affrontare le domande che l'uomo continuava a porle con quella sua voce calma e imperturbabile.

Ripensò alla sera prima quando aveva sciolto il tubetto di sonnifero nel vino dell'Alfonso; a come le tremava la mano, pur comprendendo che dopo sarebbe stata meglio; provando il senso tremendo c sconvolgente di essere sul punto di fare qualcosa di irreparabile. Aveva spiato da dietro le persiane il rientro dell'Alfonso. Andando avanti indietro sul parquet a piedi nudi, dalla stanza da letto al salotto spoglio; sedendosi sul divanetto a fumare una sigaretta, fissando a occhi vuoti le illustrazioni che aveva ritagliato da una rivista trovata in ufficio e poi appeso per riempire la parete vuota. Sussultando appena avvertiva lo scoppiettare di un motore o lo stridere di una frenata nelle pozzanghere di Arévalo, correndo alla finestra per guardare chi fosse. Ripiombando in un senso tremendo di vuoto, ogni volta che il veicolo andava oltre; desiderando scomparire nell'oscurità, restando perfettamente immobile come esos insectos que para salvarse se confunden con una crepa del muro. Guardando con occhi vuoti le sagome dei cavalli di legno ammassati lugubremente l'uno sull'altro in un cantone.

Ogni tanto correva in cucina, dall'altra parte del patio, con una fame tremenda, proprio un buco nello stomaco; sicché, per evitare di bagnarsi andando dentro-fuori, si era portata in salotto del pane e formaggio.

Infine da Niceto Vega aveva visto svoltare l'auto nera e viola della Guadalupe, che si era fermata davanti al portone. L'Alfonso e la ragazza erano rimasti seduti in macchina per un po'; dovevano aver acceso una sigaretta, se ne intravedevano le braci nel buio,

è strana la brace di un cigarillo quando brilla nel vuoto della scurità, en la nada enorme che è una strada di periferia di notte,

ma, un po' per i rami dell'albero del paradiso un po' per la pioggia fitta, dalle persiane non si distingueva nient'altro. Infine Martinita aveva sentito il portone aprirsi, i passi pesanti dell'Alfonso salire le scale con lentezza irritata.

No. Non avevo paura. Sentivo freddo, fame, disperazione di non sapere cosa fare, le giuro,

invece adesso come tutto sembra cambiato, più semplice, se avrò un figlio gli insegnerò verità semplici, a riconoscere l'amore per esempio. Da quali segni puoi capire che si tratta di amore? dal fatto che senti – testa, cuore, viscere – di non

*poter più fare a meno di qualcuno?... io lo so bene, io ho
amato, amo, dipendere dall'Alfonso è stato il mio destino,
l'amore mi ha spinto dove una volta per sempre la libertà finisce, certo avrei potuto anche scegliere la possibilità di
smettere di amare, ma questo non mi è mai passato per la testa neanche lontanamente, ché se ci avessi pensato sul serio
la vita sarebbe diventata per me un vuoto immenso e orren-
do, dipendere dall'Alfonso è stata l'unica cosa viva che ho
avuto a questo mondo.*

Quando l'Alfonso è entrato nella stanza, ho finto di tirarmi su proprio allora dal divano. La bottiglia di vino in
cui avevo sciolto il sonnifero stava sul tavolo, con un bicchiere vicino. E lui, come avevo previsto, ha bevuto. A me
neanche una parola, nemmeno un sorriso. L'ho sentito che
canticchiava «Quiero el beso de sus boquitas pintadas»
mentre usciva nel patio a pisciare, il rumore delle scarpe
abbandonate sul pavimento, le molle del letto che cigola-
vano. Allora mi è venuto da piangere.

No, stia tranquillo, mi sento bene, è solo un capogiro,
va meglio rispetto alla notte scorsa,

*anche se adesso viene il difficile da tirar fuori, tutte le co-
se nascoste che nessuno ha mai saputo, quei segreti che per
anni mi hanno prosciugato l'anima.*

Vede questa gonna? l'ho comprata in un magazzino... Sì
che c'entra, mi ascolti. Fino a quando ho abitato coi miei a
Rosedal i vestiti me li faceva mia madre. Come detestavo il
suo affaccendarsi intorno a quella maledetta Singer nera-
e-oro fissata al tavolo della cucina: perché si trattava sempre dei suoi abiti smessi che lei rivoltava e poi riadattava
per me. Mamá ripeteva sempre che avremmo tutti dovuto
esserle riconoscenti, che si spaccava la schiena per man-
darci in giro vestiti in modo decente. Ah, di prediche sulla generosità del cuore di una madre e l'aridità egoistica
dei figli, quante ne ho sentite. Una rabbia. E quella frase:
«Verrà il giorno che ti pentirai di non avermi dato ascolto!...». Rimproveri che trovavo insopportabili proprio

quanto quelle gonne, quegli scamiciati: sempre fuori moda, troppo lunghi, con quei colori – marrone, grigio, viola spento – da vecchia. Ogni prova d'abito era una battaglia: lei, con le labbra serrate a stringere quattro cinque spilli, mi tirava giù l'orlo più che poteva, io che le chiedevo la grazia di qualche centimetro, giusto per non fare la figura della befana in classe. «Sta' ferma! Sta' dritta!» l'unico borbottio comprensibile che le uscisse dalla bocca. Imprigionarmi in un modello di ragazza per bene che piaceva a lei: questo voleva. E siccome mi inalberavo, le sfuggivo, mi chiamava «sciattona». Sì, "sciatto" oppure "ordinario" erano le parole preferite da mia madre per definire qualsiasi cosa piacesse a me.

Contavo i giorni che mi mancavano al diventar grande per poter andarmene, scapparmene via da quella casa, dall'amarezza di mia madre. Per vivere le emozioni dei giornaletti d'amore che leggevo a escondidas, immaginandomi il luccichio delle vetrine della grande città. Capisce? Lei non sa che mortorio fosse Rosedal.

Ricordo certi Natali quand'ero bambina, mia madre che preparava le stelle di pane per l'albero, la sera in cucina; io mi mettevo al suo fianco, a guardare le mani di Mamá svelte svelte che ritagliavano la pasta per poi metterci al centro un cuoricino di carta stagnola; alla radio la voce di Gardel. Con l'eccitazione che lievitava quando ci mettevamo a tavola tutti insieme la sera della vigilia. Era l'unica volta dell'anno che mangiavamo in sala da pranzo, anziché nel patio; la tavola aveva la sua tovaglia migliore e il lampadario era ornato di rametti verdi d'alloro. Anche Mamá sotto il grembiule sporco di sugo indossava il vestito della festa.

Poi le facce: il Rogelio, tutto serio nella sua giacca migliore, l'Ángel con la battuta scherzosa in bocca, la Dulce che si succhiava il dito pensierosa. E io, avrò avuto tredici anni, con appena un filo di rosso sulle labbra e la cipria sulle guance. Ma mio padre mi squadra, con il silenzio denso di chi disapprova e dice: «Va' a lavarti quella boccaccia, che pari 'na puttana!», per cui mi tocca tornare in camera mia, piangendo, perché nessuno mi difende, sentendomi completamente abbandonata.

Sono stata contenta di andarmene da Rosedal. La mia famiglia, meglio perderla che trovarla: un insieme di persone cupe, tristi, egoiste; una casa di mobili vecchi e dozzinali, quasi volgari; un patio sporco di mozziconi di sigarette e di sputi. E ancor peggio fu quando mio padre finì in prigione, visto che l'Ángel nel frattempo se la squagliò a Mendoza; e il Rogelio commise quella sciocchezza. Allora tutta la situazione marcì...

Le racconto l'ultimo Natale che passai là. Si sentiva nell'aria che il rituale del pranzo e del "vogliamoci bene" era oramai qualcosa di stantio, che si era incrinato. Cenammo nella sala da pranzo, come al solito, ma non c'era aria di festa. Attraverso i posti vuoti, era come se vedessi il nostro fallimento familiare. Come eravamo veramente: le maschere scivolate via dalle facce, l'espressione torva e indurita di Mamá che non alzava gli occhi dal piatto. Zio Alfonso picchiettava imbarazzato sulla tavola con le dita della sinistra, fischiettando sottovoce tra i denti; ogni tanto guardava l'orologio, si vedeva che non ne poteva più. Perfino la Dulce, le manine grassotte poggiate sulla tavola, stava silenziosa; gli occhi sbarrati come quelli delle bambole.

E io dissi: «Peccato che non ci siano gli altri... Chissà cosa starà facendo adesso l'Ángel...».

Allora mia madre mi urlò dietro in malo modo, che quei figli disgraziati che se ne erano andati via mai più avrebbe voluto sentirli nominare: ché per lei l'Ángel era come morto; tal quale l'Ambrogio e il Rogelio; poi mi ordinò di filare in camera mia e di restarci.

Meglio così: non sarei rimasta in sala da pranzo neanche morta. Salii di sopra imprecando, chiusi le persiane e stetti al buio a sentire scoppiare i mortaretti; giurando di fargliela pagare.

Fu allora che per la prima volta la vita in quella casa mi

parve tutta una bugia: il bigottismo di Mamá, il suo darsi da fare con abitucci e sughetti, quel suo celebrare il Natale e nel contempo maledire i figli. Di bugie viveva. E tutto quello sfacelo aveva origine nell'ipocrisia di Papà, nella tirchieria con cui ci aveva oppresso per tutta la vita, nella sua maledetta ossessione per i soldi. Tutte quelle sere della nostra infanzia in cui si era seduto a capotavola senza neanche rivolgere una parola agli altri, pago soltanto di rimpinzarsi le trippe.

L'ho sempre detestato, io. Per i suoi rimproveri immotivati, gli scatti d'ira. Sempre pronto a sfilarsi la cinghia per batterci. Non sono mai riuscita a amarlo, ma l'ho odiato davvero quando ha cominciato a maltrattarmi perché lasciassi la scuola. «Sei grande, è ora che ti guadagni il pane che mangi!» Fu l'Ángel che prese le mie difese: diceva che se avessi imparato a usare la macchina da scrivere, avrei trovato facilmente un lavoro da segretaria. Ma Papà non ne voleva sapere del mio diploma: ero una femmina, quindi non valevo niente.

«Va bene» si arrese Papà alla fine, con un risolino di scherno. «Vattene pure a scuola. Ma sia chiaro che io non tiro fuori un soldo.»

L'Ángel fece i salti mortali per comprarmi i libri e pagarmi l'iscrizione ai corsi; i primi tempi mi mandava i soldi anche da Mendoza dove era andato a abitare... Ah, ci son stati giorni in cui ho desiderato sul serio di morire. L'unica cosa che potevo fare era fuggirmene via.

Eppure quella casa a volte mi manca; soprattutto negli ultimi tempi, quando i rapporti con l'Alfonso hanno cominciato a incupirsi. A volte mi perdo in una serie di supposizioni assurde: se la mia famiglia fosse stata più unita, se Papà non fosse stato un imbroglione e un violento, se Mamá non avesse voluto legarci a ogni costo... quella casa non sarebbe diventata una terribile trappola da cui fuggire. Ma è inutile pensare ai se.

Certe sere a Rosedal, quando rientravo dopo aver fatto

l'amore con l'Alfonso, era terribile. Tornare a quell'odore acido di sugo riscaldato, a quella solitudine, a quella camera da condividere con quella bamboccia di Dulce, a quel letto duro e stretto, a quel passo di Papà sempre dietro le spalle per controllare se uscendo da una stanza avevi spento la luce. Entravo a piedi nudi nel tinello per non farmi sentire e mi finivo la bottiglia di birra che l'Alfonso mi aveva comprato, ascoltando con una specie di tenebroso piacere il russare dei miei dall'altra stanza... un rumore sporco, come tutto in quella casa; a volte dalla sala da pranzo sempre chiusa veniva il suono cupo della pendola a cucù, con l'uccellino che batteva tutti i quarti col becco di legno.

Se si potesse tornare indietro. Mi mancano le voci dei miei fratelli che discutono di calcio, la baraonda dei tanghi alla radio eternamente accesa, il fermo di mattoni perché le porte non chiudessero sbattendo, i gelsomini nel patio, l'Ángel che dà la corda al cucù, la Dulce che impara a camminare aggrappandosi alle gambe del tavolo, il vociare dei clienti che la sera tardi alzano la posta della partita a carte.

L'unica cosa che volevo era andarmene da lì. Capisce?

A dire il vero, già prima di scappare, pensavo che sarebbe stato tutto inutile, che l'Alfonso fosse la persona sbagliata. E non solo perché era fratello di mia madre, oltre a avere già una certa età... Non so, c'erano certi silenzi, delle frasi velate che mi facevano intravedere il marcio di cui anche lui era sporco. Desde el principio lo seppi,

ma, d'altra parte, c'era dentro me qualcosa che non conoscevo, una sorta di voglia di distruggermi, per cui allo stesso modo sapevo che sarei andata lo stesso con lui, che l'avrei accompagnato anche nel suo fallimento se fosse stato necessario, che avrei tentato tutto pur di stare insieme a lui...

La sera della mia fuga, scrissi una lunga lettera a mia madre, spiegando le mie intenzioni e, mentre leccavo la busta, vidi dalla finestra l'Alfonso che nella via faceva segni che mi affrettassi. Mi parve brutto, vecchio; e tutta la faccenda un'enorme stupidaggine. Ebbi il presentimento che avrei maledetto quella notte, che avrei pianto inutilmente per tornare indietro. Potevo ancora pentirmi, stracciare la lettera, tornarmene a letto. Ma poi pensai a mia madre, ai suoi panegirici sulla prudenza e sul lavoro; allora, come una furia, mi calcai in testa il berrettino del Rogelio e uscii di corsa. Capisce?

Martinita alzò lo sguardo. Al di là della scrivania, gli occhi tranquilli dell'uomo la osservavano. Si rannicchiò sull'orlo della sedia.

Lui tirò fuori dalla tasca un pacchetto di sigarette e glielo offrì. Martinita ne estrasse una con la mano che tremava, si sporse in avanti perché l'uomo gliela accendesse. Poi, aspirò rapidamente e profondamente le prime boccate, sperando che il fumo non le facesse aumentare la nausea.

La tentazione di non muovermi, di non parlare, di dimenticarmi.

La voce della ragazza si fece molto bassa.

Lei ha mai creduto nell'amore? è mai stato innamorato? Io sì. Per anni e anni non ho fatto altro che sognare e attendere il Grande Amore. Credendo di palpare l'eternità, bevendo las palabras exaltadas delle canzoni di Gardel. Sicché se lo può immaginare cos'ho provato ieri mezzogiorno, quando sono tornata dall'ufficio e ho trovato l'Alfonso che si gingillava sulle ginocchia la figlia dei vicini, quei tali a cui abbiamo subaffittato il piano di sotto. Pensi: una piccolina di nove anni appena.

Guardi, non ce l'ho fatta più. Con le donne di un bordello passi, ma le bambine non le doveva toccare, quel porco. È stata una scenata che in tutta la via ci hanno sentito: quelli che mi vede in faccia sono i lividi delle botte, l'occhio quasi non mi si apre ancora. Poi se n'è uscito, come niente fosse.

Succedeva spesso: quando cominciava a picchiare lo prendeva una furia che non si controllava più; poi sbatteva la porta e se ne andava, per tornare finito dal bere, ma comunque capace di chiederti di versargli un ultimo bicchiere.

Gli ho messo un sonnifero nel vino ieri sera, perché avevo paura di lui, volevo una notte tranquilla.

Martinita sentì voglia di urlare, di parlare forte, con asprezza. Era tremendamente spaventata di quello che era successo. Avvertì lo stomaco che le si stringeva, se fosse riuscita a vomitare sarebbe stato un sollievo.

Ascoltavo la radio ieri sera, mentre aspettavo il ritorno dell'Alfonso. Dei tanghi. Sa, a me piace tanto la voce di Gardel. Non immagina quanto ho pianto il giorno che il suo aereo si è schiantato. Che impresión terrible, quando diedero la notizia. Si ricorda? Quella canzone poi, *Volver*, che fa:

> Tengo miedo de las noches
> que pobladas de recuerdos
> encadenan mi soñar...

Non è strano che le canzoni a volte sappiano dire così profondamente la verità più nascosta di ciascuno di noi? che sappiano trovare le parole giuste, maledettamente familiari, per raccontare la desolazione? Mi scusi, son mica abituata a parlare così tanto,

il buio in cui ho vissuto in questi ultimi tempi, il torpore di questo corpo sformato, il bambino che aspetto... son tutte esperienze che hanno cancellato le parole,

vuoto, desolazione... sono espressioni che si trovano soltanto nei tanghi. Ma dentro di me è davvero come un deserto, se penso a una vita senza l'Alfonso. Tutto arido, tutto morto.

Ieri sera, quando lui si è buttato sul letto, schiantato dal vino e dal sonnifero, io ho girulato un po' da una stanza all'altra, spingendomi a volte fino al letto per guardarlo. Sentivo la gola arsa. Provavo un senso di spavento,

mai avevo portato il mio bisogno di Alfonso così allo scoperto, fuori dal buio spesso dei miei pensieri,

mi sentivo svuotata perché l'avevo atteso tremando per ore.

Cosa ho fatto aspettandolo? Non gliel'ho già detto? Ho mangiato del pane e formaggio, mentre leggevo e rileggevo una lettera di mia sorella. È incredibile: la Dulce mi ha mandato di nascosto una novella che ha scritto sul giornalino scolastico. Quanti anni ha quella ragazza? sedici, diciassette il prossimo gennaio; frequenta un corso per diventare maestra. È brava a scuola. Tutto diverso da me.

Ho letto il racconto. Tanto triste. Racconta di un ragazzo che si ammazza buttandosi da un campanile. Che razza di argomento, eh? Mi chiedo perché sia andata a scegliere proprio quello, perché non abbia parlato dell'amore, della gente felice...

Mi chiedo anche se la Dulce sia felice. È strano, è la prima volta che mi pongo questa domanda: se uno della mia famiglia sia felice o meno. È felice mia sorella o anche lei è presa in trappola? Chissà se come me prova questa sensazione terribile di essere in debito, che Mamá ci ha inculcato... Si sente anche la Dulce differente da tutti gli altri, come se avesse la fronte marchiata con un segno vergognoso?

Perché il protagonista del racconto di mia sorella non è inventato: è mio fratello Rogelio, nostro fratello Rogelio, morto che non aveva neanche vent'anni... Si è buttato davvero dalla cima del campanile.

Stavo lì davanti alla finestra spiando l'arrivo dell'Alfonso e mi tormentavo con mille pensieri: Quali sono i primi errori che una persona compie? E come si fa a non accorgersi di questi sbagli, a non vederli avanzare strisciando, come una notte che si fa sempre più fonda, fino a schiacciare una persona al punto da non poter più far nulla?... La mia famiglia, com'è marcia. Uno sfascio. L'Ambrogio scappato e ammazzato. Il Rogelio che ha cercato la morte, per troppa infelicità. L'Ángel rabbioso, fuggito anche lui. Io stessa disposta a perdermi per un piccolo uomo, sapendo benissimo che stavo commettendo un errore madornale.

Stavo lì e mi perdevo nel silenzio dell'attesa, e la Dulce era una bamboccina con le lentiggini e Papà sbraitava dall'almacén, come se la mia infanzia rivivesse in quell'istante, e io fossi una ragazzina e tutto succedesse por la primera vez. Avrei tanto voluto essere un maschio per poter godere della stessa libertà dei miei fratelli, per portare bombachas e andare sul cavallo dello zio Alfonso. Ché lui a quel tempo era per me la imagen de la fuerza. Il contrario di Papà. Sì, era la forza, ma con un tocco di cavalleria.

Tanto tempo fa. Todo es tan viejo.

Guardi che non mi preoccupo mica per me; è troppo tardi ormai, per me è finita. Ma che ne sarà di Dulce che è tanto più giovane di me? Cosa le capiterà? Divento matta quando comincio a farmi 'ste domande. E Mamá? Eravamo il suo sangue e la sua carne, la sua unica ragion d'essere... doversi rendere conto di botto che i suoi figli andavano alla deriva, chissà dove, che tutto non era altro che un engaño condiviso e conosciuto,

non avrò mai questo bambino, non tirerò su un altro infelice, piuttosto...

Per qualche istante Martinita restò immobile sulla sedia, la mente assolutamente vuota, gli occhi fissi all'estremità accesa della sigaretta. Poi tornò in sé, ritrovando l'uomo seduto, che la scrutava con quegli occhi chiari e freddi. E subito dietro quell'immagine un'altra faccia, altri due occhi, l'Alfonso, la sua bocca sprezzante.

Alzò il viso, guardò di fronte a sé, oltre la scrivania.

«Sono stanca» disse.

Attese una domanda, un commento, ma l'altro continuò a fissarla impassibile e calmo. Martinita cercò di sforzarsi, di trovare le parole per spiegare quello che voleva dire,

La Dulce saprebbe dirlo. Lei che è riuscita a scrivere delle cose così semplici e così vere sulla morte del Rogelio. La piccola Dulce. Anch'io sono stata una bambina innocente come lei.

Fu la spinta di questo pensiero a suggerirle le parole.

Non avevo intenzione di ucciderlo,

probabile che si uccida sempre senza pensarci prima; quasi senza neanche volere,

ero disperata, è vero, ma non volevo ucciderlo, io l'amavo,

si ama un uomo, intensamente, con ferocia, col cuore che ribolle si arriva a piedi nudi fino al letto dove sta sdraiata la persona che amiamo e non ci ama, è notte, dal finestrone sul patio viene la luce della lampada rimasta accesa all'esterno, sul letto sta disteso l'uomo voltandoci le spalle, lo guardiamo, lo sentiamo respirare, dorme, neanche ci pensa lui a quello che potrebbe capitargli, siamo noi che abbiamo paura perché il pavimento di legno scricchiola e le tempie pulsano, il polso trema, ma lui si rigira ronfando profondamente, lo tastiamo con cautela sul polpaccio, neanche una piega, non si accorgerebbe di niente, ma non si può uccidere così, una non ce la fa, epperciò si fa un passo indietro, si torna nell'altra stanza torcendo le mani con disperazione.

Poi si pensa: Se non faccio niente, spunterà un altro giorno e lui riderà ancora di me, sbeffeggerà il mio amore, dirà che non vale nulla. E sarà inutile tapparsi gli orecchi, tenta-

*re di fuggire. Eddove poi? lontano, forse, dove nessuno mi
conosca. Nel sud, come mio fratello Ambrogio... Epperché
poi? Per portarmi dietro eternamente il rifiuto dell'Alfonso
che mi soffoca, ogni giorno un po' di più, dando a tutto un
sapore di tossico,*

non avevo l'intenzione di ucciderlo, neppure di fare una
scenata, mi sentivo senza forze. Nel mentre che lo guardavo, lui però si è girato nel letto, ha aperto gli occhi e mi ha
lanciato un'occhiata di sbieco. Avevo pianto, dovevo avere gli occhi rossi. E infatti lui ha detto: «Guardati, che faccia da vecchia bagascia che hai», e ha stortato la bocca in
un ghigno. E allora l'ho colpito. Col candeliere che stava
sul comodino.

Sentì che le parole le si affievolivano, si disfacevano,
non avevano più il loro suono esatto. Scrutò oltre la scrivania la faccia che era nell'ombra, accorgendosi nel contempo che da parecchio stava continuando a schiacciare il
mozzicone dentro il portacenere.

Martinita si irrigidì improvvisamente, udendo di nuovo
la risata dell'Alfonso aleggiarle in testa. Stordita nella memoria confusa, nel panico, nella vertigine. Con una nausea
atroce.

*Chissà dove mi porteranno adesso, c'è questa scrivania tra
l'Alfonso e me, tra il sangue e me, tra i ricordi e me.*

Pianse un po', ma compostamente, in silenzio, nascon-
dendo il viso nel fazzoletto. La stanza quieta le ispirava un
senso di pace. Provava un senso lento di liberazione.

Dopo che si fu soffiata il naso e asciugati gli occhi, si
disse: È come quando bevo. Ché, fino allora, solo quando
aveva bevuto troppo riusciva a piangere.

Vuole sapere se sono pentita? Non lo so, non riesco a
pensare a niente. Mi scusi, avrei bisogno di dormire...

Cosa ho fatto dopo aver colpito l'Alfonso? Ho atteso il
mattino, seduta sul letto accanto a lui, gli carezzavo il
braccio, il fianco... Poi all'alba mi sono affacciata alla bal-

conata che dà sul patio di sotto, ho chiamato la vicina. L'ho fatta venire su da me, poveretta, m'ha guardata stralunandosi toda todita per le macchie di sangue che avevo sulla gonna e sulle maniche della camicetta... Allora l'ho mandata a chiamare la polizia. Della gente, non so chi, ha cominciato a affacciarsi alla porta, facendo brusio sulle scale.

Prima che le guardie arrivassero, ho fumato un paio di sigarette. Non sentivo neanche più fame.

Corazón Bellati (1952-   )
Sul far del mattino
Buenos Aires, 2001

Morirò a Buenos Aires,
sarà sul far del mattino,
che è l'ora in cui muoiono
quelli che sanno morire.
Aleggerà sul mio silenzio
la muffa profumata di quel verso che mai
ti ho potuto recitare.

HORACIO FERRER, Balada para mi muerte

Col motore dell'auto come sottofondo musicale; gli occhi puntati verso il paesaggio per cogliere i tredici colori che sono necessari per fare una bella giornata, stando almeno a una leggenda del nord misionero che da piccola le raccontava suo padre. Tredici colori, non uno di meno: il celeste pallido del cielo, il verde cenere della pianura, lo smeraldo di un arbusto solitario, il fango giallo delle pozzanghere... In ogni caso, procedendo alla ventura, fissando la strada lunga e dritta; ogni tanto una sbirciata alla cartina posata sul sedile di fianco insieme con la borsa dei panini e il termos per il mate... Così ha viaggiato Corazón per le rutas dell'Argentina, in questi ultimi mesi, nella lunga vacanza che si è concessa nei luoghi dove un tempo è cresciuta: per respirare un'altra volta il loro odore, rinverdire il passato. Facendosi portare dall'impulso del momento: ché è il modo di viaggiare quando la memoria incalza, mostrando la brevità dei giorni irripetibili. Sforzandosi di essere leggera, come se volasse, ma qualcosa di sotterraneo e scuro – il dolore del ricordo – la accompagnava.

Le ci sono voluti tanti anni per decidersi a tornare in

Argentina. Quando se ne è andata, nel '78, dopo mesi passati con la paura che ogni notte fosse l'ultima, ha pensato che fosse per sempre; una vera e propria fuga col cuore straziato, essenzialmente per salvare sua figlia Malena che a quell'epoca era una bambinetta. Mai più Argentina, si è ripetuta in questi anni. Epperò, qualcosa di più forte l'ha spinta qualche mese fa a farvi ritorno: il motivo dichiarato è stato quello di raccogliere materiale filmato per ricavarne un documentario sulla situazione degli italoargentini; riguardo a quello più profondo, ancora stenta a parlarne, forse è troppo presto.

Corazón si ferma un attimo a sgranchire la schiena; accesa una sigaretta, si affaccia al balcone: il quartiere di San Telmo è ancora immerso nel sonno, la notte carica del profumo dei tigli in fiore fluisce dolcemente dalla finestra aperta, suggerendo sospiri e mormorii.

Ha bisogno di una pausa, ché sempre più spesso, mentre visiona e cataloga il materiale raccolto, ci sono momenti in cui le vengono soprassalti di paura: quando si imbatte in ricordi inquietanti e inattesi. Le capita di riascoltare più di una volta la registrazione di alcune interviste, quasi in una sorta di trance. Spesso lavora per tutta la notte finché le braccia si indolenziscono e gli occhi bruciano.

Molte delle persone di cui avrebbe voluto registrare le storie non ci sono più – morte, desaparecidas, o semplicemente irreperibili – ma attraverso il materiale che è riuscita a raccogliere le tornano comunque le voci delle persone perdute: quella aspra e delusa di sua madre, quella amorosa di Giordano, le canzoni spavalde di Silvia, i racconti delle persone anziane che hanno incrociato la sua vita riversando in lei la propria memoria: per esempio, la bisnonna Catterina che leggeva sulla Bibbia le parole dell'Angelo nel Giudizio Universale: "Chi versa sangue umano, patirà quanto ha inflitto agli altri e il suo sangue sarà versato"... Oh, nonna-bis, poter risentire ancora le tue parole... Ché Corazón ha preso l'abitudine di parlare ai suoi morti, nella penombra del videoregistratore. In una sorta di ebbrezza senza vino, tutta mentale. Stranita, come quando da bambina, traversando la pampa la notte, le si mozzava il fiato davanti allo spettacolo di un incendio: l'onda frastagliata delle fiamme che continuava per miglia, il crepitare feroce del fuoco tra gli arbusti... Riprovando uno stordimento dello stesso tipo, mentre i ricordi infiammano la sua stanza notturna.

Corazón sente un brivido di freddo. Afferra il poncho posato sulla poltrona e se lo infila sopra il maglione. Poi comincia a prepararsi il mate, cercando in quel piccolo rituale qualcosa che la calmi: in questo, perlomeno, è rimasta argentina fino all'osso. Sullo schermo di registrazione passano alcuni dei filmati che ha girato: una marea di donne stanche in fila davanti alla chiesa di San Gaetano a Liniers per chiedere la grazia di "pan y trabajo", l'incredibile insegna di un hotel Sanremo su una strada di fango rosso in mezzo alla foresta di Misiones, le maestre che andavano a cavallo a censire le famiglie isolate dall'inondazione, l'alzabandiera davanti a una scuola elementare di calle Arévalo...

Durante questo viaggio da una parte all'altra dell'Argentina, si è sentita costantemente in bilico tra la voglia di rivedere luoghi amati e la paura dell'estraneità. Perché Corazón viene da anni di esilio perduti a districare i pensieri in un'altra lingua, crogiolandosi nella nostalgia. È passato quel che normalmente si chiama molto tempo, ma adesso Corazón si accorge che si è trattato di una specie di spazio vuoto, senza sostanza, smidollato: come il bianco che sta tra una riga e l'altra, il battito automatico dell'indice sulla barra lunga della tastiera del computer... Un nulla senza carattere, come deve essere l'inferno se c'è.

Certo, ultimamente in Italia le cose le parevano cambiate, l'impressione che dava agli altri era quella di una persona integrata nella nuova situazione: si esprimeva in un italiano quasi perfetto, solo con un lieve accento straniero se per caso le capitava di parlare di Sudamerica; e, dopo aver lavorato per un po' di anni in un gruppo teatrale, aveva adesso trovato nel documentario un modo di espressione che le piaceva. Realisticamente l'Italia era il suo futuro; l'Argentina quasi un male da dimenticare.

All'improvviso però l'aveva presa una nostalgia inesplicabile per i luoghi della sua infanzia. Colpa del fatto che è invecchiata? L'anno prossimo compirà cinquant'anni... Negli ultimi tempi le capita di spaventarsi, guardandosi allo specchio senza riconoscersi. Spesso si sente sola, tanto più che Malena è grande, con una vita indipendente in una città del nord della Germania.

Sullo schermo passano le immagini che ha registrato in una vecchia Società di Mutuo Soccorso. Un'istituzione nata cent'anni fa per dare una mano agli emigranti italiani che arrivavano a Buenos Aires sprovvisti di una conoscenza reale della situazione argentina: il centro offriva indirizzi per dormire, assistenza per trovare lavoro, consulenza per i documenti necessari a mettersi in regola. Ora la situazione si è invertita: dall'Argentina si fugge per mancanza di lavoro e di prospettive future, vista la situazione economica allo sfascio, ma il centro resta aperto dalle 9 alle 11, ogni mattina dal lunedì al venerdì. «Nell'eventualità che qualcuno abbia bisogno di aiuto» dice il vecchio Servando davanti alla telecamera. Alle sue spalle due grandi ritratti, Mazzini e Garibaldi. Il vecchio li addita sorridendo. «Grandi uomini tutti e due» dice, come se le stesse facendo una gran confidenza, «anche se io preferisco il primo: era molto più serio...» Corazón non ha osato dirgli che in Italia nessuno pensa più a quei due; l'ha commossa l'ostinarsi di Servando a pensare all'Italia, al suo impegno giornaliero a tenere aperto il centro, a dedicarsi al compito improbabile di aiutare qualcuno. Sullo schermo passano le immagini di quel paio di locali poveri, con teche dall'aria decrepita che contengono libretti di emigrazione, foto ingiallite, documenti della vecchia comunità italiana a Buenos Aires.

«Questo è un catechismo patriottico» spiega Servando. «Fin dalle prime classi, qui in America, ci insegnavano che la nazione argentina veniva prima e sopra ogni altra cosa. Ce lo facevano recitare a memoria.» Mostra a Corazón una pagina di un logoro libretto che ha levato da una vetrinetta. Ci sta scritto: "Il primo e principale dovere del cittadino consiste nell'amare, onorare e servire la Patria, adoperandosi per la sua prosperità interna e per la sua grandezza e la sua gloria all'estero". «Succedeva come col prete a dottrinetta. La maestra chiedeva: "Quali sono i doveri del buon cittadino?", e la classe rispondeva in coro: "Il primo dovere è quello di amare la Patria". E allora la maestra domandava: "Più dei genitori?", e i bambini: "Sopra ogni altra cosa".»

Se Corazón non vedesse con i suoi occhi il libretto con le domande e le risposte, stenterebbe a crederlo. Sfoglia il libretto, quei paroloni in grassetto: "nuestra identidad nacional", "la sagrada misión di difendere la purezza della lingua castellana". Quella gonfia retorica per cui, come si usa dire, anche Dio è argentino...

«Gli immigrati venivano da tante parti dell'Europa, ma erano soprattutto gli italiani a essere nel mirino; perché erano tanti. Colonos per la maggior parte, scalcagnati e senza istruzione» dice Servando. «Mi ricordo una volta che ero un bambinetto di sette otto anni e mio papà m'aveva preso sul furgone per compagnia, visto che doveva fare una consegna in una aldea lontana. Abitavamo nel nord, sa... Era uno di quei giorni in cui il riverbero del sole balla sulla terra, e sembra che l'aria tremi dal caldo... Arrivati a una fattoria dove eravamo soliti fare una sosta, ci siamo trovati di fronte una scena miserevole: un gruppetto di persone stava caricando un carretto con due enormi ruotone. Sopra il pianale c'era di tutto: mobili, pentole, un baule, una testiera di ferro, una seggiola su cui una vecchia e un bambino piccolo sedevano cercando di proteggersi dal sole sotto un lenzuolo bianco steso sopra le masserizie che ci avevano impignato», la voce di Servando conserva nonostante l'età un doloroso cantilenare ligure. «Mio papà ha domandato: "Cosa succede?". E quel colono – un veneto, lo si capiva da come parlava – ha raccontato che loro si erano stabiliti lì in quel deserto dieci anni prima, l'avevano dissodato, coltivato tra mille stenti, cercando di farlo fruttare; ci avevano costruito una casa... E a quel punto era arrivata la polizia a far valere la carta di un tale, uno sconosciuto della capital, che ne vantava la proprietà. Epperciò a loro toccava andarsene. Ah, guardi, se li avesse visti in quella piana di polvere: la donna e l'uomo che tiravano il carretto, ciascuno aggrappato a una stanga; e, dietro, li seguivano a piedi tre ragazzetti, i figli... Stringeva il cuore. Poveretti. Spesso non c'era giustizia per i colonos.»

«E la casa che avevano costruito?» domanda Corazón, quasi affranta da un'insolita commozione.

«Non ce l'avevano più la casa, gli avevano tolto tutto; gli era rimasto solo quel che stava sopra il carro, quello che erano riusciti a caricarci», Servando sospira, come se dicesse: Ecco chi erano i coloni italiani. Poveri contadini che non sapevano il destino di disgrazie che li aspettava quando, pieni di sogni, erano partiti dall'Italia; il manualetto dell'emigrante che avevano dato loro all'imbarco di Genova non contemplava una tale eventualità.

Corazón ne prende in mano uno, di quelli esposti nella vetrinetta: un librettino di brutta carta azzurra che parla della lunga strada da percorrere, della sorte da affrontare "senza perdersi d'animo, senza retrocedere, sempre avanti"; e termina evocando una fortuna che presto o tardi arriderà a chi è onesto, lavoratore e rispettoso delle leggi. Certo quella donna e il marito ci avevano creduto, coi figli venuti un anno dopo l'altro, aspettando che la pioggia cadesse, che la siccità non rovinasse il maíz, che un buon raccolto fosse pagato a un prezzo equo. Delusi e traditi.

Corazón blocca di nuovo la registrazione, per prepararsi un nuovo mate. Questo viaggio in Argentina l'ha messa di fronte a tante storie di emigrazione che non si sarebbe mai aspettata. O forse si tratta delle solite storie di vite complicate tra mondi paralleli, tra Italia e Argentina, tra capitale e provincia; solo che adesso Corazón può guardarle con occhio diverso, dato che l'esilio le ha insegnato a capire cosa provavano uomini e donne una volta arrivati dall'altra parte del mare, con le immagini della terra abbandonata che si sovrapponevano al paesaggio circostante. Adesso che ha passato gli ultimi ventidue anni nella Cascina Malpensata da cui sono partiti i primi emigranti della sua famiglia, il luogo da dove tutto è cominciato; adesso che ha sperimentato sulla propria pelle cosa si prova a vivere in una terra dove non si è nati, parlando un'altra lingua con un accento mai perfetto, quasi fosse un marchio di diversità: come se, invece di appartenere a due paesi, non si appartenesse a nessuno. Confondendo uno y otro.

Sullo schermo adesso sta passando la registrazione di una visita fatta una settimana fa a un ospizio per anziani in provincia di Buenos Aires: figli e nipoti di immigrati italiani. Dal balcone si intravede un preludio di luce, tra poco sarà l'alba, San Telmo è così affascinante a quest'ora... Ché sono gli ultimi giorni prima di ripartire per l'Italia, e Corazón si sente già un po' stordita dall'imminenza del ritorno in Europa, in quello strano tempo che è quello che precede ogni partenza quando già non si è più interamente con la testa nel luogo dove di fatto ancora ci si trova; le pare che la città cominci a mandarle dei rimproveri d'abbandono, quasi rinfacciandole il fatto che stia lasciando Buenos Aires proprio adesso che comincia a soffiare aria di rivolta....

È stato uno strano pomeriggio, quello passato all'ospizio. Si era messa d'accordo col direttore della casa di riposo per organizzare una festa di compleanno per sua zia Amabilina che era ricoverata lì da tanti anni. Corazón si era messa in viaggio di buon'ora e si sentiva molto stanca, perché più volte nel piatto della pianura inondata aveva perso l'orientamento. All'improvviso, in quel faticoso girare per le poche strade agibili con scarsissime indicazioni, si era trovata di fronte Villa Remembranza. Aveva costeggiato il muro di cinta lentamente; al di là si sentiva della musica allegra, probabilmente una radio accesa; Corazón quasi poteva indovinare le inservienti preparare i tavoli per la festa, scaldare empanaditas e impignare bicchieri di plastica. Sicuramente tutto era pronto, la aspettavano; avrebbe riabbracciato la vecchia zia Amabilina... Eppure, tutt'a un tratto Corazón aveva sentito la voglia acuta di fuggire, di invertire il senso di marcia, di tornare subito subito a Buenos Aires; se avesse potuto, in Italia di filato... Era rimasta a lungo indecisa. Nella testa il ricordo di un romanzo di Soriano, *Una sombra ya pronto serás*, con la sensazione di un capovolgimento del tempo; con un andare che aveva qualcosa del naufragio.

Va mettendosi a fuoco sullo schermo l'immagine della festa di quel pomeriggio, i brindisi, le chiacchiere dei vecchi ospiti, i racconti con cui ciascuno voleva raccontare alla telecamera la propria esperienza. Ecco Glicerio, ottantadue anni, un po' bevuto: «Mia madre mi cantava per farmi addormentare una canzone che credo sia italiana: Quel mazzolìn de flores que viene de la montaña...». Carolina, settantasei anni: «Alla fine degli anni Quaranta, sui muri scrivevano le parole di Evita: "Colui che non si sente peronista non può dirsi argentino". Io facevo la maestra: i libri di testo usavano la frase "Evita mi ama", come esempio per la coniugazione del verbo amare alla terza persona singolare». Elisa, che con una punta di civetteria non vuole dire la sua età, ma sicuramente ha passato gli ottanta: «Mi ricordo una domenica che ero piccola. Giorno di elezioni. Noi stavamo nella pampa in un paesino. Un'aria da far paura, le strade silenziose: da qualunque parte si guardasse, gentaglia armata venuta dal capoluogo di provincia per impedire agli oppositori politici di andare a votare; e, per contrasto, dalle estancias più lontane camion di poveracci caricati a forza e portati a fare la croce per il tal candidato in cambio di mezzo litro di vino e di dieci sigarette».

Sua zia Amabilina oscillante tra la felicità del compleanno festeggiato in gran pompa e la sua perplessità da svampita. Si dilunga a parlare dei genitori di Corazón, della loro storia burrascosa. Ma chissà se quello che racconta è verità o fantasia, in famiglia ha sempre avuto fama di ballista e chiacchierona; tanto più adesso che salta di palo in frasca: «Cara la mia Cora, non sposarti mai, ché il matrimonio è una fregatura, e una volta che una ha dato la sua parola non c'è più niente da fare. Ti spezza il cuore se ti metti a pensarci su. Quel giorno che dovevo sposarmi con l'Alfredo – che ero venuta dall'Italia solo per questo, con le carte firmate per procura, ma io volevo un vero matrimonio con tutte le regole, sai? – soffiava un vento così fresco, una giornata così azzurra, come ce n'è solo nel deserto. E poi, dimmelo tu, cosa deve fare una donna che si è già messa il velo bianco in testa, e tutto è pronto, la torta, gli anelli; e all'improvviso arriva un turbine di vento, di sabbia scura come un fumo?... Fu un attimo: si levò e coprì tutto». Piange la vecchia Amabilina, ricordando la tempesta di sabbia che copre il pomeriggio radioso, i filari di piantine giovani; lo sposo, i testimoni, il prete, tutti fuggiti via in quell'inferno di raffiche di sabbia a cercare di improvvisare ripari d'emergenza, a zavorrare a terra le piantine. E lei che si dispera coperta della polvere gialla del deserto, il velo bianco volato via. Povera Amabilina che ancora adesso piange, come se si trattasse di un dolore recente: il passato le fa in testa un blocco di dolce demenza che nei vaghi ricordi a tratti confonde la propria storia con quella della cognata Dulce, Alfredo con Felipe, portati via entrambi da un turbine di vento rabbioso...

Fa una strana impressione a Corazón ascoltare questa intervista, dato che l'argomento "uomini" nella sua famiglia è sempre stato un doloroso tabù. Per esempio, sua madre si è sempre rifiutata di parlarle della separazione con suo padre. Perfino nelle lettere dei suoi ultimi anni, Dulce ha sempre misurato le parole, sorvolando su questa parte del passato; come se la memoria potesse solo procurare dolore. Per questo Corazón ci ha messo così tanto a riavvicinarsi a suo padre: Felipe se n'era andato quando lei aveva undici anni, e l'ha rivisto solo dopo essersi sposata, quando si è recata in viaggio di nozze con Giordano a Misiones. È stata dura superare le barriere che Dulce aveva eretto. Ché Corazón resta fondamentalmente convinta che non ci sia niente di più naturale dell'essere figlia di una madre, mentre per essere figlie di un padre occorre un concentrato sforzo: non è stato facile per lei voler bene a Felipe sentendo risuonare negli orecchi il grido di dolore di Dulce, i racconti della vecchia Catte – e della Maria o della zia Martinita – sulla sorte infelice delle donne quando un uomo cessa di amarle; quello squartarsi delle donne perché l'uomo se ne va con un'altra o le inganna o frega loro i soldi; quel far finta di non sapere perché l'uomo non si allontani, altrimenti lui tutt'a un tratto potrebbe dire che no, che mai più...

Guardando indietro, Corazón scopre di aver vissuto in un'intricata rete di parentele e lontananze, fatta di uomini sfuggiti al degrado dell'usura quotidiana, costruendosi una doppia vita, e di rabbiose penelopi alle loro spalle.

Amabilina è partita in quarta coi suoi ricordi, snocciola le piccole storie della sua vita in cui non è passato giorno senza sognare che sarebbe capitato qualcosa d'importante, e invece non c'è stato altro che una quotidianità deludente: qui, tra i lampioncini colorati della festa di compleanno, è Villa Remembranza, ma laggiù sta Mendoza, e più in là, lontano lontano, esistono altri luoghi pieni di vita e avventura, ma lei non li ha mai visti; e, al di là del mare, verde e illuminata dal sole c'è la gioventù col parco delle Cascine a Firenze, simili a immagini di sogno o a fantasie di fiaba. «Che bella festa, quando vieni il mese prossimo ne facciamo un'altra, vero?» chiede zia Amabilina, con un leggero tono di malinconia sentimentale, finendo di mangiare la torta. Per tutto il pomeriggio non ha fatto che ripetere questo ritornello. Inutile tornare a dirle che non sarà possibile, che tra un mese Corazón sarà in Italia, che probabilmente non si rivedranno più.

In questo il destino di Amabilina è simile a quello degli altri ospiti: la maggior parte dei ricoverati a Villa Remembranza sono vecchi soli. Figli e nipoti adesso non hanno tempo di venire a trovarli, occupati come sono a sopravvivere: l'Argentina è allo sfascio, al posto del denaro circolano patacones, la barca affonda. Corazón ha assistito agli scioperi degli insegnanti a cui da mesi non viene pagato lo stipendio intero, alla disperazione di chi deve pagare le bollette ma in tasca ha solo patacones; ha filmato i cartelli appesi un po' ovunque: "Vuoi ottenere la cittadinanza italiana? Telefona al numero...".

Di quello che sta succedendo, però, questi vecchi non sembrano accorgersi: continuano a cullarsi nelle loro storie di un'Argentina salvatrice, nei loro sogni di un'Italia mitica... Silvana, coi capelli di un argento luminoso: «Io non so, dicono che adesso sia tutto cambiato, che adesso l'Italia sia la vera America. Io non so...».

Folate di vento nel parco di Villa Remembranza, rumori di sedie e di stoviglie, tanto che Corazón deve concentrarsi per non perdere il racconto di quella vecchia che se ne sta in disparte, un po' sulle sue. Una mano le avvicina il microfono alla bocca, passando sopra una fila di piattini con avanzi di dulce de leche; alzando al massimo il volume, mentre la vecchia pronuncia il nome di una località sperduta nel sud dell'Argentina, di cui Corazón non ha mai sentito parlare, un posto come tanti nell'infinito gelo della Patagonia; una di quelle estancias nate dal nulla e la cui esistenza sta fuori dalla Storia, abbandonata all'olvido che il tempo impone.

Comunque questo puntolino sperduto nel grande sud argentino comincia a crescere non appena la vecchia lo nomina: Nevera Lenín, con l'accento sull'ultima sillaba... Devono averlo fondato dei comunisti fuggiti dalle persecuzioni del fascismo, si chiede Corazón, ma come mai proprio laggiù nel fin del mundo? Fa uno sforzo per raffigurarsi che storia ci sia dietro quello strano nome, Nevera Lenín, come a dire Ghiacciaia Lenín... Le viene quasi spontaneo associarlo all'immagine della piccola palla di cristallo che possedeva da bambina, e quando la scuoteva pareva che nevicasse. Ché di sicuro di neve doveva caderne tanta laggiù nel fin del mundo.

La vecchia parla di una Patagonia di speranze, di un gruppo di immigrati liguri decisi a far perdere le proprie tracce e a costruire un mondo nuovo, un soviet, chissà cosa avevano in testa. Dice: «Eravamo in ventinove, otto donne il resto uomini. Trovammo i resti di una estancia che aveva nome La Nevera, distrutta da un attacco indio, e cominciammo a ricostruirla. Ci volle tutta un'estate per rifare il tetto». La vecchia sorvola su molti dettagli, peccato; accenna soltanto al freddo e ai blocchi di ghiaccio che galleggiavano nel lago di fronte al quale sorgeva la casa comune. A un certo punto perfino si interrompe per sistemarsi una molletta tra i capelli, con una civetteria singolare in una persona di quasi cent'anni; guardando verso la telecamera da sotto le ciglia bianche, eppure in qualche modo lontana da questo finale di cena in provincia, rumoroso di voci e di vento. «Si stette in pace per un po' di anni. Arrivavano poche notizie: che era salito al potere Uriburu, che il clima politico era cambiato. Uno che passava ogni tanto da quelle parti per darci rifornimenti, ci raccontò che dei soldati avevano ammazzato degli anarchici non lontano da lì; che anche lui era stato fermato, interrogato. Ci consigliò di nasconderci.» Narra la paura che si insinua, il gruppo che si sfalda, la gente che se ne scappa all'alba dopo aver caricato i cavalli con la propria roba. Lei però resta, perché c'è il suo compagno, Virgilio Grillo, che non vuole andarsene. La notte stanno svegli, ascoltando rumori, se mai si avvicini qualcuno alla casa, cavalli o barche sul lago; notti di soprassalti continui. Ma nessuno dei dieci rimasti vuole scappare, sono dei duri, gente del Partido, anche se si sente nell'aria che sta per succedere qualcosa. «All'inizio uno si rifiuta di prestar fede ai segnali d'allarme. Uno se niega...»

Sulle ultime parole della vecchia che parla di quel periodo di paura, Corazón blocca la registrazione con un gemito. Notti di paura. Meglio forse si potrebbe parlare di albe: quell'ora incerta della madrugada in cui, dopo che Giordano era desaparecido, per mesi lei si è svegliata col cuore in gola drizzando l'orecchio a cogliere in ogni rumore insolito una possibile minaccia. Ripetendosi: Adesso vengono, ahora vendrán. A prelevarla, farla sparire, com'era successo con Giordano, con Silvia, con Paolo... Per mesi Corazón ha guardato con sospetto ogni vicino; uno squillo di telefono bastava a terrorizzarla; quando le capitava di dover uscire, lasciava la bambina alla madre insieme con la raccomandazione di rivolgersi a quella tal persona del consolato nel caso lei non fosse rientrata. A lungo ha vissuto memorizzando ogni nome o numero di telefono, per paura che, se li avesse scritti in un'agenda e fosse finita sequestrata, qualche innocente potesse pagarla cara. Senza osare parlare con nessuno, tranne con Teresa; ma di rado, perché andare a farsi visita era diventato pericoloso, anche il solo traversare la città in certe ore aveva un che di inquietante.

Chiusa in casa, a volte ubriaca, rifiutandosi di parlare perfino con la madre per non trasmetterle l'angoscia; stringendo tra le braccia Malena che chiedeva di continuo perché papà non tornasse. Qualche ora di tregua ingannevole nel sonno stralunato dei tranquillanti, e di nuovo la paura, i presentimenti, lo spiare la strada dalle gelosie se per caso non fosse in circolazione un furgone senza targa... Notte dopo notte fumando ossessivamente in attesa dei sequestratori, elaborando deliranti piani di fuga per salvare Malena: vediamo, mentre il loro furgone posteggia all'angolo e il gruppetto degli uomini mascherati sfonda la porta di sotto, magari faccio in tempo a calare Malena dal finestrone che dà sul patio inferiore dove abitano i Peruviani... Per far sì che la porta resistesse di più, ogni sera con gran fatica Corazón le addossava un pesante armadio e il motorino. Aveva provato il piano, movimento dopo movimento; calcolato, orologio alla mano, il tempo necessario; preparato una rudimentale imbragatura per la bambina con un rotolo di corda per i panni.

Il viso della vecchia, calmo sullo schermo. No, non venne loro in mente di scappare. Eppoi dove fuggire? Già, succede proprio così: uno se niega... Meglio rimanere aggrappati alla propria quotidianità, anche se ogni giorno più cupa. Sapendo di essere sulla lista, percependo come si chiude la morsa. Lei e il suo uomo, stringendosi nel letto; ogni alba guardandosi con facce grigie di tensione.

Vennero infatti un mattino; nessuno di loro oppose resistenza. Si lasciarono caricare su un camion, provando forse una specie di sollievo. Li portarono al capoluogo di provincia.

Questa centenaria. L'età le ha disfatto i lineamenti alteri, però non il brillio acuto degli occhi, allo stesso modo che il tempo non ha spento il disprezzo per il traditore del gruppo. Ne pronuncia il nome come se sputasse. Lei la tennero in prigione per sei mesi; lui, Virgilio, lo imbarcarono su un vapore che si chiamava Chaco, con cui il dittatore Uriburu aveva deciso di deportare in Europa un centinaio di immigrati, per la gran parte esuli politici, in maggioranza comunisti; con le ovvie conseguenze di quello che per degli antifascisti poteva significare negli anni Trenta essere sbarcati a Napoli. In Italia, comunque, Virgilio non arrivò mai.

«Non lo vidi mai più.» La frase della vecchia è una di quelle che si scolpiscono dentro l'immaginazione, drammaticamente. Questa centenaria così lucida, con la fiamma intatta della giovinezza negli occhi. C'è una fissità fanatica nel modo in cui guarda la telecamera, la diabolica determinazione di vivere e prevalere che sostiene alcuni vecchi estremi. Nella improvvisa bufera di vento che si è alzata e che scaraventa via dalla tavola piatti e bicchieri di carta, lei continua imperturbabile a parlare con un tono basso ma chiaro in un italiano antiquato e perfetto, quello della gente che ha studiato. Con una lontana cadenza ligure. Tutto è accaduto tanto tempo fa; quel che la vecchia sa e ricorda cesserà di esistere tra qualche mese o anno, con la sua morte. Sparirà allora con lei anche il viso di Virgilio Grillo, l'odore del suo corpo e dei sigari che fumava, la testimonianza del suo entusiasmo di persona delusa dall'Europa e decisa a ricominciare da capo in Patagonia.

Questa vecchia di cui Corazón sa solo il nome – "Abuela Clarice" la chiamavano le infermiere – le riporta nello stomaco il bruciore della paura, le ricorda la fragilità delle vite sempre sospese a un filo che può spezzarsi in tragedia.

Da un libro che ha spostato sulla scrivania esce una ricevuta di un bar di Suipacha: una cerveza e una empanada. Lo rimette al suo posto, tra le pagine del libro: ché a Corazón piace durante i viaggi conservare biglietti d'autobus timbrati, scontrini, cartoline, scatole di cerini con l'insegna di un ristorante o un albergo, qualsiasi cosa che rechi il nome di una via o una data. Non una vera e propria collezione; solo piccole testimonianze di un'ora, di un istante; meteore della propria presenza nel mondo. L'idea la fa sorridere.

Per un attimo un luogo le si confonde con un altro, come una storia d'altri tempi piena di digressioni, in cui un'alba rosata a San Telmo si dissolve in un sabato pomeriggio festoso al compleanno di una vecchia zia, a trecento chilometri da qui. Nella prima luce la stanza è cullata dal violoncello di Giordano. È la musica della *Maria de Buenos Aires* di Piazzolla, e la voce della cantante racconta il dolore di una creatura nata quando Dio voltava la testa dall'altra parte; uno dei tanti modi di dire dialettali che gli emigranti si sono portati dietro in Argentina dall'Italia. Corazón si lascia andare, come le diceva di fare Giordano ascoltando un brano musicale: per sentire nelle note la vibrazione di vite che ci stanno nascoste, cifrate in un giro di accordi. Ecco, questa opera-tango di Piazzolla può servire a evocare le storie in cui si è imbattuta in questi mesi: donne che tiravan fuori le fotografie di padri, mariti, amanti, figli; visi di uomini che ancora dai loro ritratti sorridevano, perché la loro scomparsa – morte, abbandono, fuga – li bloccava in un attimo di giovinezza che sarebbe durata per sempre, mentre loro, le donne, le penelopi, erano invecchiate; ulissi che chissà se qualche volta avevano avuto il sospetto che l'amore delle loro spose era tanto più grande. Donne che conservavano lettere in contenitori di latta; che portavano nomi di zie o di bambine morte anzitempo; che avevano i visi delle immaginette che la bisabuela Catte infilava nella cornice di uno specchio a tre ante e che si potevano ammirare in una moltiplicazione mai finita di rimandi; che somigliavano alle vecchie misteriose delle cantilene che ascoltava da piccola – *Vüna la fila, vüna la taja, vüna la fa 'l cappell de paja...* – con lo stesso naso aquilino e la guardata occhichiara, le labbra umide per bagnare il delicato filo della vita. Le loro storie raccontano una telaragna di rapporti parentali in cui si sente profondamente immersa; ché Corazón non è di certo come la *Maria de Buenos Aires*, abbandonata a se stessa perché nata mentre Dio dormiva: piuttosto si potrebbe dire che Corazón è venuta al mondo nel momento in cui alla radio suonavano un tango – un'ampia e inestricabile orchestrazione capace di comprendere tutti i tanghi possibili – e a Dio venne voglia di ballare una figura complicata.

Alza gli occhi al cielo che si schiara, sopraffatta da un indicibile senso di lontananza. Si sente come quando era bambina, nella casa di Suipacha, con la testa poggiata alla cornice del grande specchio a tre ante, assorbendo le parole della bisnonna nella memoria: "Ascolta, non bisogna far rumore a quest'ora; ché all'alba si sentono i passi dei morti che si ritirano perché la notte è finita...".

Allora Giordano è di nuovo qui, Corazón sente sulla fronte i suoi capelli, può ancora baciarlo: vere le sue labbra, proprio suoi i capelli, gli stessi che le carezzavano la fronte nel vento sulla riva del Río de la Plata, camminando fianco a fianco. Nella penombra della stanza la memoria rifluisce: quel viso, le sue mani, la strofa di una poesia d'amore, la registrazione dell'ultimo concerto di Giordano... È venuta in Argentina anche per questo: non tornare sarebbe stato come mancare a un appuntamento.

E, in fondo, Giordano l'ha ritrovato, anche se non dove lo cercava: l'ha ritrovato nelle parole di Servando alla Società di Mutuo Soccorso, nel suo attaccamento al compito che si è scelto; nello sguardo di Claricc, ago di una bussola mezzobianco mezzoblù puntato verso il punto perfettamente immobile dell'amore per il suo uomo scomparso; nel movimento vago della mano della zia Amabilina, a tracciare nell'aria il tondo di una carezza al suo Alfredo prima che il vento lo afferri e se lo porti via.

Tra qualche giorno Corazón sarà di nuovo in Italia, dove adesso è inverno, e dovrà rimettersi al lavoro: niente più fantasticherie davanti alla finestra spalancata inebriandosi del profumo dei tigli... A pensarci, che tristezza... Ma adesso è ancora qui e, nel silenzio di quest'alba chiara, vuole ancora pensare a Giordano mentre suona al violoncello un allegro tangabile. Sentendo che col rosa del cielo la vita si ricompone – nei suoi occhi, altri occhi, che contano i tredici colori necessari per fare una buona mattina – mentre tangheggiando Dio fa la sua entrata nel nuovo giorno con un volteggio da ballerino consumato.

INDICE

BUR

Periodico settimanale: 19 maggio 2004

Direttore responsabile: Rosaria Carpinelli

Registr. Trib. di Milano n. 68 del 1°-3-74

Spedizione in abbonamento postale TR edit.

Aut. N. 51804 del 30-7-46 della Direzione PP.TT. di Milano

Finito di stampare nel maggio 2004 presso

il Nuovo Istituto Italiano d'Arti Grafiche - Bergamo

Printed in Italy

IG 18117409
00000199
QUANDO DIO
BALLAVA IL TANGO
VED.AUR.SCRIT
CONT
LAURA PARIANI

RIZZOLI
MILANO

ISBN 88-17-00180-5